모든 것이
기적 같았다

모든 것이
기적 같았다

펴낸날 2023년 5월 1일

지은이 임중선
펴낸이 주계수 | **편집책임** 이슬기 | **꾸민이** 이화선

펴낸곳 밥북 | **출판등록** 제 2014-000085 호
주소 서울시 마포구 양화로7길 47 상훈빌딩 2층
전화 02-6925-0370 | **팩스** 02-6925-0380
홈페이지 www.bobbook.co.kr | **이메일** bobbook@hanmail.net

© 임중선 2023.
ISBN 979-11-5858-952-3 (03810)

모든 것이
기적 같았다

임중선

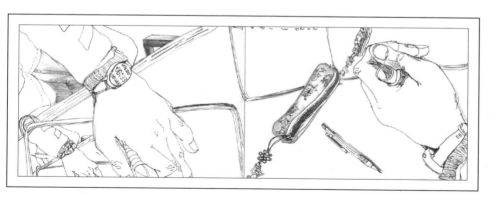

추천사

   사람들은 실패와 성공을 반복하며 산다.

   큰일이건 작은 일이건 두 가지를 맛보지 않은 사람은 거의 없을 것이다. 그런데 여기 실패한 적이 있으나 결국은 성공했다고 평가받을 만한 사람의 이야기가 있다.

   이 책은 70세의 연륜, 공자님께서 논어 위정편에 종심소욕불유구라 했던 고희의 연배를 맞아 생을 뒤돌아보고 실패와 성공과정을 사랑이라는 철학을 가미하여 잘 풀어낸 역작이 아닐 수 없다.

   동년배로 살아온 내 입장에서 볼 때 이러한 책을 내는 것이 한편 놀랍기도 하고 부럽기도 하다. 왜냐하면 이 책에서 서술된 내용 하나하나가 내가 살아온 시대를 담고 있어 쉬 공감이 되는 것은 물론 미래를 살아갈 더 많은 후배들에게는 훌륭한 나침반을 남겼기 때문이기에 말이다. 특히 여러 어려움 속에서 커다란 실패를 맞아 낙심한 상황에서도 좌절하지 않고 커다란 성공으로 회복력을 보여준 것은 커다란 감동이라 하지 않을 수 없다.

   무엇이 이렇게 그를 성공으로 변환시켰을까?

   나는 그에 대한 해답을 그가 가진 훌륭한 인간적 품성과 일에 대한 열정, 주변 모든 것에 대한 사랑이라고 말하고 싶다. 부모에 대한 극진한 효심, 범인들은 거의 흉내 낼 수 없는 선후배에 대한 배려, 결코 포기하지 않는 집중력과 세심함, 가족·친구 간의 진한 사랑과 우정 등, 이런 것들이 오늘의 그가 있게 한 배경일 것이다.

성경에 나온 '심는 대로 거둔다'는 대목 그대로를 그가 보여주었다고 평가하며 앞으로도 그 모습 그대로 우뚝 서 있기를 늘 기도할 것이다.

- 박찬종(인천저축은행 대표이사)

본인은 임중선 대표님과 코스모화학 공장정리를 같이 추진했던 코스모화학 측 임원이었습니다.

『모든 것이 기적 같았다』의 원고를 읽는 순간 코스모화학 공장을 정리했던 기억들이 주마등처럼 스쳐 지나갔습니다.

당시 회사는 심한 자금난으로 직원들 급여 지급조차 미룰 수밖에 없는 절박한 상황이었고, 공장정리라는 특단의 조치를 할 수밖에 없었습니다. 그렇다 보니, 발생되는 모든 문제를 해결해가며 예정된 시간 안에 공장정리를 마무리해야 하는 어려움이 있었고, 그 과정에서 임 대표님과 많은 고민을 했습니다.

공장정리를 위해 많은 자산관리운영사들을 만나 면담과 협의를 해보았지만, 신뢰할 수 있는 추진계획을 느끼지 못했고, 결국 경험은 부족하지만 회사가 진행하고자 하는 의미를 이해하시는 임 대표님을 만날 수 있었습니다. 임 대표님을 처음 뵈었을 때, '어떤 식으로든 해결하겠다'라는 강한 추진력과 정직한 인상이 기억에 남을 만큼 강렬했습니다. 당시에는 임 대표님이 어떤 역경과 어려움이 닥쳐있는지 구체적으로 알지 못했지만, 이 책을 통해서야 비로소 자세히 알게 됐습니다.

코스모화학 공장정리를 계기로 다시 일어설 수 있었다고 하니 저 또한 감사한 일이고, 이런 책의 내용에 찬사를 보냅니다. 회사도 공장정리라는 순조로운 마무리를 통해 새롭게 도약하는 회사로 거듭날 수 있었기에 더욱더 가슴 뭉클함을 느낍니다.

임 대표님은 공장정리를 진행하시면서 저에게 이렇게 말씀하곤 했습니다.

"인천시 가좌동에 민원이 끊이지 않았던 화학 공장을 없애 쾌적한 단지를 조성하고, 시민에게 문화공간을 제공하면서 더불어 코스모화학을 되살리는 일을 하고 있으니 항상 자부심을 느낀다."

사업가로서 임 대표님의 진정성을 보여주는 말이자 공장정리를 잘 마무리하고 다시 일어설 수 있었던 이유가 아닌가 합니다.

저는 이 책이 쉽게 포기하고 쉽게 얻으려는 현대사회의 세태 속에서도 '노력과 열정으로 어려움을 극복할 수 있다'라는 인생의 가르침을 되새기게 하는 듯합니다.

많은 독자들이 이 책을 읽으면서 자신이 살아온 길을 되돌아보고, 펼쳐질 앞날에 필요한 용기와 열정을 가슴에 담아 가실 수 있기를 바랍니다.

– 김창수(코스모신소재 부사장)

차례

5장 새로운 도전과 좌절

 6장 시련에 굴하지 않은 성공의 디딤돌

7장 사랑하는 아내와 떠난 남미 여행

2019년 남미 이과수 폭포에서 얻은 깨달음

무려 60여 년이나 성실하게 자신의 일생을 일기로 써온 미국의 작가 아나이스 닌(Anais Nin)은 이렇게 말하였다.

"모든 사람에게 공통되는 세상의 의미 따위는 없다. 우리는 자신의 인생에 개별적인 의미와 줄거리를 부여한다. 한 사람이 소설, 하나의 책인 것처럼."

이 말처럼 이 책은 내 인생의 기록이면서 그 인생에 내가 부여하는 의미이다.

이런 나의 자서전을 쓰게 된 계기는 2019년의 남미 여행에서 비롯됐다.

2019년 5월 아내는 지금까지 고생하고 힘들었으니 더 나이 먹기 전에 꼭 가보고 싶었던 남미 4개국 여행을 하자고 하였다. 그렇게 떠난 남미 여행은 하루하루가 감동이었다. 특히 거의 마지막 일정에 찾은 브라질 쪽 이과수 폭포는 너무나 감동적이었다. 여태껏 살아온 나와 가족을 생각하니 눈물이 날 정도로 감사했다. 그 감사함 끝에 귀국하면 더 늦기 전에 나의 삶을 기록으로 남겨야겠다는 생각이 깨달음처럼 번쩍 들었다.

귀국 후 곧바로 책 쓰기에 들어갔으나 2년여 동안 큰 진전이 없었다. 글을 써본 적도 없고 교육을 받은 적도 없는 나로서는 방향을 잡지 못했다. 노트에 써보기도 하고 컴퓨터로 써 보았고 책도 읽었다. 그러던 중 '온샘 1:1 자서전 쓰기'라는 비대면 8주 프로그램을 알게 되었고 2021년 4월~7월까지 이 과정을 수료(2기)했다. 이 과정을 통해 많은 것을 배우며 자서전의 방향을 어느 정도 잡았다. 다만 원고는 쓸 수 있었지만 책의 구성이나 제목 등이 쉽지 않아 출판사(밥북)와 상담을 했는데 코칭전문 작가인 박성배 박사를 소개받고 도움을 받아 이 책을 완성할 수 있었다.

내가 이 책을 쓴 목적은, 내 삶을 기록으로 남기고 싶었고, 내가 살아온 여정을 누군가에게 교훈으로 전하고 싶었기 때문이다. 사랑하는 나의 자녀들과 나를 기억하는 모든 분들에게도 이 책을 통해서 작은 교훈을 남기고 싶었다. 송림개발 건물 3층에 있는 나의 사무실에서 주로 이 글을 썼다. 글을 쓰면서 지나온 70여 년의 인생 여정을 돌아볼 수밖에 없었고 수많은 생각과 기억들이 주마등처럼 떠오르곤 했다. 그 기억의 조각들을 엮어 이 한 권의 책에 담았다. 70년 내 삶의 발자취가 고스란히 들어간 셈이다.

나는 한창 어리광을 부릴 13세 살 어린 나이에 큰 뜻을 품고 인천에 유학을 왔다. 중·고등학교 시절 많은 친구를 사귀며 열정적으로 공부했고, 사경을 헤맨 장티푸스 감염, 사촌 동생들과의 생활 등, 많은 사건을 겪고 다양한 추억을 쌓았다. 대학 시절은 연극동아리·학도호국단 활동과 대만 자매학교 방문 등 후회 없이 보냈다. 잊지 못할 군 생활 역시 내 인생의 중요한 한 페이지였다. 대학 졸업 전 취업하여 안정된 직장생활을 시작했고, 직장생활 중에는 상사의 신임과 열정으로 사주가 바뀌어도 모두의 로망인 해외주재원을 두 번씩이나 경험할 수 있었다.

내 인생에서 아내를 만난 것은 무엇과도 바꿀 수 없는 행운이었다. 아내는 일밖에 모르는 나의 몫까지 대신하여 세 아이를 남부럽지 않게 키웠다. 정말 고마운 것은 집안 어른들을 잘 모신 것이다. 특히 어머니께서는 둘째 며느리(아내) 곁에서 96세의 나이로 아버님 곁으로 가셨다. 그뿐만이 아니다. 장모님 역시 95세가 되신 지금까지 우리가 모시고 있는데, 어머니가 떠나시기 전까지 아내는 열악한 환경 속에서도 싫은 내색 한번 하지 않고 시어머니와 친정어머니를 동시에 모셔왔다.

우리 애들 역시 나로서는 매우 감사하다. 한창 부모의 도움이 필요할 시기에 나는 사업적으로 어려워 등록금도 제대로 내주지 못했다. 그런데도 아이들은 아르바이트, 학자금대출 등 스스로 힘으로 셋 모두 대학원을 졸업하여 학원원장으로, 음악 감독으로, 공무원으로 사회생활을 잘하고 있으니 너무나 감사하고 고맙다.

현재에 이르기까지 사업을 하면서 너무나 많은 일과 어려움을 겪었다. 동업으로 시작한 사업을 혼자 독립하여 목재가 생산되는 나라라면 모두 찾아다니며 영역을 넓혔다. 말레이시아에 하이팩 공장을 만들어 국내 조립공장을 했다. 운동기계를 개발하여 체인사업을 추진했다. 시간과 장소를 가리지 않고 사방으로 뛰었으나 리먼 브러더스 사태에서

촉발된 국제 금융위기는 피해갈 수 없었다. 결국 부도로 사는 집과 아버지께서 물려주신 땅을 경매로 처분한 후 아내와 나는 신용불량자 신세가 되었다.

바닥까지 추락하고서도 그래도 희망을 버리지 않은 나는 그 후 친구와 부동산 일을 시작했다. 사무실도 없이 5~6년을 전국을 다니며 보고 배우고 익혔다. 그러던 중 막내 처남이 건축일을 하다 어려울 때 나랑 같이 몇 건의 건축일을 하며 본격적으로 부동산 및 건축 관련 일을 시작하게 되었다. 무엇보다 2016년 '코스모화학(주)' 가좌동 공장을 철거하여 매각하는 일을 하면서 기적 같은 일이 일어났다. 나의 노력도 있었지만 많은 이들과의 인연이 있었고 그들의 도움이 있었다. 그들은 내가 평생 간직하고 가야 할 사람들이다.

나는 지금껏 '정직과 성실'을 모토로 살아왔다고 자부한다. 이런 내가 어려움에 처했을 때 고맙게도 도움을 주신 분들이 많았다. 기적과도 같은 오늘날 나의 삶은 그들이 내 손을 잡아준 덕분이다. 내 삶을 지탱하고 세워주신 모든 분께 진심으로 감사의 마음 전한다. 나 또한 내가 받은 만큼 누군가에게 도움이 되기를 소망한다.

2023년 4월
임중선(林重善)

1장

나의 고향 나의 부모님

피난민촌에서
태어나 자라다

영국의 작가 찰스 디킨스는 "고향은 이름이자 단어이며, 강한 힘을 지닌다. 마법사가 외는 어떤 주문보다도 혹은 영혼이 응하는 어떤 주술보다도 강하다"고 했다. 나에게도 고향은 이와 다르지 않다. 나의 고향은 '충남 아산시 둔포면 운용리'이다. 이곳에서 나는 1954년 4월 6일(음력) 태어났다. 그곳은 작은 시골 마을로 피난민촌이었다. 아버지 임치락, 어머니 윤중녀 사이에서 태어난 나는 2남 5녀의 셋째이며 둘째 아들이었다. 내가 태어났을 때는 6·25전쟁이 끝나고 얼마 되지 않아 모든 게 어수선하던 시절이었다.

아버님은 이북이 고향으로 평안남도 중화군 중화면 추당리 55번지에서 태어나고 자라셨다. 그곳은 평양에서 25리 정도 떨어진 곳이라 하셨다. 아버님은 '재'자, '석' 자를 쓰며 목수였던 할아버지와 할머니 사이에서 태어났는데 위로 고모 한 분이 계셨다. 하지만 아버지 3살 때 할머니께서 돌아가시어 할아버지께서 새 장가를 가셨고, 새 할머니한테서 배다른 동생 셋을 두셨다고 한다. 그리 넉넉한 집안 살림이 아니어서 고모님은 일찍 시집을 가셨고, 아버님은 초등학교를 졸업하고 일본인이 운영하는 상점에서 점원으로 일을 하셨다고 한다. 항상 눈치가 빠르고 셈에 강했던 아버님은 주인으로부터 사랑과 신임을 받아, 술 한 잔 드시면 당시를 회상하며 좋았던 시절이라고 말씀하시곤 했다. 내가 안정적인 직장을 버리고 사업을 시작하여 나름의 비즈니스를 잘해온 것은 이러한 아버지의 장사수단과 계산에 능한 유전자를 물려받은 게 아닌가 생각한다.

아버지는 집에서 50리 정도 떨어진 곳에 살던 어머니를 집안 어른의 중매로 만나 아버지 22살, 어머니 20살 때 결혼하셨다. 어머니 말씀으론 시집을 와 보니 남편은 체구도 작고 수줍음이 많아 영 마음에 차지 않아 한때 친정으로 돌아가 한 달씩 머물렀고 그러면 아버지께서 데리러 오곤 하셨다고 한다. 어머니는 활달한 성격에 체구도 크시고 한마디로 여장부 스타일이었다. 나는 이런 어머니의 성격과 체격 조건을 닮아 형보다 크고 외향적인 성격을 지녔다. 아버지 입장에선 당신의 어머니를 일찍 여의어 아내한테 어머니의 정을 느끼려 했던 것 같은데 내 어머니는 그러한 남편을 이해하지 못했던 것 같다.

한국전쟁이 한창이던 1951년 1월(1·4후퇴), 25세였던 아버지는 당시 중공군의 한국전 참전소식에 남한으로의 피난을 결정하고 23세의 어머니와 갓난아이였던 딸 온녀, 친동생 둘(단, 치남) 사촌 동생(치단), 그리고 오촌 당숙네 3식구와 함께 할아버지께서 준비해주신 우마차에 간단한 생활필수품을 싣고 남쪽으로 피난길을 떠나셨다.

서울 영등포쯤 왔을 때 폭격이 심하고 더 이상 우마차로는 이동이 어렵다고 판단한 아버지는 마차는 버리고 소는 팔아 돈을 챙긴 다음 피난 행렬에 끼어 남쪽으로 향했다. 한강을 넘을 때는 식구들 모두가 뿔뿔이 헤어질 뻔도 하였고, 포탄 파편이 바짓가랑이 사이로 떨어지기도 하였단다. 이때, 바로 밑에 동생(작은아버지)은 한국군에 입대했고 사촌 동생은 미군을 따라갔다고 한다. 아버지는 막냇동생만 데리고 남쪽으로 내려오시던 중 충청남도 아산시 둔포면 운용리의 작은 마을에 정부가 마련한 피난민촌이 있다는 걸 아시고는 그곳에 정착하셨다. 피난민촌이라야 벽은 흙으로 바르고 지붕은 볏짚으로 엮어 올린 초가집이었다. 그 크기라야 작은 방 두 개에 부엌 정도였으나 바람과 비를 피할 수 있을 정도의 시설이었기에 너무 좋으셨단다. 아버님 말씀으론 세상을 다 얻은 것 같았다고 한다

그러한 생각도 잠시 딸(온여 누님)이 홍역에 걸려 위급하게 되었고 별다른 치료 방법이 없었던 때인지라 결국 세상을 떠나보내야 하는 일을 겪으셨다. 꽁꽁 언 땅을 곡괭이로 몇 시간을 파 겨우 시신을 묻고 돌아오면서 부모님은 먼저 보낸 자식에 대한 안타까움과 서러움에 우셨단다. 3살 때 어머님이 돌아가시어 새어머니 밑에서 자란 아버지께서는 가족의 중요함을 매우 잘 아셨던 터라 더욱 슬픔과 안타까움이 컸다고 하셨다.

하지만 현실은 죽은 자식 생각만 하고 보낼 수는 없었다. 전쟁 통에 먹을 것이 없고 딸린 식구를 부양해야 하는 아버지는 닥치는 대로 일을 해야 했다. 시간이 지나며 큰아들이 생겼고(1952년 3월생) 헤어졌

던 동생들도 수소문하여 피난민촌으로 찾아 왔다. 내 기억으론 이 피난민촌의 가구 수는 50호 정도였으며 좁은 골목길을 두고 양쪽에 집을 지었던 것 같다.

이곳에서의 추억은 삼촌들과 눈이 오는 날이면 먹이를 찾아 모여드는 참새를 삼태기로 잡아먹던 기억, 싸이나(촛농을 성량 끝에 묻혀 굳힌 다음 굳은 후에 초만 분리하면 속이 빈 콩알만 한 것이 생긴다. 이 안에 청산가리를 넣은 것)를 가지고 청둥오리를 잡아먹던 일 등이다. 먹을 것이 흔하지 않고 특히 고기 사 먹기란 하늘의 별 따기처럼 어려워서 이런 일들을 한 것 같다. 지금은 상상도 못 할 일이지만 그 당시는 흔한 일이었고 우리는 이런 날이면 고기구경을 해 단백질을 섭취할 기회를 얻었다. 어머니 말씀으론 쑥을 캐어 죽을 쑨 다음 식구들 다 퍼주고 바닥에 남은 것을 먹었는데 다음 날 온몸이 퉁퉁 부어 있었단다. 이럴 정도로 그때는 영양을 섭취할 음식을 장만할 경제적 여유가 없었다.

내 나이 네 살 정도일 때 어머니 심부름하다 부엌 문지방에 걸려 넘어지면서 턱이 찢어지는 일이 있었다. 장에 갔다가 늦은 밤 돌아오신 아버지는 나를 보자마자 자전거에 태우고는 둔포면 소재지에 있는 병원으로 가 치료받게 하셨다. 이 사건은 내 턱에 아직도 선명하게 남은 흉터 탓에 피난민촌에서의 잊지 못할 추억으로 남아 있다.

아버지께서는 생계의 수단으로 오일장을 돌며 쌀장사를 하셨는데 이때 형님뻘인 서상옥 씨를 만나 동업을 하게 되었다. 서울이 고향인 서씨 아저씨와는 돌아가실 때까지 친형제보다 더 가깝게 지낸 사이였다. 두 분은 피난민촌을 벗어나기 위해 둔포면 소재지에 집터를 마련하여 마당을 가운데 놓고 서로 마주 보는 집을 지으셨다. 내 나이 다섯 살 때인 1958년 그 새집으로 이사했다. 한쪽은 남향에 기와집, 다른 한쪽은 서향에 함석집으로 쌍둥이 건물식으로 지은 집이었다. 하지만 우리 집이 서향에 함석집이고, 서씨 아저씨네는 남향에 기와집이었다. 나는 우리 집이 비만 오면 시끄럽고 여름엔 덥고 겨울엔 추워 왜 같은 기와집으로 짓지 않았을까 하는 생각에 서씨 아저씨네 집이 항상 부러웠다. 아마도 형님한테 아우가 양보하지 않았나 싶다.

당시만 해도 아버지께서는 서씨 아저씨에게 많을 것을 양보하며 타향의 어려움을 해결하며 살아가셨다. 때론 이북사람이라고 괄시받고 이상한 눈으로 볼 때 서울이 고향인 서씨가 편을 들어 문제를 해결한 적도 있고, 두 분의 우애를 보고 웬만한 일엔 다른 사람이 아버지를 무시하지 못했다. 어찌 되었든 전에 살던 작은 집과는 달리 마당이 넓고 큰 방 둘과 넓은 마루가 있어 그런 집만으로도 매우 좋았다.

서씨 아저씨네 가족은 우리보다 많아 우리 형보다 나이 많은 누나가 둘(춘자, 신자), 형이 둘(정인, 정화), 나보다 한 살 많은 형(정만), 한 살 어린 남동생(정호), 그리고 내 여동생과 같은 나이의 여동생(혜자)까지 대식구였다. 이후에도 딸 둘을 더 얻었다(미희, 미화). 형과 난 항상 수적 열세를 느껴 주눅 들어 있었던 것 같다.

아버지의 인생을 생각하면 빈손으로 동생들 데리고 피난 나와 타지에서 불과 10년도 되기 전에 자기 집을 마련하고 자리를 잡았으니 가장으로서 살기 위해 얼마나 노력하셨을지 짐작이 가고도 남는다. 그때 집 한 칸 마련하는 일은 요즘 젊은이들이 평생 일해도 내 집 마련이 어려운 것처럼 쉬운 일이 아니었을 테니 정말로 존경스럽다.

6·25 때 남쪽으로 오신
아버지

　아버지만 생각하면 가슴이 먹먹함을 느낀다. 6·25전쟁 중 1.4 후퇴 때 우마차 하나에 배다른 동생 둘과 사촌 동생, 오촌 아저씨 식구, 여기에 모든 짐을 싣고 피난길에 오른 아버지였다. 아버지는 형제들과 먹고살기 위해 큰동생은 피난 중에 군인으로 보내고, 4촌 동생은 미군을 따라 떨어지게 된 후 막냇동생만을 데리고 내가 태어난 둔포면 운용리에 자릴 잡았다. 하지만 얼마 지나지 않아 데리고 온 첫딸을 먼저 저승에 보내야 했다.

　그곳에 자리 잡고 2~3년이 지나 동생들이 수소문하여 형을 찾아 왔을 때 아버지는 고향에 가면 부모님께 야단은 안 맞겠다고 기뻐하셨다 한다. 이렇게 아버지는 자신보다는 가족을 위해 헌신하시며 일생을 사신 분이다. 절약과 근면이 신조인 아버지는 살림에 필요한 걸 사는 어머니와 자주 다투기도 하셨다. 그런 아버지가 나를 인천의 4촌 동생 집으로 유학 보낼 큰 결심을 하셨으니, 이 일은 내 인생에 두고두고 아버지를 생각하게 만든 일이다. 나를 비롯한 자식들이 출가한 후에 아버지는 여름 복날이면 자식들을 모두 불러 모았다. 그렇게 온 가족이 모여 복을 이겨내는 음식(보신탕)을 준비해 1박 2일로 즐기곤 했다. 이때 아버지는 어릴 적 고향 얘기부터 피난 올 때 얘기, 사람 살아가는 얘기 등을 자식들 앞에 시간 가는 줄 모르고 하셨다. 그때는 몇 번이고 들은 이야기라 지루함을 느꼈다. 하지만, 지금은 그런 아버지가 몹시 그립다.

내가 대학생 시절 대만 여행을 하게 되었을 때 동네 친구들에게 그런 나를 자랑하며 기뻐하셨던 일, 결혼해 둘째 며느리 칭찬을 아끼지 않았던 일, 내가 집을 사 이사할 때마다 즐거워하셨던 일, 모두가 아버지를 생각하면 떠오르는 일이다. 내가 IMF 상황에서도 석남동 땅을 경매받아 소유했을 때는 기뻐하시며 직접 인천에 오시어 축하해 주셨다.

80세가 되어 위암을 수술할 때는 내가 인천으로 모시고 와 인천 길병원에서 수술을 받도록 하였다. 수술 후에도 잘 관리하시어 약주를 드실 정도로 회복하셨다. 하지만, 내가 점점 사업이 어려워지면서 내 걱정 때문에 건강이 악화한 건 아닌지 항상 죄인처럼 생각이 든다. 그때 아버지가 기대하는 만큼 못 한 것이 두고두고 한스럽다.

대학교 1학년 때 농지정리를 하면서 아버지는 당신 명의의 논을 내 앞으로 이전해 주셨다. 회사를 정리하면서 이 논으로 아버지께 지울 수 없는 상처를 드렸다. 이 논이 아버지께 상의하지도 못한 채 경매로 넘어간 사건이 일어난 것이다. 아버지는 이 사실을 모른 채 농사철이 되어 논에 가보니 다른 주인이 있었으니 상심이 얼마나 크셨을지 짐작하기 어렵다. 그러나 아버지는 나에게는 말 한마디도 안 하시고 형에게 진의를 물어보라 하셨다. 그때 얼마나 걱정을 하셨을까 생각하면 지금도 마음이 아프다.

2007년 12월 24일, 아버지는 자전거로 은행에 가시어 어머니 앞으로 2천만 원짜리 적금 4개를 들어 놓고 본인이 쓸 돈을 현금으로 찾아 돌아오다 빙판길에 넘어져 고관절이 골절되는 사고를 당하셨다. 무엇인가 예지가 되었다는 생각이 든다. 이 사고로 천안 단국대병원에 입원하여 3개월 동안 고생하시다 2008년 3월 2일 운명하셨다.

병원에 있는 동안 인천에서 천안으로 왕복하며 병간호를 하였지만 허사였다. 중환자실과 일반 병실을 오가며 위급한 상황이 몇 번 있었다. 결국 산소호흡기를 부착하고 연명하시다가 유명을 달리하셨다. 돌아가시기 전 3개월 동안 아버지와 함께 병원에서 지낼 수 있어 나로서는 아

◆ 아버지와 어머니

버지께 죄송스럽던 마음을 조금이나마 덜 수 있었다.

 미리 마련한 산소에 안장하여 드렸다. 장례를 치르던 날은 진눈깨비
가 날렸다. 묘한 것은 눈이 날리는 날에 나비가 날았는데 지금까지도
나는 아버님이 나비로 환생하셨다고 믿고 있다.

아버님께 드리는 글

 살아생전에 아버님의 바람만큼 못 해드려 죄송합니다.
 계신 곳에서 편안히 영면하십시오.
 그리고,
 아버지 사랑합니다!!!

희생과 헌신으로 살아오신
어머니

자식과 남편만을 위하며 살아오신 분!
어머니를 생각하면 언제나 이 생각부터 떠오른다.

18세에 시집오시어 피난 시절을 겪으며 첫딸을 먼저 보내고 시동생
들 챙기며 자식 여섯을 키우신 어머니이시다. 모든 경제권을 아버지가
쥐신 탓에 자식 용돈을 주기 위해 장날이면 서울 장사꾼들 밥을 해주

◆ 아버지와 어머니

고 그 밥값으로 우리 용돈을 주시던 어머니였다.

어머니는 인천에 유학 보낸 어린 둘째를 집에서 학교 다니는 자식보다 더 애틋해 하며 사랑을 주셨다. 내가 고등학교 1학년 때 장티푸스에 걸려 병원에 입원해 있을 때 올라오시어 정성으로 병간호를 하며 안타까워하신 어머니였다. 내가 결혼 후에는 자식 잘되라고 아침마다 정화수를 떠놓고 비신 분이다. 일 년에 한두 번씩 인천에 있는 무당집에 농사지으신 햇곡식을 이고 오시어 치성을 드리곤 하셨다.

아버님이 돌아가시고 천주교에 입문하시겠다고 하여 교리를 받으셨다. 매주 어머니를 모시고 성당에 나가게 되어 좋았다. 어머니도 기도문을 외우며 대모님이 가르쳐 주는 교리를 열심히 따라 하셨다. 영세를 받는 날에는 아내도 같이하여 축하 주었다. 세례명은 마리아였다.

아버님 돌아가시고 6년 반 동안 매주 토요일 농사일을 같이하기 위해 내려가면 좋아하시던 어머니 얼굴이 가끔은 그립다. 일 년에 명절 때마다 만드신 어머니표 동동주는 항상 그리운 술이다. 본인이 돌아가시면 해보라고 토요일을 택해 만드시며 레시피를 알려 주셨다. 인천에 와 계실 때 내가 담근 술을 맛보시곤 잘 만들었다고 칭찬도 해주셨다.

2014년 10월 아내의 결정으로 인천으로 모시고 와 우리와 함께 생활하면서 겪은 일은 참으로 여러 가지였다. 모시고 오는 날 바로 병원에 입원해야 할 정도의 건강 상태였다. 거동은 물론 의식조차 없는 상황이었다. 피부 수술을 하고 영양을 보충하고 의식을 찾는 데는 거의 한 달이 걸렸다. 걷기 재활을 하면서 상태가 호전되기를 기다렸지만 별 변화가 없었다.

2015년 1월 퇴원을 결정했다. 집에서 직접 재활 운동을 시키기로 한 것이다. 구급차를 이용하여 집으로 왔다. 당시 우리 집은 장인어른이 유산으로 물려주신 계산동에 판넬로 지은 집 이층이었다. 방은 2개였고 방이 하나인 다른 한 동은 딸들이 생활하고 있었다. 여름은 몹시 덥고 겨울은 매우 추웠다. 난방은 전기 판넬로 했다. 내가 회사를 정리하고 1주일에 만원으로 생활할 정도로 몹시 어렵게 지내고 있을 때였다.

아내는 건물 1층 상가에서 피부관리실을 하고 있었다. 이런 상황에서 어머니를 집에서 돌본다는 것은 보통 어려운 일이 아니었다. 아침저녁으로 족욕을 해드리며 걸을 수 있도록 운동을 시켜 드렸다. 드디어 3개월 정도 후에는 2층에서 1층까지 혼자 다닐 수 있게 되었고 공원도 산책할 수 있게 되었다. 정말 감사했다.

그 후 장모님까지 우리가 모시게 되어 두 분이 한방에서 지내게 되었다. 아들 집에 사시는 어머니와 딸 집에 사는 장모님은 입장이 판이하게 다르다는 것을 느꼈다. 두 분은 식성이 다르고 잠 습관도 달랐다. 어머니는 무엇이든 잘 드시는 식성이고 장모님은 식성이 까다로운 편이었다. 장모님은 저녁 식사 후 9시 전에 잠자리에 들어 일찍 일어나는 편이고 어머니는 늦게 주무시는 편이었다. 이 또한 두 분의 분쟁 거리

중 하나였다. 나중에 주간보호센터에 같이 다니시면서는 서로 의지하고 챙기기도 하셨다.

계산동에 새집을 지으면서 잠시 둘째 여동생이 2달간 모시고 있었다. 시집간 딸과 같이 길게 생활한 유일한 기회였던 것 같다. 우리가 모시면서 어머니는 며느리와 나에게 지금이 자기 생중에 가장 행복하고 대접받고 있다고 말씀하셨다. 주간보호센터에서 응급상황이 벌어져 병원에 입원하시어 폐에 물을 빼고 투병하신 지 3개월 만인 2020년 5월 13일 96세의 연세로 우리 곁을 떠나셨다.

어머니란 단어는 항상 그립고 가슴이 멍하게 하는 단어이다.

초등학교 때의 추억과
유학의 부푼 꿈

1961년 3월 나는 둔포초등학교에 입학했다. 아버지께서는 초등학생이 된 나에게 앉은뱅이책상(의자가 없는 낮은 책상)을 사주셨다. 입학 전 나는 웬만한 한글은 다 쓸 줄 알았고 이를 보신 아버지께서 형한테는 안 사주신 책상을 사주셨다. 형과는 이 책상을 서로 쓰겠다고 싸웠던 기억이 있다. 당시 형은 3학년이었다. 항상 바닥에 엎드려 공부했던 나는 얼마나 좋았던지 그때를 생각하면 지금도 기분이 좋아진다.

내가 배정된 1학년 3반 담임은 성수경 선생님으로 여성이었다. 내가 48회 졸업생이니 역사가 꽤 깊은 학교인데 대부분 교실은 목조 건물이었고, 역사를 증명하듯 운동장 복판에 엄청 오래된 나무 한 그루가 있었다. 교실 바닥은 나무로 되어있어 초 또는 들기름을 마루에 바르고 윤이 나도록 마른걸레로 닦았다. 그때만 해도 입학하면 모든 학생들이 앞가슴에 손수건을 달고 다녔다. 코를 흘리면 그것으로 닦아야 하기 때문이었다. 대부분 아이들이 코를 흘렸다. 아마도 못 먹고 발달이 늦어 그러지 않았나 싶다.

일주일에 한 번은 방공 훈련을 받았다. 북한군 비행기 폭격을 가상하여 하는 대피 훈련이었다. 학교 울타리 근처에 방공호를 파놓고 사이렌 소리가 나면 공부하다가도 짐을 싸 그곳으로 뛰어가 숨은 다음, 해지 사이렌 소리가 날 때까지 엎드려 기다리곤 했다. 유엔 구호물자로 받은 분유가 나왔는데 이것을 밥할 때 넣어 찌면 굳으며 딱딱해져 이빨로 잘라 먹는 맛이 아주 좋았다. 숙제 중에는 쥐꼬리를 가져가는 것이 있었다. 쥐가 많아 이를 박멸하려는 정부 방책이었다. 고학년이 되면서는 송충이잡이도 많이 했다. 체육 시간이나 날을 잡아 전교생이 산을 하나 정해 송충이잡이를 했다. 5·16 후 정부에서 산림녹화에 신경을 쓰면서 송충이 박멸 작전의 일환으로 학생들을 활용했던 것이다.

우리 학교에는 다 허물어져 가는 목조로 된 외딴 교실 하나가 운동장 한구석에 덩그러니 있었다. 달걀귀신이 나온다고 모든 학생이 이곳에 배정받는 것을 싫어했다. 그런데 내가 4학년 때 우리 교실이 되었다.

이때 담임은 유창희 선생님이다. 여선생님이었는데 아주 예뻤다. 어느 날 교실 창 너머로 우리 학교 총각 선생님이 담임선생님을 불렀다. 나중에 안 사실이지만 두 분은 서로 좋아하는 사이였고, 마침내 결혼까지 하셨다. 교실이 하나밖에 없어 다른 선생님들 눈치 볼 일이 없으니 이곳에서 자주 만나셨던 것 같다. 어린 나이였지만 우리 선생님이 다른 분하고 친하게 지내는 것이 싫었다. 그래서 우린 담임선생님을 가끔 귀신 나온다고 놀리곤 했다.

5학년 때 담임은 윤경기 선생님이었다. 초등학교 담임 중에는 가장 기억에 남는 선생님이다. 선생님 때문에 공부하는 방법도 배웠고 나름 열심히 했다. 반장도 했고, 중학교 진학을 도시로 해야겠다고 이때 마음먹었다. 당시는 교사가 과외수업을 할 수 있었다. 아버지께서는 내가 선생님에게 과외를 받게 해주셨다. 선생님은 공부를 잘하는 애들끼리 조를 만들어 한곳에 모아 과외가 없는 날은 공부를 하게 하셨다.

이때 많은 애들이 우리 사랑채에 모여 공부를 하곤 했는데 화장실에 갈 때면 여자아이들은 무서워하곤 했다. 우리 집 화장실이 옥외에 있고 전형적인 시골의 푸세식 화장실이어서 촛불이나 등이 없으면 아주 깜깜해 매우 무서웠기 때문이다. 그때 우리 집에 와 공부했던 친구들이 가끔은 보고 싶다. 지금까지도 초등학교 친구들은 1년에 두 번 동창회 모임 때 40~50명씩 만나고 있다. 아쉽게 이 세상을 떠난 친구도 꽤 있다.

나의 6학년 시절은 조금은 특이했던 것 같다. 담임은 엄영섭 선생님이었다. 그런데 선생님이 산수 시간이면 학생들 질문에 답을 못하고 절절매셨다. 당시 몇몇 친구들이 쉬는 시간이면 머잖아 중학교 입학시험을 치러야 하는데 걱정이 많다고 반장인 나에게 상의하곤 했다. 해결책을 생각하다 5학년 담임이었던 윤경기 선생님께 이 사실을 말씀드렸다. 윤경기 선생님은 교장 선생님과 상의하여 결국 본인이 몇 개월 우리를 가르쳐 주셨다. 우리 48회 졸업생들은 조금은 유별난 데가 있었다. 우린 졸업 앨범이 없다. 우리 동기 중엔 사진관을 하는 두 친구가 있었는데 어느 한 집을 선택할 수 없어 앨범을 하지 않고 단체 사진 한 장만 찍었기 때문이다. 지금도 앨범이 없는 게 옛 친구를 찾을 때 어려운 점이 있어 아쉽기만 하다.

아버지 생신은 음력으로 9월 18일이다. 이때면 전쟁 당시 피난 오다 헤어져 미군을 따라갔던 작은아버님, 즉 아버지의 사촌 동생이 꼭 찾아오시곤 했다. 작은아버님은 체구도 작고 눈치가 빨라 미군을 따라가 당번병 일을 하셨다. 그러다 인천 부평에 주둔한 미군 식당에서 일을 하게 되었고 이후 결혼해 인천에 살고 계셨다. 친가 쪽 피붙이는 내 아버지뿐인지라 항상 형님을 아버지처럼 생각하고 한 해도 거르는 적 없이 생신 때마다 오셨다. 그럴 때마다 나의 성적 수준을 물으셨고 중학교는 인천으로 보내라고 아버지께 말씀하셨다. 아버지께서는 특별히 안 된다고 말씀하시지 않았다. 그럴 때마다 나는 내심 중학교는 인천으로 유학할 수 있겠다고 기대를 걸고 있었다. 내가 6학년 때 1학기가 지나고 아버지 생신 때 어김없이 작은아버지 부부가 집에 오셨고 아버지에게 나의 중학교 진학을 말씀하셨다. 결국 아버지께서는 나를 인천으로 보내기로 결정하셨다. 나는 뛸 듯이 기뻤다.

이때 형은 집에서 4~5km 떨어진 둔포중학교에 걸어서 다니고 있었다. 내 밑으론 57년 4월생인 옥선 동생이 초등학교 3학년, 그 밑에 59년 7월생인 순선이 1학년, 61년 7월생인 셋째 필선이가 여섯 살, 막내인 64년생 7월생 애선이가 세 살 때이었다. 이렇게 줄줄이 학교에 보내야 하고 삼촌들 장가보내며 작은 시골집이지만 집을 마련하여 살림을 내주신 아버지로서는 자식을 도시로 유학 보내는 게 쉬운 일이 아니었다. 그런데도 아버지가 나를 인천에 사는 사촌 동생에게 보내 공부하도록 결정하신 것을 생각하면 감사하고 존경스럽다.

더욱 감사한 것은 작은아버지의 결정이다. 당시 작은아버지는 처가살이를 하는 처지였다. 장모님, 처남, 처제, 그리고 57년생인 사촌 동생 희선, 59년생인 강선, 62년생 쌍둥이 재선·정선 남매와 함께 인천 내동 209번지 작은 집에서 사는 형편이었다. 인천 신포시장 입구인 집은 가게가 한 개, 방이 네 개이고 마루가 있었다. 가게에서는 사돈 할머니께서 선술집을 하셨고 처제는 양장점에 다녔다. 이런 상황인데 조카를 데리고 와 공부를 시키려 하셨으니 정말로 감사하고 또 감사하다. 인천 유학은 나의 인생 중 첫 번째 전환점이 되는 계기였다.

◆ 인천 유학 오기 전 가족사진

2장

인천 유학과 푸른 꿈

유학이라는 책임감과 함께한
중학교 시절

인천에 오니 유학을 결정해 주신 부모님과 조카를 도시에서 공부하게 해주신 작은아버님에 대한 고마움과 책임감이 생겨났다. 도시생활의 설렘보다는 열심히 공부하여 이북에서 피난 나와 잘된 사람 하나 없는 집안을 위해 중추적인 역할을 할 수 있게 꼭 성공하겠다는 다짐이 들었다.

당시에는 중학교에 들어가기 위해서는 입학시험을 치러야 했다. 원서를 쓰기 위해 인천에 있는 중학교를 조사해보니 작은아버지께서 추천해주신 인천중학교는 인천에서 제일 명문으로 꼽히는 학교였다. 제물포고등학교가 있는 중학교로서 인천에서도 상위 그룹학생들이 지원하는 학교였다. 나는 용감하게 이곳을 지원했다. 학교의 위치가 맥아더 장군 동상이 있는 자유공원 바로 밑이다. 하지만 결과는 낙방이었다. 어른들에게 시작부터 실망을 드렸다. 후기로 송도중학교를 지원하여 합격통지를 받았다. 부모님을 비롯한 주위 분들은 시골에서 이 정도도 잘한 것이니 열심히 하라는 위로의 말씀들을 해주셨다.

1967년 3월 송도중학교 입학식을 마치고 본격적인 인천생활이 시작되었다. 학교는 답동사거리에 위치하여 내동 집에서 도보로 15분 거리였다. 우리 학교와 근접한 곳에 여학교인 상인천여중과 인천여상이 있었다. 등교 시에는 항상 여학생들 틈에 끼여 등교를 했다. 1학년 3반에 배정되었고 담임은 영어를 가르치던 유영남 선생님이셨다. 당시 송도중학교에는 우수반이 있었다. 1반에서 3반까지가 우수반이었고 나머지 반으로 4반부터 7반까지 있었다. 대부분 일차시험을 치르고 실패하여 2차로 들어온 학생들이기에 그 층이 다양했다. 반 배정을 하고 교실에서 키순대로 선 다음 번호를 정하고 자리를 배정했는데 나는 키가 큰 편이라 뒤에 있었고 남시원이란 아이와 짝이 되었다. 인천에 와 처음으로 만난 친구였다.

인천에는 시골에서는 보지 못하는 새로운 것들이 많았다. 많은 차들, 높은 건물들, 번잡한 길거리 풍경 등 촌놈이 보기에는 모든 것이 다 신기하게 보였다. 처음 사귄 친구 남시원이 하루는 자기 집에 가자고 하여 따라갔다. 좁은 골목으로 나를 계속 데리고 가더니 한적한 곳에 이르러 갑자기 돌변하여 나를 윽박지르며 겁을 주는 것이었다. 나는 갑작 놀라 왜 그러냐며 당황해하니 이 친구 깔깔 우스며 장난이라며 날 놀렸다. 그때 생각하면 정말 순진했던 것 같다. 시원네 집은 자유공원 바로 밑에 한옥이었다. 학교에서는 도보로 30~40분 거리에 있어 우리 집에서도 한참 멀었다.

시원이는 막내로 홀어머니와 위로 형들이 셋 있었다. 바로 위 형은 그 당시 송도고등학교에 다니고 있었고 큰형은 대학생이었다. 아버지는 시원이 세 살 때 돌아가셨다고 했다. 이렇게 형들이 많아 시원이는 우리를 리드하는 편이었다. 여자 친구에 관한 일, 장래희망에 대한 일 등 거의 모든 일을 시원이에게 의논하고 의지했다. 특히 시골에서 올라와 특별히 친구가 없는 나는 더욱더 그랬던 것 같다.

나는 중학교 시절 대부분 시간을 학교에서 보냈다. 학교수업을 마치면 보충수업, 보충수업 끝나면 도서관, 집에 오면 11시경이 되었다. 당시는 통행금지가 있어 12시 전에는 집에 와야 했기에 거의 그쯤 되어 집에 왔다. 그렇게 오로지 공부에만 전념했다. 그 결과 3년 내내 상위권을 유지할 수 있었다. 당시 생각으론 이렇게 해야 나를 위해 애써주신 부모님, 작은아버지 식구들에게 보답하는 길이라 생각했다.

중학교 2학년 여름방학의 일이다. 시골집에는 여름방학 또는 겨울방학 외에는 잘 내려가지 않았다. 방학 때도 며칠 내려가 부모님 형제들과 친구 일부를 만나고 공부를 핑계 삼아 곧바로 인천으로 오곤 했다. 그런데 한번은 방학 때 고향에서 사고가 있었다. 저녁에 친구를 만나 놀다가 좀 늦게 귀가하던 중 일어난 사건이다. 어두운 골목길에서 갑자기 한 사람이 내 얼굴을 가격해 앞니가 부러진 사건이다. 무방비 상태로 방심하고 걸어가다 옆에서 갑자기 튀어나온 주먹에 가격당했으니 힘없이 이가 부러질 수밖에 없었다.

알고 보니 때린 나와 동네 친구였는데 자기랑 관계가 있는 사람으로 오인하고 그런 행동을 하였다. 자주 고향에 오지 않고 당시 키가 지금의 키인 177cm였으니 상대방은 있는 힘을 다해 나를 가격했다. 다음 날 그쪽 부모님이 찾아와 내 부모님께 사과하고 치료해주겠다고 하여 사건은 마무리되었다. 치과의사가 하는 치과에서 치료했어야 하는데 시골의 면허 없는 치과에서 급하게 치료하다 보니 앞니는 지금까지 네 번 정도 다시 하고 고생하고 있다. 중학교 시절 고향에서 있었던 잊지 못할 사건이다.

중학교 3학년 때 평소처럼 도서관에서 공부하고 9시쯤 시원이와 다른 친구 최명수와 셋이 배가 고프니 단팥죽을 먹고 가자고 하여 동인천 쪽에 있는 분식집에 들러 맛있게 먹었다. 집에 가려고 가게를 나오는데 여학생 셋이 우리 앞을 지나가고 있었다. 항상 우리의 대장인 시원이가 "여학생들이 이렇게 밤늦게 다니냐"며 말을 걸었다. 상대 쪽에서 무슨 상관이냐며 반응이 왔다. 이때를 놓치지 않고 시원이는 그 여학생들과 얘기를 계속하며 다음 약속을 잡고 있었다. 당시는 교복을

◈ 중학교 졸업식 아버지와 함께

◈ 중학교 졸업식 작은 어머니와 함께

입고 다녔고 학교가 그리 많지 않았던 때라 교복만 보면 어느 학교인지를 알 수 있었다. 인성여자중학교 학생들이었다

이것을 시작으로 난생처음 여학생들과 사귀게 되었다. 만난 장소는 주로 신포시장 안에 있는 대성제과나 집 근처 골목이었다. 그때는 학생들이 빵집에도 못 다녔다. 생활지도부 선생님한테 발각되면 반성문 작성하고 심하면 정학 등의 처분을 받았다. 일본교육의 잔재와 유신체제의 강제적 학생규제였던 것 같다. 우린 남자 셋, 여자 셋이 처음 만나 자연히 짝이 맞춰졌고 서로는 각자 만나게 되었다. 집 전화 외에는 특별히 연락할 수단이 없던 때인지라 만날 때 다음 약속을 안 하면 연결이 어려웠다. 나는 고등학교 입시가 얼마 남지 않고 공부해야 한다는 강박관념에 더 이상 만날 생각이 없어 연락을 안 했다.

◈ 중학교 졸업식 아버지와 작은 아버지

◈ 잘 챙겨주셨던 사돈 할머니

그런데 시원이는 자기 여자 친구를 계속 만났는데 시원이를 통해 내 파트너가 만나자는 연락이 왔다. 지금은 이름도 기억이 없지만 그때는 마지막으로 만나 명확히 내 의견을 전할 생각으로 시원네 집이 있는 근처 골목에서 우리 셋과 그쪽 셋이 만나기로 했다. 우리가 먼저 가 있었는데 저쪽 끝에서 웬 건장한 남자들과 그 여자애들이 오고 있는 것이었다. 불길한 예감이 들었다. 점점 가까이 오는데 남자애들 손에는 각목이 들려 있었고 여자애들은 그 뒤를 따라오고 있었다. 가까이 와서는 남자애들이 우리 보고 "우리 여자 친구들을 너네들이 가지고 놀았느냐"고 겁을 줬다. 항상 그랬듯이 시원이가 나서서 그렇지 않다며 변명을 했지만 그 애들은 혼 좀 나보라는 듯 곧장 각목을 휘둘렀다. 워낙 순식간에 일어난 일이라 어찌할 수가 없었고 친구 시원이가 한 대 맞자 우린 도망치며 사람 살리라고 소리를 질렀다. 마침 근처에 우리 학교

◆ 중학교 졸업식 친구들과 함께

선배가 나와 보고는 그 애들을 혼내줘 사건은 일단락되었다.

우린 정신 차리고 시원네 집에 들어가 거울을 보며 상처를 살피고 있는데 시원이 어머니께서 외출해서 돌아오시다 이 광경을 보시고 '쪼그만 놈들이 여자 꽁무니 따라다니다 꼴 좋다' 하셨다. 이미 우리가 여자애들 만나고 다닌 것을 아셨던 것 같다. 이 사건은 내가 처음으로 여자친구를 사귄 일이며 그 후 여자 친구를 사귀지 말자 하여 대학 진학할 때까지 여자 친구를 가까이하지 않았다.

고등학교 진학을 결정해야 하는 2학기 말, 두 가지 길이 있었다. '인문계 진학이냐? 실업계를 갈 것이냐?'였다. 인문계일 경우 우선 원칙이 동계 진학이다. 즉 중학교와 같은 계열의 고등학교 진학이 문교부에서 정해놓은 규칙이었는데 동계 진학은 특별한 입학시험이 없다. 따라서 내가 인문계를 선택하면 동계 진학으로 송도고등학교에 갈 수 있었다. 인문계가 아닌 실업계를 선택하면 공고나 상고 중 원하는 학교를 선택하여 입학시험을 치르고 합격해야 진학할 수 있었다. 나는 대학 진학의 꿈이 있어 고민 끝에 인문계 진학을 결정했다. 사실 형도 있고 부모님도 계셨지만 모든 나의 진로는 스스로 결정했다. 부모님도 형님도 나를 믿고 나의 결정에 반대하지는 않았다. 이 결정 이후 지금까지도 나 혼자 결정하고 나 혼자 책임지는 습관이 생겼다. 어떤 때는 외로움을 느꼈고 어떤 때는 실패의 경험도 했다.

장티푸스로 3개월의 공백이 컸던
고등학교 시절

1970년 그렇게 송도고등학교에 입학했다. 대부분 동계 진학이라 새로운 친구는 거의 없고 다 낯익은 친구들이었다. 2학년 올라갈 때 이과와 문과로 나누어졌다. 이과는 이공계 전공, 즉 공대나 자연계열 대학 진학 예정자이고 문과는 법대, 경영대학 등을 지원할 학생들이 선택했다. 나는 이과를 선택했다. 우리 반에는 중학교 때부터 단짝이었던 남시원, 한순택, 이경호, 이인식, 백인기, 정순흥, 임정한, 정찬영, 차영

◆ 고등학교 3학년 4반 은사님과 함께

경 등 지금까지도 만나는 친구들이 같이했다. 고등학교에 진학 후 중학
때와 마찬가지로 대학 진학을 위해 열심히 공부했다. 담임은 금동신
선생님으로 영문법을 가르치셨다.

1970년 10월경 인천에 장티푸스가 유행했다. 장티푸스는 증상이 처
음에는 감기와 유사하다. 나는 열이 나고 기침도 나오고 하여 초기에
는 감기인 줄 알고 병원에 가 치료했다. 하지만 병세가 호전이 없고 나
중에는 하혈을 하고 기절하는 증세까지 갔다. 구급차가 오고 종합병원
이 많지 않았던 인천에서 그래도 큰 병원인 인천기독병원에 입원하게
되었다. 진단 결과 장티푸스였다. 지금은 감염병 대처 방법이 체계화·
조직화 되어있지만 그때만 해도 그런 시스템은 생각도 하지 못할 때였
다. 먹고 사는 것이 최우선일 때인지라 환자의 수가 많아지면서 진상

◆ 고등학교 3학년 친구들과 함께

을 파악하게 되었고 그 결과 수도국에 다니는 직원이 장티푸스에 걸린 줄 모르고 근무하면서 수돗물에 감염되면서 벌어진 일이었다. 이것을 모르는 시민들이 수돗물을 먹었으니 집단 감염될 수밖에 없었다. 많은 사람이 사망했으며 내 주위에도 사망한 사람이 있을 정도로 위중한 전염병이었다.

대학입시를 준비하던 형님도 예비고사 시험을 치르기 위해 시험장이 있는 인천에 와 있을 때였다. 형님이 급하게 집에 연락하여 병간호를 위해 어머니께서 인천에 올라오셨다. 장티푸스는 법정 전염병이어서 격리되었고, 하혈을 많이 해 피가 부족하여 수혈을 여러 차례 했다. 치료가 늦어 증세가 심각했던 것이다. 기억으론 2주 정도 금식하며 치료했고 4주 정도 병원에 있었다. 다행히 큰 이상 없이 퇴원할 수 있어서 감사했다.

당시 내가 생활하던 인천 집은 작은아버지께서 운영하던 송현동 중앙시장에 있는 양장점을 재건축하면서 작업장을 집으로 옮겨 집에서 옷을 만들고 있을 때였다. 좁은 공간에서 마루에 재봉틀 몇 대를 놓고 옷을 만들고 있었다. 그 직원 중 한 사람이 장티푸스에 감염되면서 집안 식구 대부분이 감염되어 증상이 있었으나 유독 내가 심하게 앓았다. 그 여직원은 결국 사망했다.

이로 인해 나는 학교에 거의 3개월을 못 갔으며 유급의 위기에 있었다. 다행히 담임선생님께서 배려해주어 유급의 위기는 모면했으며 친구들이 공부한 노트를 가져와 보게 해주어 병 중에도 공부를 했다. 친구 시원이가 가장 많이 도와주었다. 하지만 이때 몇 개월의 공백이 고등학교 공부를 하는데 큰 타격을 준 것은 사실이다. 열심히 공부했는데도 좀처럼 따라잡기가 힘들었기 때문이다.

1971년 형님은 동생들과 집안 사정을 감안하여 학비가 적고 군대를 면제받는 2년제 교육대학인 공주교대에 입학했다. 지금은 교대가 4년제이며 인기도 많지만 당시 교대는 2년제였고 남자의 경우 방학 때 군사교육으로 군대를 면제를 받을 수 있었다. 밑으로 동생들이 다섯이나 있고 부모님 사정을 잘 아는 형님께서는 모든 것을 고려하여 결정한 일이었다. 지금까지도 그런 형님의 배려가 감사하고 고맙다.

1972년 8월 재건축이 완료되어 작은아버지 식구와 나는 새집으로 이사를 했다. 3층 규모의 집이었고 1층은 가게 2, 3층이 살림 공간인 구조였다. 넓은 면적의 집은 아니었지만 일단 사돈네 식구와는 별도로 생활할 수 있었고 남자 동생 둘과 나까지 셋에서 3층을 사용할 수 있어 좋았다. 조용히 공부할 수 있는 공간이 별도로 생긴 셈이다. 이곳에서 군대 가기 전까지 생활했다.

1972년 3학년 2학기 대학을 결정해야 할 시점이 되었다. 당시는 유신 시절이고 정부에서 중화학공업 육성책을 발표하여 조선업, 화학 관련업 등이 인기가 있었다. 이공계였던 나는 조선공학과를 선택했다. 전국에 조선공학과가 있는 대학을 찾아보니 서울대, 부산대, 인하대 등 몇 곳 되지 않았다. 서울대 갈 실력은 안 되었고 인하대는 왠지 아닌 것 같아 결국 부산대에 원서를 쓰기로 결정했다. 부산대는 국립대학으로 학비가 사립대의 1/3 수준인 것도 내가 선택한 이유였다. 지금은 인터넷이나 핸드폰 등을 통해 정보 공유가 용이하나 그때는 가서 확인하든가 아니면 전화로 어렵게 확인해야 입시요강을 알 수 있었다. 원서도 학교에 직접 방문하여 사야 하는 시절이었다. 새벽에 인천을 출발 부산행 열차를 타고 물어물어 부산대에 찾아가 원서를 사려고 확인해보니 그날이 원서 마감일이었다. 낭패였다. 하는 수 없이 야간열차를 타고 되돌아왔다. 결국 고민 끝에 인하대를 지원하기로 했다.

인하대 입시요강은 계열모집이었다. 즉 기계계열에 기계과, 금속과, 조선공학과 등이 있었다. 나는 1지망 기계계열, 2지망은 화공계열로 지원했다. 화공계열에는 화학공학과, 고분자학과 등이 있었다. 계열모집은 1학년 과정을 공통으로 이수하고 2학년 올라가면서 자기가 전공할 과를 선택하는 제도다. 나의 전공 지원은 정부정책에 맞춰 졸업 후 취직을 염두에 둔 선택이었다. 결과는 2차 지망인 화공계열에 합격이었다. 1지망도 되지 않아 내 실력이 그 정도였구나 하는 생각에 실망했다. 부산대학에 지원했으면 어쩔 뻔했나 하는 생각마저 들기도 했다.

대학 입학과 열정을 바친
극회 활동

　1973년 3월 입학식을 마치고 본격적인 대학 생활이 시작되었다. 고등학교 시절에는 술, 담배 같은 건 전혀 할 생각을 하지 않았다. 고등학교 졸업식 날 시원이 형이 이젠 너희들도 사회인이 되었으니 술 한잔하자고 동인천역 근처 용동 술집에 데려갔다. 그때 처음 못 먹는 술을 먹고 시원이는 정신을 차리지 못했고 나도 혼난 기억이 술에 대한 전부이다. 물론 제사 때나, 명절 때 제사 후 음복주라 하여 아버지께서 주신 술을 한두 잔 한 적은 있었다.

　그런데 대학에서는 술 먹을 일이 많았다. 동문 모임이나 과 모임 시 선배들이 권하는, 아니 강제성을 띤 술 때문에 신입생 초기에 아주 애를 먹었다. 당시에는 동문 모임 때 선배들이 신입생 군기 잡는다고 막걸리를 큰 함지박에 부어놓고 바가지로 돌아가며 먹으라 했다. 못 먹는다고 하면 벌을 주었고 잘 못 먹으면 벌주를 주는 식으로 강제로 술을 먹이는 문화가 있었다. 어느 학교에서는 술 먹다 사망한 사건이 있어 신문에 나기도 했다. 지금 생각해보면 왜 그랬을까 싶다.

　나의 대학 생활 중 나를 가장 많이 변화시킨 것은 인하극회 동아리 활동을 한 것이다. 대학 생활에 적응해 갈 때 학교 게시판에 동아리 모집 광고를 보게 되었다. 그중 내 눈에 들어온 동아리는 인하극회였다. 고등학교 시절 하지 못했던 취미생활을 위해 동아리 활동을 선택했고 그것이 극회였다. 1972년 공대에서 종합대학이 된 인하대학교는 이제 막 종합대학으로서 모양새를 갖춰갈 때였다. 공대 위주의 과에서 가정학과, 상경대, 사범대학, 법대 등 인문계열이 생겼으며 남학생 위주의 학교에서 여학생들도 보이는 학교로 변해가고 있었다.

극회에 가입하기 위해 공고문에 적힌 강의실로 향했다. 가정학과 교실인 신관 3층으로 기억된다. 학교 사정상 동아리방 배정이 안 돼 강의실을 이용해 활동하고 있었다. 5~6명의 신입회원이 앉아 있었고 선배인 유영희 씨가 인하극회에 대하여 설명하였다. '1972년에 창립한 동아리이고 자기는 가정학과 2학년이며 가입을 환영 한다' 이 정도의 설명이었다. 옆에 남학생이 한 명 있었는데 건축과 2학년 한영권이고 유영희 씨와 같이 창립했다고 했다. 입회 동기로는 같은 73학번인 이보상, 유승희, 이종해, 홍성순 등이 있고 72학번 선배인 이재환, 김영범 등이 있다.

입회원서를 쓰고 본격적으로 극회 활동을 시작하였다. 창립하고 인원이 없어 공연을 하지 못했던 터라 우리가 입회하면서 극회는 20명이 넘는 회원을 확보하여 창립공연을 해야 한다는 의견 일치를 봤다. 창립 멤버인 한영권 씨가 회장이고 유영희 씨가 부회장으로 되어있었으나, 경영대학 2학년인 이재환 선배, 김영범 선배 등 우리 입회 동기들이 수적으로 많아 회장을 다시 뽑자는 의견을 제시하고, 신임 회장으로 이재환 선배를 선출했다. 그는 부산 경남고등학교 출신으로 문재인 대통령 동기동창이다. 추진력이 있고 후배들과 유대가 좋은 그가 동아리 운영 적합자로 인정된 것이다. 나중엔 한영권 씨는 설 자리를 잃고 동아리 활동을 1년도 안 돼 그만두었다

연극공연을 하려면 준비해야 할 것이 많다. 작품선정, 연출자 선정, 무대장치, 의상, 음향, 기획 등이 필요하다. 학교는 공연장이 없었고 강당으로 쓰는 곳이 두 곳 있었는데 한 곳은 대강당, 한 곳은 5호관 소강당이었다. 두 곳 다 공연을 하기에는 무대시설, 조명시설, 음향시설 등이 아주 미흡하였다. 이 문제는 자체적으로 해결해야 하는 것이었다. 우린 학생회에 도움을 요청하기로 하고 그 임무는 회장과 집행부에서 책임지기로 했다. 그다음은 작품선정, 연출자 선정 등 하나씩 결정했다.

첫 번째로 연출자 문제는 수소문 끝에 인천 연극발전에 지대한 관심을 둔 정진 선생님을 찾아가 사정을 말씀드리고 부탁을 드렸다. 당시 정진 선생님은 인천 경동에 돌채라는 소극장을 운영하셨는데 우리 사정을 듣고 연출료는 거의 받지 않는 수준에서 흔쾌히 승낙해주셨다. 정진 선생님은 우리에게 한명회 역으로 TV 드라마에 출연한 것으로 널리 알려졌지만 인천 동산고등학교를 졸업한 동대 연극영화과 출신이다. 인천지역사회 연극발전을 위해 부단히 노력했던 분이다. 정진 선생님은 우리에게 인천은 공연관람을 거의 서울 쪽으로 가 공연이 활성화가 안된다면서 이런 지역 특성상 인천 연극이 발전하기 어렵다고 하시며 대학생들이 붐을 일으켜줄 것을 주문하셨다.

처음 정진 선생님과의 상견례가 기억에 남는다. 약속된 날 우리가 모임 있을 때마다 모이는 장소인 1호관 3층에 우리 회원들이 모였고 정진 선생님이 오셨다. 첫인상은 키도 작고 인상이 평범하지는 않았다. 난 그때 특이한 분이구나 하는 인상을 받았다. 우리에게 상황을 주시고 말을 해보라 하셨다. 발음을 보시고 배우를 정하려고 하셨던 것이다. 우린 이런 상황이 처음인지라 많이 긴장했고 우린 초등학생 국어책 읽듯이 읽었다.

며칠 후 선생님은 작품선정을 하셨고 배역도 정하셨다. 작품은 1958년 영화로 개봉했던 "자유결혼"을 "딸들이여 자유결혼을 구가하라"로 제목을 바꿔 하기로 했다. 나는 첫째 사위 역이었다. 첫 무대 첫 장면에 나오는 역으로 전체 연극 중에는 몇 번 나오지 않는 단역이었다. 내

◆ 연극부 창립 공연 〈자유 결혼〉

용상 배역을 보면 딸 셋, 아버지, 어머니, 딸의 배우자 및 남자 친구 셋, 주례, 기타 등 10명의 배우가 필요했다. 창립공연이고 생애 첫 공연이라 정말 모두 열심히 했다.

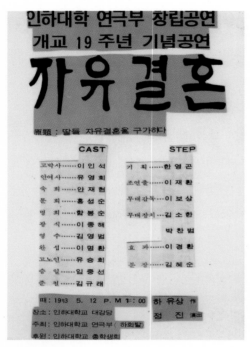

◆ 창립 공연 포스터 편집

당시 사회적으로는 유신반대 데모가 곳곳에서 있었고 경찰서 형사과 형사들이 학교에 상주하며 학생들 동태를 살필 때였다. 특히 극회는 이념동아리라 하여 요주의 동아리였다. 심지어 공연 희곡을 검열받아 통과되어야 공연을 할 수 있었다. 물론 우리가 공연할 '자유결혼'은 별문제가 없어 이런 제재는 받지 않았다. 이념동아리의 회장과 집행부는 한번 이상은 형사들과 면담하였고 항상 생활 동선이 자유롭지 못했다.

우린 연극을 준비하며 해결해야 하는 무대장치, 조명, 음향 등 여러 가지를 자체 해결하여야만 했다. 무대장치를 위한 합판이나 각재는 야간에 학교공사장에서 2인 1조가 되어 몰래 가져다 썼고, 직접 우리 손으로 제작했다. 가장 문제가 조명이었는데 이것은 정진 선생님 도움으로 선생님 소극장과 지인을 통해 공연 전 임대하여 쓰기로 했다. 학생회 측엔 봄 축제 때인 5월에 공연하기로 하고 축제예산 중 일부를 지원받기로 학생회 측과 협의했다. 이때 유영희 씨가 많은 역할을 했다. 학생회에 거의 떼쓰다시피 하여 어느 동아리보다 많은 예산배정을 받았다. 이렇게 준비하는 동안 우린 동기, 선배들과 동질의식을 느끼며 탄탄한 관계가 되었다. 이때 만난 인연으로 지금까지 OB 모임을 통해 유대를 맺고 있다. 아쉽게 정진 선생님은 돌아가시어 뵙지를 못한다.

◆ 극회 창립 공연

정진 선생님은 우리들에게 연극을 지도해주시는 것은 물론 대학 생활의 방향, 술 먹는 법, 대인관계 등까지 많은 것을 가르쳐주셨다. 난 이때 술도 배웠고, 지금은 피우지 않는 담배도 배웠다. 한마디로 이젠 대학생이 되었으니 성인으로서 할 일은 다 하고 사회경험을 충분히 쌓으라고 가르쳐 주셨다. 그런 선생님이 당시 아주 멋있게 느꼈고 그렇게 하려고 노력했다.

우여곡절 끝에 성황리에 창립공연이 마무리되고 쫑파티 때 우린 그간의 수고에 서로 얼굴을 보며 누구 먼저랄 것 없이 눈물을 흘리며 뿌듯해했다. 이후 난 극회 활동을 하며 군대 가기 전 2학년 때까지 두 번 더 연극공연에 참여했다. 배우로서가 아닌 스텝으로 무대장치, 기획, 조명 등을 맡았다. 정진 선생님이 보실 때 배우로서 자질이 없는지 선택하지 않으셨다. 극회의 활동은 군대 제대 후 복학하고도 계속하였고

◆ 극회 정진 선생님과 지도 교수와 함께

지금도 OB 모임으로 유대를 맺고 있다.

 1학년이 끝나고 화공계열 중 화학공학과를 선택하였다. 1학년 땐 교양과목 위주의 수업이었는데 본격적인 전공과목을 공부하는 때가 된 것이다. 같은 과에 이창영, 양승부, 차연경, 김대원, 유창덕, 김진한, 남원기, 이영하, 심진섭, 이승하, 최돈시 등이 함께했다. 2학년 2학기 초 군대 영장이 나왔다. 입대일은 1975년 2월 4일이었다. 연기해도 되는 상황이었지만 여러 정황을 볼 때 ROTC 지원을 안 하면 2학년 마치고 군대에 가는 것이 옳다고 판단되어 그대로 가기로 했다. 그래야 제대하고 2년 정도 더 공부하면 취직하는 데 도움이 될 것이란 판단되었다.

◈ 화공과 동기들과 함께

파란만장 군 생활과
제대 5개월 전의 아찔한 추억

1975년 2월 4일, 입영집결지는 32사단이 있는 조치원이었다. 내가 고향이 충청도인 데다 32사단 조치원 훈련소가 특수병과들이 주로 가는 곳이다 보니 그리 배치된 것이다. 시골 친구 중에는 나종수란 친구 하나만이 같이 가게 되었다. 인천에서 송별회를 하고, 고향인 둔포에서 친구, 가족 송별회를 한 다음 형님과 새벽같이 기차를 타고 조치원으로 향했다.

훈련소 입구에서 형님과 인사하고 부대 안으로 들어가 본격적인 훈련병 생활이 시작되었다. 당시 날씨는 매우 추웠고 구정을 일주일 남겨놓은 상태라 모든 훈련병들의 마음이 뒤숭숭할 때였다. 이틀 동안 신체검사를 받아 이상이 있는 병사는 귀가 조치하고 나머지 합격자에게는 군번이 부여되었다. 새 군복과 군화가 지급됐고 집에서 입고 온 사제 옷은 소포로 집에 보내게 했다. 옷을 포장하고 그 위에 집 주소를 적을 때 기분이 참 묘했던 기억이 있다.

훈련소 생활은 정말 힘들었다. 식사는 물론 겨울철 내무반 난방, 화장실 등등, 지금 생각해보면 모든 것이 정말 열악했다. 식사 메뉴는 고

깃국이어도 거의 맹물이나 다름없었고 반찬도 소금 김치 정도였다. 그나마도 다 먹기 전에 조교들이 "식사 끝" 구령을 하면 멈춰야 했기에 항상 배가 고팠다. 식기세척은 더 문제였다. 더운물은 구경도 못 하고 수돗가에서 찬물로 돼지기름이 있는 플라스틱 식기를 기름기 없이 한정된 시간에 세척해 검사를 받아야만 했다. 모래로 문지르고 별수단을 다 썼다. 이러다 보니 손등은 다 트고 동상이 걸린 훈련병도 많았다.

내무반 난방은 물을 탄, 즉 석탄가루를 물에 개어 밑불에 올려놓고 구멍을 뚫어 19공탄처럼 따뜻하게 하는 형태였다. 조금만 시간을 놓치면 꺼지기에 십상이었다. 야간에 불침번이 불을 꺼트려 팬티 바람에 그 추운 겨울 연병장에서 양팔 벌리고 벌을 받은 기억은 평생 잊지 못할 경험이었다. 노천화장실은 더욱 난감했다. 문이 없는 노천화장실에

◆ 조치원 훈련병 시절

서 볼일을 볼 때 모자를 많이 잃어버렸다. 훈련 중 모자를 잃어버린 훈련병들은 누군가 화장실에 들어가는 것을 지켜봤다가 볼일 볼 때 잽싸게 훔쳐 달아나곤 했던 탓이다. 모자를 그렇게 잃어버리면 PX에서 다시 사야만 했다.

다시는 조치원을 보고 오줌도 안 눈다고 투덜대면서도 시간은 흘러 6주의 훈련을 마치고 화학병과를 받고 광주 상무대에 있는 화학학교로 가 후반기 교육을 받았다. 광주 화학학교는 그야말로 천국이었다. 스팀이 나오는 내무반과 입대 전 화학이나 화공을 전공한 고졸 이상의 병력이었기에 강의실에서 이해가 빨랐고 조교들도 훈련소처럼 까다롭지 않았다. 우린 6주의 후반기 교육 후 32명 전 동기생이 후방 배치 없이 의정부 101보충대(1989년 306보충대로 변경)에 배치되었다. 이곳에

◆ 이용균 동기와 함께

서 2~3일 대기하며 자대배치를 받는 식이었다. 자대배치 시 정문을 나와 서울 쪽으로 가면 후방이고 반대로 가면 전방 배치를 받는 것이다.

32명 동기생 중 동아대 화학과 재학 중이던 이용균, 이길우, 나까지 세 명만 서울 쪽으로 가는 차를 배정받았다. 이용균은 부산이 집이고 이길우는 경주가 집이었다. 나중에 안 사실이지만 이용균 이모부가 모 사단 사단장이었다. 화학학교 시절에도 그 이모부가 헬리콥터를 타고 교육받는 화학학교에 면회를 올 정도였으니 그 힘이 대단했던 것 같다. 그 영향으로 아무런 백그라운드가 없는 우리는 이용균의 혜택을 본 것 같다. 사실 나와 다른 한 명의 군번이 용균이를 가운데 두고 앞뒤였다. 지금은 상상할 수 없는 이야기이지만 그 당시만 해도 군사정권하에 있어 흔히 있을 수 있는 일이었다. 서울 지리를 잘 모르는 두 사람은 나

◈ 내무반 앞에서 소대원과 함께

보고 어디로 가는지 물었다. 일단 전방은 아니니 안심해도 좋다고 말했다. 차는 서울 중심을 지나 낯익은 부천 쪽으로 향했다. 호송병에게 공중전화를 하게 해달라고 해 인천 작은집에 전화해 나의 자대배치 소식을 전했다. 최종 자대는 인천 백마장에 위치한 96 화학중대였다. 부대의 위치가 인천인지라 나로서는 고향에 온 기분이었다.

화학부대는 적의 화생방전에 대비한 방사능 대처, 세균전에 대비한 방역 및 제독, 적의 공격을 은폐할 수 있는 연막작전 등을 훈련하는 부대이다. 구성원은 운전병과 화학병과가 반반 구성되어 있다. 보병은 3보 이상 이동 시 구보이지만 화학병과는 3보 이상 이동 시 승차이다. 장비가 많고 이를 이동하려면 차량이 필수적이기 때문이다. 우리 동기가 배치되기 전까지는 주로 수송병과 신병들이 배치되었던 터라 화학병과인 우리가 몇 개월 만에 배치되니 화학병과 선임들이 아주 반겨주었다. 항상 수송병과와 화학병과 구성원 사이에 알력이 있었다. 학력차이도 있고 화학병과 지시를 받아야 하는 것이 수송병과였기 때문이다. 용균이 이모부의 덕분인지 용균이는 중대장 당번병으로 보직을 받았고, 나는 2·4종계를 맡게 되어 훈련 시 주로 행정과가 있는 사무실에서 편하게 근무하였다.

내가 일등병 선임 때의 일이다. 당시 일등병 선임은 식당 식기세척, 식당청소, 내무반 청소 등 훈련 외 일을 총괄하여 관리했다. 훈련을 마치고 저녁 식사를 위해 식당에 줄을 서고 있는데 수송병과 상병인 박명옥이란 선임이 일등병 선임들 집합하라고 고함을 질렀다. 본인 식기에 기름기가 그대로 있다고 자기 식기를 들고 보라고 하였다. 다른 일등병들은 평소 까다로운 선임이었기에 나서려 하지 않았다. 내가 나섰다. 그는 식기를 내 안면 쪽으로 던지며 손가락 끼고 푸샵 준비를 하라 하였다. 다른 일등병들이 사태를 보고 깨끗한 식기를 가져와 밥을 배식받아 박 상병 식탁에 놓아주었다. 자기는 밥을 먹으며 숫자를 세어 푸샵을 하라 했다. 하나, 둘, 셋, 세며 푸샵을 계속했다. 백을 셀 때까지도 그만하란 말이 없었다. 난 팔이 떨어져 나가는 것 같았다. 그때 박 상병과 동기인 화학병과 선임인 윤 상병이 이 광경을 보고 박 상병에게 그만하라고 하면서 끝이 났지만 난 한참 동안 손가락을 뺄 수 없을 정도로 손가락이 부어 있었다. 이때 내가 선임이 되면 이런 짓은 하지 않겠다고 다짐했다.

나중에 박 상병은 제대할 때 후배들의 보복이 두려워 정문으로 나가지 못하고 개구멍으로 도망가듯 나갔다. 지금 군대에서는 상상도 못할 일들이 그때에는 당연시되며 일어나곤 했다. 우린 그가 제대하는 날 회식을 할 정도로 그에 대한 감정이 아주 좋지 않았다. 내가 제대 후 그가 노량진 수산시장에서 근무한다고 하여 전화하고 찾아갔지만 나오지 않아 그를 만날 수는 없었다.

이 밖에도 군대생활에서의 특별한 일은 대구 통합병원에 후송 간 일이다. 대구통합병원 후송은 앞에 말한 박 상병과도 연관이 있다. 박 상병은 후임병 괴롭히는 것을 재미로 느끼는 사람이었다. 나는 그와 같은 내무반 생활을 하였고 그는 자기 마음에 들지 않는다고 수시로 후임병들을 괴롭혔다. 침상에서 발로 차고 곡괭이자루로 엉덩이를 때리는 것과 같은 행동을 했다. 어느 날 엉덩이를 맞으면서 잘못 맞아 허리 쪽을 다치게 되었다. 괜찮겠지 하고 놔두었다가 디스크 증상이 나타났다. 참을 수 없어 수도통합병원에 후송되었고 중증 환자가 아니라서 결국 대구통합병원까지 후송되어 병원생활을 거의 5개월 정도 했다. 수술할 정도는 아니라 다행이었다.

이때 교편을 잡고 있던 형님이 대구병원에 면회를 와 형님한테 군대생활이 너무 어려우니 의가사 제대를 하고 싶다고 졸랐던 기억이 있다. 형님이 군의관을 만났고 군의관은 그 정도는 아니라 하여 결국 치료 후 자대 복귀를 하게 되었다. 복귀 후 중대장님의 배려로 통신반에 근무했다. 통신반은 모든 훈련과 점호 등 단체 활동에서 면제되는 근무처였다. 당시는 전화가 오면 교환대에서 각 부서에 연결해주고 외부에 전화할 때도 교환대를 거쳐야 통화가 가능한 시스템이었다. 그래서 교환대는 24시간 교대하며 그곳에서 숙식을 해야 했다.

대학에서 교련 이수로 군복무 단축 2개월 혜택을 받아 제대가 5개월 정도 남은 1977년 5월 10일이었다. 내무반에서는 선임의 위치인지라 외출이 자유로운 교환대 근무자인 나에게 내무반에 필요한 물품을 영외거주자 출퇴근 차를 이용하여 사다 달라는 부탁을 종종 했다. 이때 BOQ(영내 장교 숙소) 당번병이 부식 구입 차에 동승하게 된다. 모든 영외 거주자가 하차하고 당번병이 부평시장에서 부식을 사는 동안 나는 내무반에 필요한 물품을 구매했는데 시간이 남았다.

당시 운전병은 대구 출신으로 송휘갑 병장이었다. 송 병장은 운전석 밑에 소주를 넣고 다닐 정도로 술을 좋아했다. 나 역시 술은 싫어하지 않는 성격이었다. 둘은 누가 먼저랄 것도 없이 당번병이 올 때까지 딱 한잔하자고 하여 순댓집에 들어가 순대 한 접시에 소주 한 병을 시켰다. 배가 고픈 군인들인지라 소주를 다 먹기 전에 순대가 떨어졌다. 우린 순대 한 접시를 더 시키고 술이 떨어지면 술을 또 시키고 하는 식으로 둘이 3병 정도를 마셨을 때 당번병이 왔다. 남은 것을 정리하고 귀대 길에 올랐다.

대개 저녁점호가 밤 9시에 시작이다. 이런 날이면 9시가 넘어 귀대하여 바로 취침을 해야 탈이 없다. 술이 조금 된 송 병장은 나보다 4~5개월 선임이었다. 그는 점호 마치려면 40분 정도 남았으니 부대 근처 자기 단골집에서 한잔 더하자고 하였다. 사고의 시작은 여기서부터였다. 송 병장 단골집은 주인이 대구사람으로 우리를 무척 반겨 주었고 기분이 고조된 우린 몇 병을 더 마셨다. 마침내 10시가 넘어 귀대를 위해 술집을 나오는데 어두운 골목에서 시비가 벌어졌다.

우리 부대 근처에는 5공수 부대가 있었다. 그날은 10일로 군인들 월급날이었다. 월급날 술 한잔하러 나온 공수부대원이 자전거로 귀가하다 골목에 군인 차가 길을 가로막고 있는 것을 보고 운전자인 송 병장에게 나무라듯 따져 야단을 쳤다. 송 병장은 술김에 '당신 뭐야' 하며 대들었지만 난 사태가 좀 이상한 것 같아 송 병장에게 빨리 가자며 차 뒤쪽에 당번병과 올라탔다. 송 병장이 급하게 시동을 걸고 출발했는데

정신을 차리고 보니 인천 천마산 명신여자고등학교 건너편 벼랑 밑에 차가 완전 전복되어 있었다

당번병과 나는 전복된 차량에서 기어 나왔다. 운전자 송 병장은 보이지 않았다. 주위에 사람들이 삥 둘러 우릴 보고 있었다. 난 옆 5공수부대 관사 경비실에 가 부대에 사고 사실을 알렸고 곧 헌병대 차량이 도착하고 우리 부대 수송반 주임상사, 주번사관, 소대장 등 모두 출동하였다. 나와 당번병은 우선 부대로 복귀했으며 송 병장의 행방은 아무도 모르는 상태였다.

밤 12시쯤 되었을 때 헌병대에서 나를 데려가려고 부대에 왔다. 난 부평에 있는 11P 헌병대로 끌려갔다. 그곳에서 사건 경위에 관한 조사를 받기 시작하였다. 우선 난 선탑자(운전병을 빼고 탑승자 중 계급이 제일 높은 자)로서의 책임이 있었다. 즉 운전자가 음주운전 못하게 할 의무가 선탑자에게 있는 것이다. 그날 늦게까지 경위를 묻는 수사관에게 내가 알고 있는 범위에서 답변하고 새벽이 되어서야 잠을 잘 수 있었다. 사상자가 없고 5공수 부대원의 모자는 차 안에서 나왔는데 운전자인 송 병장과 시비하던 5공수 요원의 생사가 문제였다. 일단 그날 12시부로 헌병대에서는 송 병장을 전국에 탈영병으로 지명수배를 내렸다.

다음 날 아침 수송부 선임상사가 헌병대를 찾아 왔다. 그날 밤으로 사고현장 수습을 완료했고 헌병대에는 손을 써 놨으니 마음 편히 먹고 있으라 했다. 그러나 제대 몇 개월을 남겨놓은 나로서는 마음이 편할

리 없었고 전날 일이 정말로 후회스러웠다. 그날 오후 우리 소대장이 헌병대를 찾아 왔다. 송 병장이 자진 귀대하여 나를 데리러 온 것이다. 정말 다행이었다.

송 병장은 부상이 심해 수도통합병원으로 후송되었다. 알고 보니 우리가 부대로 향하는데 5공수 부대원이 우리를 자기네 부대로 데려가 버릇을 고치겠다고 운전석으로 올라타 운전병과 몸싸움을 하였고, 그러다가 핸들을 잘못 꺾어 차가 벼랑으로 떨어졌던 것이다. 송 병장은 정신 차리고 나와 보니 차는 완전히 전복되었고 모두 죽었겠다 싶어 무작정 산으로 올라가다 중턱에서 정신을 잃었단다. 아침에 정신이 들어 부대 복귀가 겁이 나 주안에 살고 있는 누나네 집에 갔는데 누나가 자초지종을 듣고는 부대로 데려와 귀대시킨 것이었다.

이렇게 하여 난 제대 5개월을 남기고 근신으로 외출외박 금지를 당했다. 송 병장은 군 재산 유기 및 탈영이란 죄명으로 보통군법회의에 회부되어 재판을 받았다. 나도 증인으로 보통군법회의에 몇 차례 출석했다. 송 병장은 구치소에서 제대를 했기에 그 후 소식은 모르겠다. 나에 대한 처벌은 자체 징계하여 보고하는 것으로 처리되어 수도군단 헌병대 영등포 구치소에서 5일 동안 영창 생활을 했다. 이 사건에서 공수 부대원의 행방은 끝까지 밝혀지지 않았다. 그해 9월 제대할 때 중대장이 했던 '앞으로 술 조심하라'는 말은 지금도 명심하고 있다. 제대를 하면서 군 생활은 나에게 맞지 않는구나 하는 생각이 들 수밖에 없었다.

복학 후 극회 회장·학도호국단 활동과
대만 방문

　1977년 9월, 나는 우여곡절을 겪기는 했지만 별 탈 없이 제대할 수 있었다. 이길우 동기는 교련 혜택이 없어 이용균과 나보다 2개월 늦게 전역하였고, 나와 용균이는 같은 날 전역하였다. 부산이 집인 용균이는 이모부와 이모가 있는 가평에 들렀다가 집에 간다고 했다. 나는 군 생활에 도움을 주신 분들이라 이번 기회가 아니면 인사드릴 수가 없을 것 같아 용균이를 따라 가평으로 갔다. 2박 3일 동안 푸짐한 대접을 받았다. 정말로 감사한 분들이었다.

　시골집에 들러 부모님한테 전역인사를 하고 친구들을 찾아보았다. 초등학교 친구들은 내가 일찍 군에 갔기에 대부분 현역 군인들이었다. 형님은 그때 공주교대를 졸업하고 도고의 화천초등학교에 근무하셨다. 형님을 뵙고 도고저수지에서 밤낚시를 하며 형님과 이런저런 얘기를 했던 기억이 남아 있다. 복학하기 전 계획, 복학 후 얘기, 동생들 얘기 등 밤새 했던 것 같다.

　대강 시골에서의 일정을 정리하고 인천으로 올라왔다. 작은아버님은 내가 군대 있을 때 중앙시장에서 하시던 옷가게를 접고 1975년 7월 송림동 현대극장 앞 동부시장으로 이사하시어 고추 가게 운영하고 계셨다. 집의 구조는 중앙시장 때와 비슷하여 1층은 가게, 2층 3층이 살림 공간인 형태였다. 단지 중앙시장은 가게를 통해 2, 3층을 올라갈 수 있었으나 이곳은 별도의 통로를 통해야만 하는 구조였다. 그때보다는 더 열악한 환경이었다. 나의 인천 생활에 대하여 부모님은 별 대안이 없었다. 동생들은 학년이 높아지고 고등학교가 없는 시골에서는 평택으로 진학할 수밖에 없어 평택에 방을 얻어놓고 세 동생이 자취를 하고 있었다. 아버지로서는 농사와 쌀장사를 하시어 자식들 뒷바라지하기가 버겁던 상황이었다. 이런 상황이니 아버지와 작은아버지께서는 내가 계속 작은아버지 댁에서 생활하도록 할 수밖에 없었다.

복학 전 영어공부를 해야겠다고 생각하고 동인천에 있는 외국인이 강사인 회화학원에 등록했다. 하루 종일 하는 것이 아니기 때문에 낮에는 시간이 남았다. 어려운 여건 속에서도 유학시켜주신 부모님 사정을 잘 알고 있었기에 학비를 벌어야겠다고 생각했다. 선배의 소개로 책 외판을 하기로 했다. 창영동에 있는 회사에 등록하였다. 아침 9시에 출근하여 간단히 교육받고 저녁 5시경 하루 실적 보고하고 나면 학원으로 가 영어 회화 수업을 들었다. 책의 종류는 주로 역사 서적이나 위인전 등 전집이었다. 지금은 어지간한 정보는 인터넷 검색으로 다 나오지만 그때만 해도 책을 통해 정보를 찾고 지식을 쌓던 시대였다. 그러니 웬만한 집에는 이런 서적 몇 질씩은 가지고 있었다. 책을 한질 팔면 수수료가 책값의 20~30%였으니 그 수입이 꽤 괜찮았다. 지인들을 찾아가 영업하는 것이 주로였다. 다행히 거절하지 않고 다들 사주어 한

학기 등록금과 학원비를 충당할 수 있었다. 이것이 내가 스스로 벌어 나를 위해 썼던 첫 번째 수입이었다.

복학 전에 고등학교 동창인 김성규의 여자 친구가 나에게 여자 친구를 소개해주었다. 답동성당 상가 지하에 있는 다방에서 우리 넷은 만났다. 서로 통성명하고 우리 둘만 남겨놓고 둘은 다른 곳으로 자리를 옮겼다. 작은 키에 얼굴은 예쁘고 다부져 보였다. 당시 나는 178cm의 키에 몸무게는 50kg대 초반의 아주 마른 체구였다. 우리 부모님께서 내가 살찌는 것을 보면 원이 없겠다고 할 정도로 마른 체구였다. 아마 그 여자 친구도 이런 나를 보고 너무 심하게 말랐다고 느꼈을 것이다. 그녀의 이름은 김인숙 간호사였으며 2남 2녀 중 장녀이고 오빠와 여동생, 남동생이 있다 하였다. 첫인상은 나쁘지 않아 다음 약속을 정했다. 우린 자주 만나지는 않았지만 서로 싫지 않아 그녀는 내가 연극 연습하는 곳도 보러왔고 휴일에는 여기저기 다니며 데이트를 하면서 서로를 알아갔다.

1978년 3월 3학년으로 복학했다. 화공과에는 2학년 때 같이 공부한 친구들이 나와 같이 복학하였다. 이창영, 유창덕, 양승부, 김대원 등이다. 인하극회 동아리방도 들러보았다. 3기인 권현화가 회장을 하고 있었다. 군대에 있는 동안 제대하면 공부만 해야겠다 생각했는데 극회 동아리에 가는 순간 군대 가기 전 활동하며 쌓인 정이 나를 흔들었다. 3년 동안 극회는 동아리방도 5호관에 배정받았고 회원도 늘어 30~40명이나 되어 활동이 아주 활발했다. 우리 동기 중에는 이종해가 대학원에 다니며 후배들을 격려하고 있었다. 권현화 회장은 군대에 가야 하는데 후임 회장에 적당한 사람이 없으니 나보고 회장을 해달라고 부탁했다. 마침 그날이 회장 선거하는 날이었다. 후배들은 내가 처음 보는 선배이지만 1기라 소개되고 복학생이니 선배여서 나에게 몰표를 줘 반강제적으로 회장이 되었다. 조금은 난감했지만 회장직을 수락하고 말았다.

갖은 방법을 동원하여 정권연장에 성공한 정부는 마침내 학생 자율로 운영하던 학생회를 없애고 1977년부터 학도호국단이란 제도를 만들어 학생들의 반정부 활동을 규제하고 통제했다. 1978년은 호국단 2기 출범의 해이다. 학생들 투표에 의해 선출하는 것이 아니라 학생과에서 통제하기 쉬운 조직을 임명하는 식이었다. 학생과는 이때 학교에 파견되어 있는 정보과 형사들과 상의했다.

학생과에서는 고등학교 선배인 최금행 선배님이 동아리 담당을 맡고 있었다. 나는 극회 회장 신고차 학생과에 들렀는데 최 선배가 학도호국단 간부를 제안했다. 사단장은 제물포고등학교 출신 조선과 72학번 이종인으로 정했는데 송도고등학교 출신도 넣어야겠으니 나보고 훈련부장직을 맡아달라는 제안이었다. 생각해보고 연락하겠다고 했다. 여기저기 알아보니 특별히 하는 일은 없고 축제 때나 학교 행사 시 학생회 때와 마찬가지로 예산집행하고 학생들 독려하여 행사참여를 유도 하는 등의 일이었다. 극회를 위해서도 졸업 후 취직에도 도움이 될 것 같아 수락했다. 학도호국단 활동을 하면서 많은 사람을 사귈 수 있었고 극회 예산확보에도 도움이 되었다.

학도호국단 활동과 극회 회장을 맡아 3학년은 정신없이 생활했다. 물론 공부도 소홀히 할 수 없어 그야말로 눈코 뜰 새 없이 보냈다. 시험을 볼 때 공부가 좀 모자란 과목은 창영이 신세를 많이 졌다. 이렇게 정신없이 보내는 중에 내 몸에 이상이 생겼다. 갑자기 기침이 나면서 목에서 피가 나오는 것이었다. 처음엔 정말 놀랐다. 학교 근처 병원에서 진찰을 받아 보니 폐결핵 같으니 큰 병원에 가 정밀검진을 받으라 했다. 이 사실을 여자 친구에게 말했다. 간호사인 여자 친구는 매우 침착했다. 그녀는 폐결핵 치료에 필요한 꾸준한 약물복용, 충분한 영양섭취, 충분한 휴식 등 지켜야 할 수칙을 알려주었고 약도 직접 구해주었다. 아마도 그때 지금 아내인 여자 친구가 없었다면 치료도 제대로 못했을 것이다. 여자 친구 덕분에 수개월의 치료로 완치할 수 있었다. 아내와의 이야기는 추후 별도로 하고자 한다.

◆ 학도호국단 간부 시절 대만 자매 학교 방문

1979년 학도호국단 임기를 3기에 넘겨주고 5월에 대만 자매학교 방문이 있었다. 그 당시에는 여권 발급이 정말 어려울 때다. 신원조회는 특히 어려웠다. 컴퓨터가 없을 때라 정보부에서 직접 확인하는 형태였다. 사돈에 팔촌까지 신원조회를 했다. 나 같은 경우 부모님이 이북에서 월남했기에 더 어려웠다. 우여곡절 끝에 단수여권을 받았다. 10박 11일의 모든 해외여행 경비는 학교에서 부담했다. 당사자는 용돈만 가지고 가면 되었다. 일반인에게 해외여행이란 정말로 힘들 때였기에 부모님과 온 식구가 집안의 경사로 생각했다. 아버지는 동네에 자랑하고 다니실 정도였다. 비행기도 탄 적이 없는 나로서는 흥분되었다.

아열대지방의 후텁지근한 날씨를 느끼며 타이베이 공항에 도착하였고 자매학교 학생 대표들과 관계자의 안내로 대만의 곳곳을 여행했다.

◆ 학도호국단 간부 대만 여행지에서

아리산, 까우숑의 공업단지, 국립박물관, 청년구국단 등을 다녔다. 국립박물관의 유물은 정말 많았다. 하루 종일 관람할 정도였는데 6개월에 한 번씩 교체해도 6~7년을 전시해야 한다고 했다. 중국사람들의 대국적인 기질을 엿볼 수 있었다. 이것도 중국본토에서 장개석 정부가 피난 나오면서 가지고 온 유물이라 하니 중국본토의 유물은 상상이 되지 않았다.

대만의 청년구국단과 우리나라의 학도호국단은 근본이 다르다는 것을 느꼈다. 대만의 청년구국단은 1952년 정부에서 청년들 군사교육의 목적으로 만든 조직이지만 자발적인 면이 많았다. 하지만 우리의 학도호국단은 정권유지, 학생들의 활동 통제 등이 주목적이었다. 이러한 한국의 학도호국단은 결국 3기를 마지막으로 학생회가 부활하게 되었다.

◆ 대학 졸업식날 동기들과 함께

하지만 학도호국단 간부 생활의 대가로 받은 10박 11일의 대만 여행은 정말 나에겐 뜻깊은 시간이었다.

여행을 다녀온 후 난 본격적인 졸업과 취업 준비를 시작했다. 인하대학 재단의 주인이 한진그룹이기에 학생과에서는 학도호국단 간부는 한진 계열사 중에서 지원하면 취업이 된다 하였다. 한진 계열사 모집은 다음 해 3월 이후였다. 그러던 중 과 사무실에서 연락이 왔다. 효성그룹 계열사 중 인천에 있는 대성목재에서 신입사원 추천이 들어왔다고 했다. 12월 1일부터 출근이었다. 입사가 빠른 회사에 지원하려고 생각하고 있을 때라 나는 지원하겠다고 하였다. 우리 과에서 김대원, 배성대, 그리고 나까지 세 명을 추천했다. 요구하는 서류를 준비하여 대성목재 총무과에 접수했다. 산업공학과에서 고등학교 동기인 조상현이

◆ 대학 졸업식날 가족들과 함께

함께 지원했다.

　며칠 후 연락이 왔다. 서류전형은 합격했다. 다음은 신체검사 및 면접이었다. 지정된 신체검사 병원에 찾아가 X-Ray 촬영을 했다. 의사소견이 폐결핵 앓은 흔적이 있다 하였다. 우려한 결과가 나왔던 것이다. 신체검사의 결격 사유가 있으면 합격이 어려웠다. 하지만 대성목재 의무실에 여자 친구(지금의 내 아내)의 지인이 있어 무난히 통과할 수 있었다. 면접도 큰 문제 없이 통과되어 12월 1일부터 대성목재에 출근했다. 입사 동기는 인하대 4명, 서울대 2명, 강원대 2명, 아주대 4명, 중앙대 1명, 합 13명이었다. 우선 출근하고 보자며 지원한 회사가 나의 첫 직장이자 마지막 직장이 되었다.

◆ 대학 졸업식날 사촌동생과 함께

3장

1달러의 유혹을 이긴
직장생활

개발실의 신입사원

　대성목재 입사 후 2주간의 신입사원 오리엔테이션이 있었다. 회사조직, 합판업계 전망, 신입사원의 자세 등을 교육하였다. 효성그룹이 은행관리로부터 대성목재를 인수한 지 2년이 되었고 우리 기수는 공채 2기였다. 오리엔테이션이 끝나고 부서 배치를 위해 총무부장 면담이 있었다. 학교에서의 활동, 해외여행 기록 등에 관해 질문했다. 내가 발령받은 부서는 개발실이었다.

　개발실 사무실은 만석동 본사 건물 5층 구석진 곳에 있었다. 총무과 여직원의 안내로 사무실에 가보니 책상 3개만 덩그러니 있었다. 과장 책상 2개와 내 책상뿐이었다. 황당했다. 그리고 아무도 없었다. 과장들은 모두 출장 중이란다. 다음 날 출근하여 과장들을 만나볼 수 있었다. 두 분 모두 서울 농대 출신이었다. 한 분은 장재선 과장님으로 가공과 출신이었다. 또 한 분은 김상혁 과장님이다. 해외주재원을 하다 들어오신 분으로 집이 서초동이라 10시 넘어 출근하셨다. 당시 서초동은 강남이 본격적으로 개발되기 전이라 논밭이 많았고 교통이 아주 불편할 때다. 인천까지는 3~4시간이 걸렸다.

첫 만남에서 두 분은 개발실에 대하여 설명해 주셨다. 합판산업이 어려워져 부가가치를 올릴 방안을 찾기 위해 개발실을 만들었다 하셨다. 이해가 안 되었다. 그런 중대한 사안에 대한 해결책을 이렇게 작은 조직으로 시도하는 회사는 어떤 생각일까 하는 의구심이 들었다. 두 분 과장의 역할은 명확히 구분되어 있었다. 가공과에 근무하셨던 장재선 과장은 합판의 2차 가공품 개발, 원목구매 해외주재원을 하셨던 김상혁 과장은 원가절감이 가능한 수종 개발이 그 임무였다. 나는 사실상 경험도 없고 전공도 화학공학을 했기에 내가 개발실에서 할 일은 전혀 없는 것 같았다.

두 분은 사무실에 있는 시간보다 출장 가는 날이 더 많았다. 장재선 과장님은 합판 2차 가공기계전시회가 있는 곳이면 국내든 해외든 찾아

◆ 신입 사원 시절 테니스대회에서

다니셨다. 해외출장은 이탈리아, 독일 등 유명한 목공기계 전시회가 주였다. 김상혁 과장님은 합판공장에서 지금까지 사용하지 않았던 합판에 적합하고 저렴한 원목을 수입할 수 있는 방법을 연구하셨는데 산지에 직접 출장하여 확인하셨다. 파푸아뉴기니, 브라질, 솔로몬군도, 아프리카 등이 출장지였다. 한번 해외출장 가면 1~2개월은 보통이었다. 그럴 때마다 두 분은 나에게 숙제를 주고 가셨다.

장재선 과장님의 숙제는 합판공장에 대한 공부였다. 전공도 아니고 경험도 없는 나로서는 막막했다. 다행히 합판과에는 입사 동기인 서한승 씨가 있었다. 서한승은 강원대 임상가공과 출신이었다. 이론적으로 많이 알고 있었다. 관계되는 책도 주고 현장 실습 시 많은 도움이 되었다. 대성목재는 만석동 공장에 5개 라인, 월미공장에 8개 라인의 합판공장을 가지고 있었다. 한국에서는 당시 가장 큰 공장이었다. 아침 8시 출근 저녁 8시 퇴근이 현장 근무 시간이다. 12시간 2교대를 했다. 난 현장출근시간에 맞춰 출퇴근하기로 했다. 출근과 동시에 작업복과 운동화로 갈아입은 후 합판공장을 누비고 다녔다.

합판공정을 정리해보면 다음과 같다.

원목과에서 투입한 원목을 합판규격에 맞게 절단한 후 로타리레이스란 기계로 투입하여 합판두께에 맞게 절삭한 다음 리링대크란 기계로 두루마리 형태로 만다. 그 후 건조기를 통해 베니아를 건조한 후 합판규격에 맞게 절단한다(4×8 규격, 3×6 규격). 합판은 보통 3, 5, 7겹(갑판, 을판, 중판, 병판이라 하고 이를 조합함)으로 건조된 베니아를 조합하여 수지를 도포한 다음 냉압과 열압을 거쳐 규격별로 절단하고 샌딩하여 완제품을 만든다.

이런 모든 공정은 대부분 사람의 힘으로 해야 했다. 현장 여공이 많을 때는 3,000명이나 있어 백제 시대의 삼천궁녀가 대성목재에 있다라는 얘기도 있었다. 한 달에 운동화 한 켤레가 모자랄 정도로 현장에서 살았다. 현장의 직·반장들이 나의 열성적인 행동에 감탄했는지 이론적으로 풀리지 않는 현장만의 노하우를 나한테 가르쳐 주곤 했다. 이렇게 1년여 넘게 현장을 돌며 쌓은 실습 덕분에 전공자들보다 합판에 대한 지식을 더 많이 갖추게 되었다.

장 과장님은 자유분방한 분이셨다. 억압적인 것보다는 스스로 필요에 따라 일하게 만드셨다. 이때 배운 스타일을 지금까지도 우리 직원들 관리나 우리 자식들 교육에 활용하고 있다. "일을 겁내지 말고 모른다고 회피하지 말고 무엇이든 의문을 가지고 신념, 노력, 자신감으로 접근하면 답을 얻을 수 있다." 그때 배운 교훈이며 지금까지도 같은 생각을 가지고 살고 있다.

김상혁 과장님의 숙제는 원목 샘플 만들기이다. 원목의 샘플은 통나무를 판재로 만들어 일정한 규격으로 자른 다음 대패질까지 하는 과정이다. 이 과정 모두를 직접 해야 한다고 지시하셨다. 통나무의 확보는 합판공정이 첫 번째인 원목을 합판 사이즈로 절단하는 조목반 서증교 반장님의 도움으로 구할 수 있었다. 다음은 이것을 판재로 만들어야 하는데 통나무를 켜는 작업이 문제였다. 대성목재의 부서를 보면 기획실, 총무부, 영업부, 생산부 내 합판과, PB과, 공무부, 원목과, 수입부 등이 있다. 그중 공무부 내에 영선반이 있었다. 영선반은 사내에 인테리어 등 목수가 해야 하는 일이 생기면 영선반에서 맡아 하고 있었다. 영선반에는 이혜성 반장이 있었다. 사정 얘기를 하고 도움을 청하니 자기 일처럼 잘해주셨다. 공무부엔 입사 동기인 아주대 출신 윤계훈이 있었는데 그 친구가 영선반에 별도 지시한 덕이 컸던 것 같다. 톱질, 대패질 등은 내가 직접 했다. 그래야만 목재의 질을 알 수 있었다. 강한지 연한지, 합판에 쓸 수 있는 재질인지 등을 눈으로 확인할 수 있었다.

김상혁 과장님은 출장 가면서 본인이 저술한 〈수입목재의 형질과 규격〉이란 책을 주시면서 샘플 만들 때 참고하라 하셨다. 한국에 수입되

◆ 사우회 낚시 모임에서

는 원목을 설명한 서적이 없었던 터라 합판업계에서는 '노란책'이란 별명의 바이블 같은 책이었다. 산지원목 검척 방법, 국내 원목 검척 방법, 수입되는 원목의 수종별 특징 등이 서술되어 있었다. 원목 자체를 모르는 나에게는 엄청 도움이 되는 책이었다. 책 전체를 다시 쓰면서 외울 정도로 열심히 했다. 김 과장님은 내 보고서를 보고 틀린 부분은 일일이 교정해주시고 친동생처럼 챙겨 주셨다.

장 과장님이 검토하신 합판 2차 가공 기계는 "Single opening short cycle"이란 필름 Overlay 기계를 독일로부터 도입하여 합판 및 PB의 부가율을 높이게 했다. 김상혁 과장님은 한국 합판회사 중 처음으로 아프리카 원목 2만㎥를 수입하여 합판에 투입함으로써 합판업계의 주목을 받았다. 아프리카 수종 중 '아코'와 '아일레'란 수종을 반반씩 수입한 것인데 합판의 저항이 보통이 아니었다. 처음 써보는 수종이니 로타리레이스에서 절삭이 안 된다, 건조가 안 된다 등 불만이 보통이 아니었다. 개발실은 회사방침에 따라 가능하다고 판단하여 일본 종합상사인 니쇼이와이 오퍼로 수입을 했던 것이다. 이 일은 효성에서 인수본부장으로 오신 백영배 상무님의 결정이었다. 백영배 상무님은 직함만 상무이지 모든 권한을 가지고 있었다. 덕수 상고와 연대 상대를 나오신 분으로 효성 조웅래 회장님(현 조현준 효성그룹 회장의 할아버지)이 아들들보다도 신임했던 분이다. 그런 분의 결정이니 생산부서의 불만은 통하지 않았다. 이렇게 중대한 사안을 결정하고 실행에 옮기기 위해서는 최고 결정권자의 결심이 매우 중요하다는 것을 배웠다. 이런 일에 직간접적으로 내가 관여하여 진행하였으니 신입사원이면서도 회사의 방향과 처지를 일찍 알고 있었다.

이외도 개발실은 만석동 공장의 5개 합판 라인을 인도네시아, 필리핀 등 원목 산지에 중고 기계로 수출하는 것을 검토하였다. 원목 생산국에서는 자국의 산업 보호와 자원 보호 측면에서 1차 혹은 2차 가공 제품만 수출을 허용하는 추세였다. 원재료비, 인건비가 우리보다 현저히 낮아 원목으로 수출하는 것보다 합판을 만들어 수출하는 것이 경쟁력이 있었다. 그러니 우리나라는 아무리 기술력이 좋다 하더라도 신흥 생산국과는 경쟁력이 없으니 생산량을 줄이는 수밖에 없었다. 중고 기계를 수출하려면 해야 하는 일이 많다. 기계 리스트 작성, 철거 및 수리, 포장 OFFER SHEET 작성 등을 확인하고 정리해야만 했다. 2~3곳 제안했으나 조건이 맞지 않아 성사되지는 않았다. 이러한 일을 하면서 개발실의 회사 생활은 눈코 뜰 사이 없이 흘러갔다.

내 사업의 발판이 된
원목과 업무

1981년 말경 개발실이 없어진다는 소문이 회사 내에 돌았다. 인사발령은 연말에 나고 다음 해 1월 1일부터 새로운 발령지에서 근무하는 것이 통상적이었다. 그런데 소문만 있지 조용했다. 워낙 회사가 어렵다고들 하니 누구 하나 윗분들께 물어보지 못했다. 그러던 어느 날 입사 1년 선배인 가공과 이용섭 씨가 나와 장 과장님이 가공과로 발령 났으니 자기와 같이 근무할 준비를 하라고 하였다. 이용섭 씨 동기 중에 총무과에 근무하는 정병선 씨가 있어 그 정보는 신빙성이 있었다. 하지만 우리 과장님들은 아무 말씀이 없었다.

그러던 중 김상혁 과장님이 백영배 상무님의 호출을 받아 만나고 온 뒤 원목과로 갈 준비를 하라 하셨다. 백영배 상무님께서 김 과장님한테 원목과장 자리를 제안하셨다 한다. 과장님께서 내가 같이 가는 조건으로 수락하겠다고 하셨는데 백 상무님께서 그 자리에서 총무부장에게 전화하여 "신입사원 임중선을 원목과로 발령 내고 김상혁 과장을 원목과장으로 발령 내라"고 하였단다. 그리고 과장님의 제안을 이해한다며 다음과 같은 얘기를 하셨단다.

"미국 국방부 장관이었던 맥나라마가 장관이 되기 전 큰 자동차회사 사장이었는데 GMC 자동차회사에서 그를 영입하려고 했다. GMC 총무 임원이 그를 찾아가 '꼭 필요한 부하직원이 있으면 명단을 주십시오. 저희가 그들을 모두 데리고 오겠습니다'라고 하였다. 그러자 맥나라마는 3,000명의 명단을 주었다. 그중에는 12명의 유리창 닦기도 포함되어 있었다. 그러자 GMC 측에서 우리 회사도 유능한 유리창 닦기는 많다고 하였다. 맥나라마 사장은 '모르는 소리 말게. 여기 적힌 유리창 닦기는 내가 신임하는 유리창 닦기로서, 일단 내가 지시하면 그 일이 잘됐는지 난 확인할 필요가 없는 그런 유리창 닦기일세. 내가 그것을 확인할 시간에 나는 다른 일을 할 수 있지 않겠나!'"

백 상무님은 맥나라마가 자신이 원하는 직원 모두를 영입하였다는 일화를 말하며 과장님의 제안을 받아들였다 한다. 과장님 입장에선 주재원 파견 전 원목과에 근무했고 원목과 업무는 자신이 있지만 6년여의 공백을 메우기 위해서는 내가 필요하다고 생각했다고 하셨다. 나로서도 공장부서보다 원목과에 발령받는 것이 앞으로 유리하다고 생각했다.

1982년 1월 1일부로 원목과에 근무하게 되었다. 원목과에는 정년을 앞둔 임병선 차장님, 입사 1년 선배인 고대 임학과 출신 노종현 씨, 나이 많은 4급 사원인 김용재 씨, 그리고 여직원이 있었다. 과장님과 내가 부임하고 몇 개월 후에 임 차장님은 정년퇴임 하셨고, 노종현 씨는 말레이시아 주재원으로 파견되었다. 그러니 현장 관리의 실무책임은 내가 혼자 하게 되었다. 원목과의 현장은 원목반, 월미·만석 공장의 2개

조목반 주야 근무를 합치면 5개 반에 100여 명의 인원이 있었다. 원목
반에서 관리하는 원목 저장소는 만석동 조목반야적장, 만석동 해상저
목장, 월미해상 저목장, 율도 해상저목장, 월미 야적장, 월미 조목반야
적장 등으로 곳곳에 원목이 쌓여 있어 관리하기가 쉽지 않았다.

　김상혁 과장님은 원목과에 오면서 나에게 첫 말씀이 원목 관리를 하
려면 원목 저장장소에 개미 한 마리가 움직이는 것까지 파악하고 있어
야 한다고 하셨다. A3 용지에 장소별, 모선별, 재고를 그려 오라 하셨
다. 이것을 그리기 위해서는 현장 보고서만을 믿을 수 없어 위에서 말
한 장소별로 재고 조사를 해야만 했다. 재고 조사를 하는데 3달 정도
걸렸다 원목의 입고 과정을 보면 다음과 같다.

◆ 원목반 축구부와 함께

주재원이 계약한 원목을 합판에 필요한 것만 선별하여 배에 선적하여 본사로 보내면 인천에 입항과 동시 수속을 마친 후 하역과 방역을 한 다음 합판재와 부적재를 선별 검척한다. 검척을 통과한 합판재는 합판공장에 투입하고 부적합한 것은 판매를 한다.

산지 검목 및 선적은 주재원들이 하는 일이고 국내 입항서부터 원목과에서 하는 일이다. 원목의 하역은 인천 앞바다의 묘지(錨地)에서 이뤄졌다. A, B, C 등 이름을 붙여 월미 앞바다에 배를 정박할 수 있는 장소를 지정하여 정박하였다. 그 후 하역을 해상에서 하는 것이다. 하역할 때 뜨는 원목은 해상에 띄워 저장하는데 이때 아바(여러 개의 원목을 쇠와이어로 둥글게 고정하여 그 속에 원목을 넣는 형태. 보통 한 아바에 원목을 150~200본씩 넣는다)라는 방법으로 저장한다. 비중이

◆ 조목반 야유회

높아 가라앉는 원목은 무동력 배인 바지선을 이용하여 하역한 다음 예인선으로 육상 해안까지 가지고 와 육상에 크레인을 이용하여 보관한다. 배를 접안할 시설이 부족하여 이런 방법을 쓸 수밖에 없었다.

이렇게 하역하면 온갖 쓰레기가 바다에 버려져 해상을 오염시켰으나 당시로써는 별 방법이 없었다. 환경법이 강하지도 않았고 거기까지 챙길 여력이 안 되었다. 심지어 원목을 소독해야 하는데 1979년부터 해상 수물방역이란 제도를 만들어 해상에 띄어 놓은 상태로 한 달간 놔두면 바닷물에 소독이 된다고 생각했고 물 위에 떠 있는 부위만 약재 (DDVP) 소독을 했다. 약재는 극약으로 사람이 먹으면 죽을 수 있을 정도로 독성이 강했다. 지금 생각하면 말도 안 되는 일이지만 그때는 당연시되었고 여건이 되는 합판회사는 이 방법을 써 원가절감을 했다. 대성목재의 원목 사용량이 한 달에 6~7 모선씩이었다. 거의 매일 본선이 들어와 있었고 몰려 들어오는 날이면 2~3 모선이 겹칠 때도 있었다. 조금만 방심하면 관리가 안 되었다.

해상 하역과 해상원목관리를 위하여 우리 과에는 예인선이 세 척 있었다. 이 예인선은 가끔 직원들 가족이나 관공서(식물검역소, 세관, 항만청등) 직원들을 위한 낚시 배로도 사용되었다. 가을철 월미도 앞바다에 물때를 맞춰 나가면 망둥어가 많이 잡혔다. 봄에는 원목 저장하는 해상에 숭어 떼가 몰려오곤 했다. 투망을 던지면 수십 마리씩 잡혔다. 그런 날이면 회를 좋아하시는 장인어른과 밤새우며 소주와 숭어회를 즐겼다. 모두 잊지 못할 추억들이다.

좌초의 위기를 겪은
파푸아뉴기니 첫 출장

1984년 5월 파푸아뉴기니 출장의 기회가 있었다. 당시 한라자원에서 파푸아뉴기니에 현지법인 '남양팀버'fmg 설립, 이 회사를 통해 산판개발을 하여 원목을 생산하고 있었다. 생산된 원목 첫배를 우리 회사에서 구매하여 그 모선이 입항할 때 인천항에서 산림청장, 항만청장 등 정부 고위직 공무원이 참석한 가운데 축하식을 가진 적이 있다. 그때가 두 번째 선적이었다. 파푸아뉴기니를 가려면 두 가지 방법이 있었다. 하나는 싱가폴을 거치는 방법, 하나는 홍콩을 거치는 방법이다. 당시 대성목재 홍콩지사가 있어 홍콩을 택했다. 홍콩지사장은 효성에서 온 유효식 부장이었다. 급하게 여권을 만들고 총무과에 얘기하여 비행기를 예약하면서 첫 해외출장에 들떴던 생각이 지금도 생생하다.

홍콩에 도착하니 유효식 부장님이 공항에 나와 있었다. 그날 자정 비행기였다. 저녁 후 공항까지 배웅해주셨다. 9시간 야간 비행 후 아침 7시경에 파푸아뉴기니 수도 포트모르즈비 국제공항에 도착했다. 우리나라 지방 공항을 연상케 하는 작은 공항이었다. 피부색이 모두 검었고 신발을 신은 사람을 찾기가 힘들었다. 심지어 상의를 입지 않은 여자들도 있었다. 다큐멘터리 영화에서나 볼 수 있는 광경이었다. 마중을 나오기로 되어 있는 남양팀버 직원이 보이지 않았다. 당황하였다. 일단 코인을 바꿔 공중전화를 찾아 전화했다. 깜박하고 자고 있었다. 택시를 타고 주소지를 보여주고 찾아갔다. 미안하다는 말을 하는 남양팀버 직원의 변명이 곱게 들리지는 않았다.

　남양팀버 임지가 있는 실루부티까지 갈려면 킴베공항을 통해 가야 하기에 간단히 점심을 하고 다시 공항으로 왔다. 킴베는 포트모르지비 공항에서 국내선 비행기로 1시간 30분 정도 가야 한다. 파푸아뉴기니의 교통은 배 아니면 비행기이다. 시골 공항은 활주로가 잔디이거나 어떤 곳은 모래사장인 곳도 있다. 비행기는 제트 엔진이 아닌 프로펠러 동력이 대부분이다. 탑승 인원도 12명에서 많게는 20~30명 정도인 비행기다. 비가 오면 비가 샐 정도의 수준이었다. 얼마 전 파푸아뉴기니

◈ 파푸아뉴기니 원주민

를 방문하여 이런 수준의 비행기를 탄 요한 바오로 2세 교황에게 비행기 사고가 있었다는 신문기사를 보고 그때가 생각났다. 파푸아뉴기니는 여러 개의 섬으로 되어 있고 산림이 우거져 육로 개발이 어렵다. 킴베공항에서 남양팀버 킴베 사무실까지 약 1시간, 킴베 사무실에서 배 타는 곳까지 차로 1시간, 배 타는 곳에서 스피드보트로 약 2시간 가야 원목 생산지인 실루부티에 도착할 수 있다. 일박이일 동안 온 곳이 남양팀베 킴베 사무실이다. 이곳은 산판에 필요한 인원공급, 장비공급, 식재 공급 등을 맡아 보는 곳으로 한국 직원 2~3명에 나머지는 현지인이었다. 저녁에는 배를 탈 수 없어 직원 숙소에서 일박을 했다.

다음 날 아침 일찍 실루브티에 가기 위해 배 타는 곳에 갔다. 꽤 큰 배가 기다리고 있었다. 배에는 현지인이 갑판 위에 가득했다. 남양팀베

◆ 외출 후 산판으로 가는 인부 운송선

직원에게 물어보니 이곳 월급이 2주에 한번인데 월급 받아 즐기고 다시 일하러 들어가는 것이라 했다. 그들은 윗옷은 거의 입지 않았고 머리는 곱슬기가 심해 돌돌 말린 상태로 손가락을 핀 것 같은 빗으로 머리를 안에서 위로 올리며 머리를 빗었다. 그렇지 않으면 머리카락이 피부로 들어가 아프단다. 옆에 있으면 그 사람들 특유의 냄새가 났다. 알고 보니 정글에서 날씨는 덥고 물은 쉽게 구할 수 없어 야자수 열매 물을 먹고 땀을 흘리면 그런 향이 난단다. 처음에는 이향이 상당히 역겨웠다. 2시간여 항해 끝에 산판에 도착하였다. 큰손 바이어가 왔다 하여 그곳 책임자인 정계종 씨가 저녁을 특별히 준비했다. 산돼지 요리, 바닷가재 등 한국에서 보기 힘든 요리들이었다. 숙소는 정인영 회장님 이 쓰는 V.V.I.P 룸을 주었다. 산판에 에어컨이 있고 그야말로 특급 대우였다.

◈ 산판속 숙소

다음 날 원목 검목을 하기 위해 원목야적장으로 갔다. 어림짐작으로 원목 수량이 많이 모자랐다. 담당 직원은 배가 오려면 시간이 있으니 벌목장에서 가져오면 된다 하였다. 그러면서 다른 바이어가 부적격재를 모아놓은 야적장에서 선별하라고 했다. 왜 이렇게 대우가 좋은지 알 것 같았다. 부킹한 배의 수량은 6,000m3인데 재고는 2,000m3가 되지 않았다. 날씨가 좋다고 해도 보름 이상 생산해야 나머지 물량을 채울 수 있었다. 배는 일주일 후면 입항하게 되어 있었다. 어쨌든 있는 재고 먼저 검품에 들어갔다. 검품을 하기 위해서는 원목을 하나하나씩 보고 합판에 적합한 것을 회사마킹인 TS와 일련번호를 쓰고 Log list를 작성해야 한다. 원목 운반 장비 Logloder라는 장비로 바닥에 일렬로 깔아놓으면 합격품과 부적격품을 구분하여 분리하면 된다. 있는 재고의 검품은 일주일 만에 끝을 냈다. 계산을 해보니 2,000m3도 안 되었다. 배가 들어왔는데도 생산은 반을 채우지 못했다. 물론 처음 하는 검목이기에 엄격하게 선별한 이유도 있었다. 1/3은 거부했다. 본사에서 다 소비할 때까지 원목과 직원이 검목한 원목이니 그 책임을 져야 하는 이유도 있었다.

킴베 사무실에 나와 본사에 보고를 했다. IDD로 국제전화를 할 때가 아니라 교환수를 통하여 Collect Call로 본사에 전화해야 했다. 어렵게 김상혁 과장님과 통화되어 상황을 설명했다. 남양팀버 한국 본사인 한라자원 영업부에서 이미 본사에 상황 설명을 하고 다른 생산자의 원목을 준비했으니 그것을 받아 달라고 협의가 된 것 같았다. 이미 배가 입항하여 내가 검목한 수량은 선적이 끝난 상태였다. 본사의 지시에 따

◆ 원목 선별 작업

라 그날로 본선으로 갔다. 선장은 이미 본사로부터 다른 항구로 가라는 지시를 받고 나를 기다리고 있었다. 그날 밤으로 다음 선적지로 나와 함께 출발했다.

올림픽88이란 모선이었는데 선장부터 모두 한국사람이었다. 나는 국장(통신 입출항 수속을 하는 선원) 방에서 사모아에 갔을 때 얘기 등, 그동안 항해하며 있었던 일을 듣고 있는데 출항한 지 3~4시간이 지났을 때 갑자기 배가 무엇에 부딪히는 소리와 함께 최대 속력으로 후진하는 소리가 들렸다. 깜짝 놀라 나가려 하니 노련한 국장이 사고란다. 선장이 당직을 보고 있으니 좀 있다 나가자고 했다. 한 시간쯤 후 갑판에 나와 보니 칠흑 같은 망망대해에 배가 절반가량 산호에 얹혀 있는 것이었다. 선장은 어떻게든 배를 빼보려 했지만 허사였다. 바로 국장에게 무선으로 재난신고를 하게끔 하고 선박회사 본사에도 보고했다.

상태를 파악하기 위하여 본선 바닥을 확인하니 앞부분이 절반 정도 찢어졌다 한다. 선원들이 술렁이기 시작했다. 이러다가 배가 좌초할 수도 있다는 것이다. 첫 출장이고 검목 역시 처음인데 겁이 덜컥 났다. 선박회사를 통해 본사에 보고는 되겠지만 나도 보고를 해야만 했다. 다음 날 아침 큰 예인선이 배를 빼보려고 3척이나 왔다. 3척이 여러 차례 시도했으나 모선은 꼼짝하지도 않았다. 남양팀버 측에서도 스피드보트를 가지고 본선으로 왔다. 선장과 상의 끝에 난 하선하기로 하고 킴베 사무실로 왔다. 본사에서도 그냥 귀국하란 지시가 왔다. 아쉽지만 어쩔 수 없는 일이었다. 다음 날 귀국 비행기를 확인하고 있는데 본선에서 무선연락이 왔다. 배가 나와 돌고래 떼의 호위를 받으며 선적지로 가고 있으니 그곳으로 오란다. 고민이 되었다. 내가 안 가면 아무 원목이나 실을 것 같고 가자니 남양팀버가 가지고 있는 스피드보트로 하루는 가야 하는 거리이다. 그것도 Open Sea로 가야 한다. 남태평양의 날씨는 오후에는 바람이 거세다. 스피드보트는 300마력의 엔진을 가진 수상스키용 보트로 보면 된다.

선장과 둘이 다음 날 아침 일찍 출발했다. 한 드럼 정도의 기름과 식수 등 만반의 준비를 했다. 갖은 고생 끝에 늦은 밤 선적지에 도착했다. 본선에 와보니 조수 간만차로 자연히 배가 빠져나왔단다. 어렵게 빠져나와 안전진단을 받았는데 항해에는 문제가 없어 선적하기로 결정했단다.

다음날 원목 확인차 육상으로 갔다. 주인은 말라리아에 걸려 누워있었다. 말라리아는 치사율은 높지만 그곳 사람들은 감기 정도로 알고 있었다. 좋은 원목은 아니지만 이곳에서 선적을 안 하면 배를 채울 물량이 없었다. 일주일 동안 그곳에서 선별하여 선적하고도 1,000m3 정도가 모자랐다. 남양팀버에 그동안 생산된 것이 있으니 실루브티에서 마지막 선적하기로 하고 그곳을 떠났다. 우여곡절 끝에 나의 첫 출장, 첫 검목은 예상보다 한 달 정도가 지연된 2개월 만에 마칠 수 있었다. 이것을 시작으로 나의 본격적인 원목쟁이로서의 인생이 시작된다.

구조조정과
대리 진급

1985년 1월 유난히도 추운 겨울이었다. 연말부터 얘기하던 합판 라인 구조조정이 본격화되었다. 회사 전체적으로 만석동 공장을 닫는 것으로 결정되었다. 현장을 가지고 있는 부서는 고민이 생겼다. 대부분 생산부서가 만석동과 월미도 현장을 다 가지고 있기 때문이다. 두 곳 직원을 섞어 능력 있는 사람을 골라 살생부를 작성하는 부서가 대부분이었다. 합판부서 현장직원들은 사무실을 찾아와 농성을 했다. '자기가 왜 능력이 없냐, 누구는 일도 못 하는데 왜 계속 근무하냐' 등 불만이 많았다.

하지만 우리 부서는 한 건도 이런 일이 없었다. 김 과장님과 나는 감원의 원칙을 정해놓고 현장직원들을 설득했다. "여러분들은 회사에 꼭 필요한 사람들입니다. 하지만 회사가 어려워 부득이 공장을 꺼야 합니다. 누구 하나 일 못 하는 사람이 없는데 고심 끝에 꺼지는 공장의 인원을 정리하기로 했습니다. 줄 잘못 섰다 생각하십시오. 그 대신 결원이 생기면 희망자에 따라 우선 충원하겠습니다." 이렇게 말하니 오히려 고맙다고 하며 자기들끼리 순번을 정해 명단을 제출했다. 이렇게 하여 구조조정을 무사히 마칠 수 있었다.

매년 연말 하는 진급인사가 있는데 발표되지 않았다. 사규에 따르면 우리 입사 동기 13명은 입사 3년이면 대리 진급 자격이 있다. 우리 동기들은 4년이 지나도 대리 진급에 대한 아무런 언급이 없었다. 회사가 어려워 1년은 그냥 지나갔는데 이젠 참을 수 없다 하여 한두 명은 이미 퇴사한 동기도 있었다. 3월경 이런 생각들이 단체 행동으로 이어졌다. 점심때 전체가 근무를 거부하고 퇴근한 것이다. 나는 원목과 업무 특성상 관공서(세관, 식물검역소)에 외출 중이었다.

외근 후 회사에 들어오자 백영배 부사장(당시 상무에서 부사장으로 진급)께서 호출하셨다. 어떻게 된 일인지 진의를 설명하라 하였다. 우리가 얘기했던 그대로 설명했다. 부사장님께서는 충분히 이해가 간다며 총무부장에게 충분히 검토시킬 테니 복귀하라며 자기는 신입사원부터 진급을 모르고 직장생활을 했다고 하셨다. 열심히 일하다 보니 자기도 모르게 대리가 되었고 그다음 과장, 부장, 임원이 되어 있더란다. 무슨 뜻인지 생각해보니 열심히 일하면 그것이 윗사람에게 보인다는 것이었다. 그 후 동기 중 3명을 뺀 나머지는 대리로 승급되었다.

1979년 10월 26일, 박정희 대통령 시해사건 이후 민주화 바람을 타고 노동 현장에 학생들이 침투하여 노동운동을 시작했다. 대성목재도 예외는 아니었다. 그 절정이 1985년이었다. 어려운 상황 속에 노조 문제까지 겹친 회사는 말이 아니었다. 사무실 직원들은 노조에 가입되어 있지 않아 그들의 활동을 저지하고 사주 입장에서 일을 해야만 했다.

1달러에 눈멀지 않은
첫 번째 해외 주재원 생활

1년을 어떻게 보내는지도 모르게 연말이 되었다. 회사에 이상한 소문이 돌기 시작했다. '한라자원이 인수할 것이다, 대성연탄이 인수할 것이다' 등등, 회사가 다른 회사로 넘어갈 것이란 소문이었다. 대학동아리 동기 중 건축공학과 출신 유승희란 친구가 있었다. 유원건설에서 근무하는 친구다. 전화로 자기네 회사가 우리 회사를 인수할 것이라고 하였다. 그중 부장 한 분이 자기와 사우디 현장에서 같이 근무한 장재권 부장이라 했다. 나는 이 사실을 누구한테도 말 못하고 있었다.

12월 말경 백영배 부사장님의 호출이 있었다. 부사장님이 침울한 표정으로 나에게 그동안 고생했네 하면서 내년 1월 1일부로 회사를 유원건설에 넘기기로 했다고 하셨다. 나는 알고는 있었지만 설마 하고 있었는데 현실로 다가온 것이다. 백영배 부사장님은 나를 인수팀에 해외주재원으로 추천했으니 주재원을 나가면 1달러에 눈이 멀지 말라고 하셨다. 나는 '네 알겠습니다. 고맙습니다'만 했다. 사실 그때는 그것이 무슨 의미인지 몰랐다. 다만 내가 존경하고 좋아했던 부사장님과 헤어진다는 서운한 마음과 원목과 근무의 로망인 해외 주재원에 나를 추천해주신 감사한 마음이 교차했다.

1986년 1월 3일 시무식에 여러 루머를 깨고 친구가 알려준 대로 유원건설이 인수팀을 꾸려 입성했다 예상했던 일이라 놀라움은 없었다. 인수팀으로 이영기 사장님, 황성렬 상무, 박광수 이사, 장재권 영업부장을 포함 11명이 왔다. 모두 긴장했다. 이영기 사장님은 부산대 원예과 출신으로서 YH 무역회사에서 생산부장을 역임했다. 그 후 유원건설 부사장(유원건설 최 회장과는 처남 매부지간)을 하면서 인도네시아 일안자야에 유림사리라는 산림개발회사를 설립하였다. 그곳에서 중역을 담당하였기에 목재에 관해서는 어느 정도 예비지식을 가진 분이었다. 이사장님의 별명은 쌍칼이라 하였다. YH 사건 때 붙은 별명이라 했다. 각 부서 보고를 받으면서 명확하지 않으면 가차 없이 처벌하였다.

　　임원은 모두 그만둔 상태였고 회사의 요직인 총무부장, 영업부장, 경리

◆ 교포 및 주재원들과 함께

부장, 기획실장, 물자차장의 책상은 2개씩 놓였고 곧바로 인수인계에 들어갔다. 우리 과장님 자리에는 아무도 없었다. 일단은 우리 과는 별일이 없겠구나 생각했다. 회사는 빠른 속도로 정리되었다. 주요 부장들은 사표가 수리되었고 생산부서, 공무부서, 지원부서 중 자재를 담당하는 물자차장을 제외하고는 그대로 보직을 가지게 되었다. 이렇게 3주 정도의 본사 인사를 정리하고 이사장님이 곧바로 해외주재원이 있는 말레이시아로 출장 가셨다. 제조 원가 중 원목의 비중이 70%가 넘기에 이를 매입하고 선별하는 주재원의 위치가 중요하다고 판단하고 확인하기 위해서였다.

어느 날 황성렬 상무님이 나를 호출하셨다. 출장 중이신 사장님께서 나를 주재원으로 내보내라 하셨으니 준비하라고 하셨다. 백영배 부사장님의 말씀이 생각났다. 이영기 사장님한테 직접 말씀하셨던 것이다. 그 해 설날이 2월 9일이었다. 큰아이가 6살, 둘째가 돌이 안 지났을 때다. 그런데 2월 7일까지 말레이시아에 도착하라는 사장님의 지시였다. 어느 누구도 사장님의 지시를 어기지 못했다. 어긴다는 것은 회사를 그만두는 일 외는 없었다. 그전 주재원들은 가족과 같이 해외 근무를 했다. 하지만, 이영기 사장님은 가족이 있으면 회사 일에 집중할 수 없다고 주재원 혼자만 근무하는 것으로 방침을 세우셨다. 그 첫 번째 주재원이 내가 된 것이다. 구정 후에 가면 안 되느냐고 주장도 해보았지만 허사였다.

1986년 2월 7일 드디어 급하게 시골 부모님, 친인척께 인사를 하고 어린 딸 둘을 아내에게 맡기고 출국길에 올랐다. 출국장에서 잘 다녀오라는 아내의 애처로운 배웅과 칭얼대는 두 아이를 보며 차마 발이 안 떨어졌지만 하는 수 없었다. 인천공항이 없었을 때라 김포공항에서 출발하였다. 주재소가 있는 곳은 말레이시아 사라왁 주의 미리와 시부에 있었다. 그곳을 가려면 김포공항에서 출발하여 사바주의 수도 코타키나발루에서 국내선으로 갈아타고 가야만 한다. 항공편은 말레이시아 항공기밖에는 없었다.

나의 근무지는 말레이시아 14개 주 중 보르네오섬에 있는 SARAWAK 주의 SIBU인데 SIBU에는 박득규 과장님이 있었다. MIRI에는 원목과에 같이 근무했던 노종현 대리가 있었다. 하루에 SIBU까지 갈 수 없어 MIRI에서 하루 자고 SIBU로 들어가기로 했다. 5시간 만에 말레이시아 사바 주의 수도 코타키나발루에 도착했으며 공항에서 2시간 정도 기다려 MIRI 행 비행기를 탔다. 해가 질 무렵 MIRI공항에 도착했다. 공항에는 다른 합판회사 주재원(선창, 성창, 이건)들과 노종현 대리 가족들이 나와 있었다. 노종현 대리는 딸, 아들 그리고 부인이 있었다. 간단히 환영식을 겸한 저녁 식사 후 내일 아침 일찍 SIBU로 갈 준비를 하고 말레이시아의 첫 밤을 지냈다.

본사 출발 전 황성렬 상무님께서 하신 지시사항은 현 주재원은 전원 철수하고 혼자 근무하니 인수인계를 잘하라고 하셨다. 노종현 대리는 궁금한 것이 많았다. 하지만 난 아무런 답을 줄 수가 없었다. 왜냐하면 난 박득규 과장과 인수인계를 해야 했다. 노종현 대리는 박득규 과장의 지시를 받아 왔기 때문에 본인의 위치에 위협을 느끼는 것 같았다. 나중에 안 사실이지만 본사 귀국하라는 사장님의 지시를 받고 이곳에서 본인 사업을 하려고 생각했던 것 같다.

다음 날 MIRI를 떠나 SIBU로 향했다. SIBU 공항에 박득규 과장님이 나와 있었다. 집에 도착하니 박득규 과장님 부인이 점심을 해놓고 기다리고 계셨다. 구정 전날이라 명절 음식을 해놓으신 것 같았다. 박득규 과장님은 딸만 셋이 있었다. 막내가 우리 둘째와 비슷했다. 갑자기 집에 두고 온 애들 생각이 났다. 이층으로 되어 있는 집이었다. 내방은 이층에 있었다. 과장님은 우린 곧 귀국할 것이니 불편해도 좀 참고 지내라 하셨다. 두 분 다 경상도 분이라 설명도 간단명료하다는 느낌이 들었다. 박득규 과장님은 서울농대 김상혁 과장님 후배였다. 김상혁 과장님이 나에 대해서 말씀해주셨다고 하셨다. 박 과장님이 오늘 자정쯤 이곳 풍습인 폭죽놀이가 있는데 시끄러울 것이라 했다. 12시가 되었을 때 전쟁이 일어난 것처럼 요란한 폭죽 소리가 온 동네에 퍼졌다. 거의 날이 샐 때까지 계속 이어졌다. 한국에서는 볼 수 없는 진풍경이었다. 말레이시아의 인구 분포를 보면 현지인 30%, 이반족 30%, 화교 30%, 기타 10%로 이루어져 있다. SIBU에는 화교가 거의 50%를 차지하고 있어 구정 명절이 연중 가장 큰 명절이었다. 구정 때는 15일간 일을 안 할 정도로 휴일이 길다.

다음 날부터 구정 인사 겸 SIBU에 있는 SHIPPER 사무실을 돌며 인사를 시켰다. RINBURAN HIJAU(R/H)의 Mr. TIONG(한국성으론 張) W.T.K Mr. WONG(한국성으론 黃) SOLID Mr. LAU, TROPICAL TIMBER 등 우리가 주로 거래하는 거래선 사장과 직원들을 인사시켰다. 木商(목상)들은 중국 화교들이 대부분이었다. 화교 중에도 福州城(복주성) 사람들이 90% 이상이다. SIBU 거래선을 소개받고 다음은

BINTURU에서 2박하고 MIRI로 갔다. 이 세 곳이 우리 회사가 원목을 구입하는 곳이고 주로 선적하는 항구가 있는 곳이다. 박 과장님은 열과 성의를 다하여 후배에게 인수인계를 해주셨다.

MIRI에서는 노종현 대리가 기다리고 있었다. 과장과 대리 사이인데도 분위기가 이상했다. 서로의 영역이 있는 듯했다. 나는 관계 하고 싶지 않았다. MIRI 쪽 거래선은 노종현 대리가 안내했다. R/H MIRI(SIBU Mr. TIONG의 동생 Mr. TIONG), JIMLOG Mr. LAU(한국성으론 柳) SAMLING 등이다. 이 중 사장님이 앞으로 주 거래선으로 R/H MIRI를 지목했다 하셨다.

이렇게 거래선 소개를 하고 본선 두 배 정도의 선적 및 검목, 선적서

◆ R/H MIRI의 Mr.TIONG와 이영기 사장님 – 출장시 저녁 자리

류 챙기는 방법, 계약하는 방법 등을 알려 주시고 박 과장님은 내가 온 지 두 달 만에 가족과 함께 귀국하셨다. 본사 원목과장으로 가신 것이다. 본사 김상혁 과장님은 부장으로 진급하여 생산부장으로 가게 되어 있었다. 즉 나의 직속상관이 된 것이다.

박 과장님 귀국 후 2개월쯤 뒤 SIBU 사무실을 폐쇄하고 사장님이 정하신 R/H MIRI가 있는 MIRI로 옮기라는 본사 지침이 내려왔다. 그 때까지 MIRI에는 노종현 대리가 본사 귀국을 미루고 버티고 있었다. 결국 노종현 대리는 MIRI에서 본사에 사표를 내고 회사를 그만두었다. 내가 MIRI로 짐을 옮기고도 집을 안 비워 다툰 적도 있다. 백영배 부사장님의 1달러에 욕심을 버리라고 한 말의 뜻이 무엇인지 알 것 같았다. 당시 일부 주재원들이 회사 일을 하면서 자기사업을 병행한 사람

◆ 장재권 부장 출장시 Mr. LAU와 함께

들도 있었던 것이다.

SIBU에서 MIRI로 사무실을 옮길 때 일화는 주재원사에 오래도록 남아있다. SIBU에서 MIRI까지는 거리상 500~600Km 정도 된다. 열대지방이고 산림이 우거져 도로사정이 안 좋았다. 이런 정도의 이사라면 차를 포함하여 모든 짐을 화물로 보내고 비행기를 타고 이사하는 것이 통상적인 방법이다. 그런데 나는 짐을 차에 싣고 (당시 차는 도요타 승용차 코로나였다) 육로로 1박 2일에 거쳐 이사했다. 도중에 소낙비를 만나 비포장도로가 미끄러워 비가 그칠 때까지 기다리기도 했고, 타이어 펑크로 지나가는 차를 잡아 사정하여 고치기도 했다. 이렇게 BINTURU에서 일박하고 MIRI에 밤늦게 입성할 때 언덕 위에서 본 MIRI 야경은 지금도 눈에 선하다.

주재원으로 발령받고 4개월이 되어서야 MIRI를 거점으로 한 유원건설의 대성목재 제1호 주재원으로서의 위치를 찾게 되었다. 내가 MIRI로 사무실을 옮기고 박득규 과장님은 7월에 회사를 그만두었다. 그리고 SIBU로 개인 사업차 다시 나왔다. 난 백영배 부사장님이 말씀해주신 '1달러에 욕심을 내지 마라'를 항상 생각하며 거래선에 신의를 지키려 노력했다. 이런 나의 주재원 생활의 기준이 거래선에는 신뢰를 주었고 본사에서는 인정을 받았던 것 같다.

주재원이 해야 하는 일은 시장조사, 원목구매, 본선입항 시 검목 및 선적, 선적서류 챙기기 등이 있다. FAX나 IDD Call이 안 될 때이기 때문에 시장보고나 상황보고 시 텔렉스(Telex)를 이용했다(종이테이프에

천공을 하여 기계에 걸면 그것이 한국에서 프린트되어 의사소통이 되는 형태). 매주 2회 정도의 시장보고와 한 달에 적어도 5척 정도의 원목계약, 검목 선적을 하려면 하루도 쉬는 날이 없다. 원목 가격 결정은 예민한 부분이라서 본사의 지침을 받아 시장흐름에 따라 적기에 결정해야 회사에 피해가 없다. 가격이 올라갈 때는 빨리 해야 하고 내려갈 때는 배 입항 직전에 해야 한다. 한배의 수량은 6,000m3 정도이다. 시장의 변화도 m3당 몇 불에서 어떤 때는 몇십 불이 될 때가 있다. 1불만 잘못해도 6,000불이며 10불을 잘못하면 60,000불이 된다. Shipper들도 마찬가지이다. 그래서 평소에 어떤 유대관계를 갖느냐가 어려울 때 나타난다.

경험이 적은 나로서는 시장흐름의 파악을 위하여 여러모로 노력했다. 첫째는 가장 수입량이 많은 일본시장의 관찰이다. 일본은 실수요자 수입이 거의 없다. 일본 합판회사나 실수요자들은 종합상사를 통해 일괄구매하는 방식으로 원목을 구매했다. 일본 종합상사 주재원을 많이 알면 일본의 시장 파악에 도움이 되었다. 당시 일본 종합상사 중에 특히 친하게 지낸 종합상사는 니쇼이와이, 아다카, 니찌맨 등이었다. 그중 특히 니쇼이와이와 아다카 종합상사 주재원과 친했다. 그들은 나에게 일본시장에 대한 정보를 수시로 주었다. 두 번째는 기후의 변화에 따른 생산량 예측이다. 이것은 수시로 확인하는 수밖에 없다. LOG POND에 있는 직원과 수시로 통화하며 재고 파악을 했다.

R/H MIRI Mr. TIONG의 원목을 가장 많이 구매했다. 사장님의 지

시도 있었지만 나도 그의 순수성과 인간성이 좋았다. 시장이 올라갈 때는 일본 바이어보다 싸게 주었으며 내려갈 때도 감안하여 내려주었다. Mr. TIONG은 특히 빨간색을 좋아했다. 난 Mr. TIONG과 원목가격 결정이나 중요한 상담이 있는 날이면 빨강 티셔츠를 입고 사무실을 방문하였다. 그러면 Mr. TIONG의 표정이 환해지며 우호적으로 상담해 주었다. Mr. TIONG은 귀국 후 한국을 몇 번 방문하여 유대 관계를 유지했다. 하지만, 아쉽게도 내가 회사를 그만두고 몇 년이 지나 미국 출장 중에 호텔에서 심장 마비로 세상을 떠났다.

JIMLOG의 Mr. LAU도 잊지 못할 공급선이었다. 나에게 자기가 쓰던 골프채를 주며 골프를 배우게 했다. MIRI에는 영국 쉘 회사가 만들어 운영하는 골프장이 하나 있다. 외국인은 OUTSIDER 회원권이 있었다. 사장님께서도 골프 못 치면 진급할 수 없다고 출장 중 말씀하신 사항이라 크게 부담은 안 되었다. 비용도 OUTSIDER 회원은 한화로 250만원 정도인데 그린피는 없었다. 그러니 골프 배우기는 천국이었다. 배운지 1년 정도에 싱글스코어를 기록할 정도로 열심히 했다. 골프를 하면서 일본 종합상사 직원들과도 더욱 친해질 수 있었고, 공급선과도 더욱 가깝게 지낼 수 있었다. 골프를 하라는 사장님의 의도를 알 수 있었다. Mr. LAU 가족과는 주재원을 끝내고 본사 근무할 때 가족과 함께 한국에 몇 차례 방문해 가족 간에도 친하게 지낸 사이였다. 최근 접한 소식으로는 암으로 3년 전에 세상을 떠났다 한다. 꼭 한번 보고 싶었는데 매우 아쉽다.

이렇게 열심히 근무한 덕에 1987년 1월 1일부로 과장으로 진급되었다. 1차 주재원 생활은 1987년 3월 다음 후임자인 이용섭 과장에게 인수인계했다. 이용섭 과장은 가공과에 근무했던 강원대 출신 입사 1년 선배였다. 사장님 방침대로 1년을 조금 넘긴 기간 근무한 것이었다. 내가 인수인계 받았을 때를 생각해 자세히 설명하고 현장 위주의 인수인계를 했다.

귀국 직전 한국에도 문서를 주고받을 수 있는 FAX기가 도입되었다. 한국 본사에서는 총무부장인 김주배 부장이 준비하고 말레이시아에서는 주재원이 준비한 다음 개통식을 하였다. 처음 접하는 FAX 시스템이라서 처음에는 신호가 가면 전화를 받아 애를 먹었다. 지금 생각하면 잊지 못할 추억이다.

◆ 이용섭 과장에게 인수인계 후 귀국길에

원목값 폭등과 함께 시작한
두 번째 주재원

귀국 후 원목과에 복귀했다. 김상혁 부장님은 1987년 1월 1일부로 생산부장으로 가셨고 직속 부장님은 영업부를 맡고 있는 장재권 부장이었다. 내 친구와 사우디 현장에서 같이 근무한 분이다. 유원건설 인수 후 한 달 만에 주재원으로 나간 나로서는 유원에서 오신 분들을 잘 몰랐다. 장 부장님은 중앙대학교 경영대학을 나오신 분이었다. 원목은 잘 모르지만 합리적인 분이셨다.

본사의 생활은 주재원 생활에 비하면 너무나 한가했다. 원목과 업무는 신입사원 때부터 알고 있는 일이라 문제가 안 되었다. 말레이시아 일도 팩스가 있고 IDD Call 도 자유롭게 할 수 있어 시장조사나 현지 사정을 주재원 보고와 상관없이 접하게 되었다. 9월경 사장님이 뉴질랜드 출장을 같이 가자고 하셨다. 합판에 뉴질랜드 소나무를 써 원가절감을 해야 한다고 하셨다. 합판공장의 반발이 아주 심했다. 소나무는 송진이 있고 내경도 작아 특수 기계 없이는 쓸 수 없다고 주장했다. 당시 원목을 잘 아는 김상혁 부장이 생산부장으로 있었다. 하지만 사장님은 뉴질랜드산 라지에타파인 한 배를 계약하고 나랑 검목 차 가자고 한 것이다. 이것을 계기로 합판에 소나무류를 중판으로 사용하기 시작했다. 출장 중 사장님은 요즘 말레이시아 원목이 질이 떨어지고 가격도 마음에 안 드니 나보고 조만간 다시 말레이시아 주재원을 나가라 하셨다. 그리고 귀국하면 나에게 원목에 대한 권한을 모두 줄 테니 소신껏 하라 하셨다. 그간 2년여 나를 지켜보고 믿음이 가셨던 것 같다.

하지만 귀국 후 큰 변화는 없었다. 연말에 황성렬 상무님이 다시 말레이시아 주재원 제안을 하셨다. 이때 '자주 주재원을 바꾸면 회사에 손해입니다'라고 보고했다. 왜냐하면, 거래선들과 알만하면 바꿔야 하니 다른 주재원이 올 경우 다시 원점에서 시작해야 하기 때문이다. 하지만 이영기 사장님의 방침을 바꿀 수 있는 사람은 없었다.

1988년 3월 두 번째 해외주재원 발령을 받고 MIRI로 떠났다. 혼자는 어려우니 밑에 직원을 한 명 데리고 나가게 해달라고 제안했다. 나보고 추천하라 하여 현장에 근무하는 김풍익을 추천했다. 대성목재 이래 현장직원이 주재원으로 나가는 것은 처음 있는 일이었다. 김풍익은 현장에서 젊은 측에 속했고 원목도 잘 볼 줄 알고 행동이 민첩하여 검목요원으로 적격이라 생각했다. 단 한 가지 영어가 부족하였다. 1~2개월은 잘 버티고 일을 하는 듯했으나 결국 타국생활에 가족을 못 잊고 3개월 만에 귀국했다. 그 후 강원대 출신 신입사원 권오현으로 대체되었다.

두 번째 주재원 생활은 시작부터 원목값 상승으로 긴장을 늦출 수 없었다. $50/m3였던 가격이 최고 $200/m3까지 폭등했으니 합판회사들은 초비상이었다. 다행히 나는 두 번째로 주재원 생활을 하면서 첫 번째 때 인연으로 모든 SHIPPER들이 도움을 줬다. 가격폭등의 이유는 몇 가지가 있었다. 제일 큰 이유는 날씨가 나빠 생산량이 줄었고, 중국과 인도의 수입량이 급격히 늘었던 것을 꼽을 수 있었다. 이때도 R/H MIRI Mr. TIONG과 JIMLOG의 Mr. LAU의 도움이 큰 힘이 되었다. 이때 새로운 공급선을 찾았는데 SHING YANG이다. 사장은 나와 같은 성을 가진 LING(林)이었다. JIMLOG의 Mr. LAU와는 친분이 있는 사이라서 Mr. LAU의 소개로 빨리 거래를 할 수 있었다. SHIN YANG의 MANAGER인 Mr. WONG(黃)은 호주에서 공부했고 Mr. LING의 처남이었다. 대부분 결정을 Mr. WONG이 했다. Mr. WONG과는 대성목재를 그만두고 더 많은 거래를 했다.

1988년 초 본사에 변화가 있었다. 나에게 원목을 가르쳐주시고 형제

◆ 주재원 시절 원목 검품

처럼 지내던 김상혁 부장이 회사를 그만두셨다. 몇 가지 소문은 있었지만 정확한 것은 알 수가 없었다. 5월경 김 부장님 부인인 김려숙 사모님께서 MIRI에 오시겠다는 연락을 받았다. 본인이 주재원 때 살았던 TAWAU(사바 주에 있는 도시)에 초대받아 오는 길에 들른다고 하였다.

◆ SHING YANG, Mr. WONG, Jimy LAU 부인과 함께

단순히 그 이유만은 아닌 것 같았다. 두 분은 나에게 아주 특별한 분이다. 부장님은 내가 목재의 길을 가게 해주셨고, 부인께서는 우리 애들 출생 때마다 챙겨 주시고 이름까지 지어주신 분이다. 이화여대 사학과를 나오셨고, 예지능력이 아주 뛰어나셨다. 원목과 근무하며 여러 번 경험했다. 앞으로 자기 남편이 목재를 수입할 것 같으니 도움을 좀 주었으면 좋겠다고 하셨다. 그 후 김 부장님은 주식회사 코마란 이름으로 목재를 수입했다.

가장의 무게와
11년 만의 퇴사

두 번째의 주재원 생활은 첫 번째의 경험을 살려 어려운 시장 속에서도 회사에 많은 도움을 주었다. 임기를 채우고 1989년 3월 배회근에게 인수인계하고 본사로 귀국하였다. 본사 근무는 원목과장으로 장재권 부장 밑에서 일하게 되었다. 장 부장님은 영업부 전체를 맡고 있었다

1990년 8월 31일 원목과 회식이 있었다. 장 부장님이 같이 참석하기로 하였다. 신포동에 있는 명진일식이란 식당을 예약했다. 우리 과 직원과 영업부 직원 일부가 참석하는 회식 자리였다. 우리 과 신입사원이 장 부장님께 불만이 있었던 것 같다. 소주를 몇 잔 먹고 부장님께 버릇없는 행동을 심하게 하는 바람에 부장님을 일찍 보내드렸다. 그 후 우리 과만 남아 이차를 갔다. 이 자리에서 내가 좀 과음을 했다. 당시 내 차는 르망이었다. 회식 전 직원에게 대리기사를 불러 달라고 키를 맡겼다. 자리가 다 끝나고 나오니 비가 엄청 내리고 있었다. 부른 대리기사가 오지 않아 차에서 기다리겠다고 키를 달라 하여 차에서 기다리다 나도 모르게 운전을 했다. 가는 도중에 무단횡단하는 사람을 스치는 교통사고를 내게 되었다. 당시 노태우 대통령이 범죄와의 전쟁을 선포한 사회적 분위기였다. 결국 피해자와 합의되었으나 구속 수사를 받게

되었다. 회사에서는 중요한 자리에 있는 과장이 가해자로 구속되었기에 해결에 최선을 다하라는 사장 지시가 내려졌다. 장재권 부장이 사방으로 손을 써보았지만 허사였다.

아내는 막내(승호)를 업고 면회를 왔다. 갑자기 가장이 구속되었으니 아내는 정말 막막했을 것이다. 군대 이후 두 번째의 음주 사고였다. 정말로 후회가 되었다. 다친 사람은 인하대학교 졸업을 앞둔 학생이었다. 일단 큰처남을 시켜 합의를 보았다. 구치소에서 법원에 출정하여 조서를 꾸미는데 검사가 '왜 현장에서 해결하지 이렇게까지 하여 여러 사람 골치 아프게 하느냐'고 했다. 회사에서 여러 라인으로 압력을 넣는 것이 피부로 느껴졌다. 그리 큰 사고도 아니고 다친 사람과는 합의했기 때문에 문제가 없다는 말로 들렸다. 면회를 온 아내에게 변호사 선임하여 보석을 신청하라고 하였다. 그리하여 27일 만에 보석으로 나왔다.

구치소에서 한 번의 특별면회가 있었다. 아내가 신부님께 말씀드려 특별면회를 신청한 것이다. 오영호 신부님이다. 특별면회는 별도 방에서 가족 등 모두가 함께하는 면회이며 시간도 넉넉히 주었다. 아내는 막내를 데리고 신부님과 함께 왔다. 눈물이 나올 것 같았다. 신부님은 기도해주시며 출소하면 영세를 받으라 하셨다. 그러겠다고 약속했다. 모두 돌아간 후 많은 것을 생각했다. 출소 후 어떻게 해야 하는지, 가족을 위해 내가 해야 할 일은 무엇인지 등 머리가 복잡했다.

27일 동안에 회사는 나의 공백을 메꾸기 위하여 말레이시아 주재원으로 있던 배회근을 본사로 발령 냈다. 아내를 통해 이 사실을 전해 들고 난 나가면 회사를 그만두겠다고 생각했다.

　출소 후 10월 10일자로 사표를 제출했으나 이영기 사장님은 변호사비 등 모든 경비를 결제해 놓았으니 계속 근무하라며 사표를 수리하지 않으셨다. 나는 이미 결정되어 있었고 나의 사표에 대한 소신은 확고했다. 직장생활 하면서 사표는 자기표현의 수단으로 쓰면 안 된다고 평소 생각해 왔다. 사표는 한번 내면 번복해서는 안 된다는 신념이었다. 사장님은 아내가 허락한 것이냐고 물으셨다. 그리고 유성종 전무에게 아내를 만나보고 결정하라 하셨다. 올림포스호텔에서 점심을 하면서 전무님이 아내에게 물으니 아내는 자기가 그만두라 했다고 단호히 말했다.

　결국 사장님도 할 수 없다는 듯이 나를 불렀다. 내가 가니 무엇을 할

◆ JimLogs Mr.LAU 한국 방문

것인가를 물으셨다. 나는 "제가 배운 것이 목재인데 목재 관련 일을 하겠습니다. 기회가 되면 사장님께서 많이 도와주십시오"라고 했다. 사장님께서는 아쉽지만 너무 고생했다 하시며 퇴사를 허락하고는 도움이 필요하면 어제든 찾아오라 하셨다. 정말 감사했다. 무엇으로 보답할까 생각하다 다음연도 사업계획서까지 작성하여 보고하고 12월 31일로 사표를 냈다. 입사 11년 1개월 만에 나의 직장생활은 이렇게 끝이 났다. 내 나이 37세일 때다. 세 아이의 아버지로서 쉽지만은 않은 대담한 결정이었다고 생각이 든다.

4장

내 삶의 보금자리

다부진 첫인상의 아내를 만나다

군대를 제대하고 복학하기 전 책 외판원을 할 때 고등학교 친구인 김성규가 여자 친구를 소개해 주겠다고 했다. 자기 여자 친구의 후배라며 답동성당 상가 지하에 있는 다방에서 만나기로 했다. 대학 시절 변변한 미팅 한 번도 못해본 나는 조금은 설레었다. 소개를 끝낸 친구 커플은 자리를 비워주었다. 소개받은 여성은 작은 키에 다부진 인상을 주었다. 이름은 김인숙, 직업은 간호사였다. 첫날은 별 이야기 없이 저녁 먹고 헤어졌다. 연락 수단이 집 전화나, 직장전화밖에 없었을 때라 서로 연락 가능한 전화번호만 주고받았다.

복학하여 공부하면서 동아리 활동, 학도호국단 활동 등 정신없이 생활하면서 한동안 연락하지 못했다. 여자 친구는 내가 마음이 변했다고 생각했던 것 같다. 그러던 중 나는 각혈을 할 정도의 심한 폐결핵 판정을 받았다. 간호사로 있는 여자 친구는 치료 방법을 잘 알고 있었다. 약을 구해주면서 치료에 적극적이었다. 그러면서 서로를 알게 되었다. 고향은 강화이고 가족은 할머니, 부모님, 그리고 오빠와 여동생 남동생이 있었다. 지금 아내가 된 여자 친구는 그 당시 내가 죽자고 따라다녔다고 우리 애들한테 농담 삼아 얘기하곤 한다. 사실 그때 내 몸 상태는 말이 아니었다. 키는 177cm에 몸무게는 50kg이 안 되었으니 바람불면 날아갈 정도의 몸이었다. 폐결핵 치료를 하면서 전보다 더 자주 만났다. 만나면 주로 내 몸을 위해 신경을 써 주었다. 어려서 부모님을 떠나 객지에서 생활하면서 모성에 대한 그리움이 많았던 나는 그녀를 통해 그런 그리움이 해소되고 편안함을 느꼈다. 그 감정은 이 사람과 결혼하면 후회하지 않겠다고 생각하게 했다.

일단 부모님께 인사를 드리기로 했다. 집은 인천 계산동이었다. 강화에서 계산동으로 이사하시어 양계를 하면서 젖소를 키우셨다. 지금은 계산동이 개발되어 번화하지만 그때(1978~1979년)만 해도 논밭이 주였고, 인천 시내에서 오려면 버스로 1~2시간씩 걸렸다. 저녁 무렵 도착하니 부모님과 할머니, 오빠가 있었다. 그런데 오빠가 낯이 익었다. 고등학교 1년 선배였다. 집안이 모두 키가 작은데 키 큰 사윗감이 왔으니 반기는 분위기였다. 큰절로 인사 하고 장인어른께 '따님을 책임질 테니 허락해 주십시오' 하고 말씀드렸다. 장인어른께서는 우리 집안에 대하여 몇 가지 물어보시고 허락하셨다. 장인어른은 강화에서 간척 사업을 하시다 큰 뜻을 갖고 계산동으로 이사하셔 혼자 힘으로 자식들 공부시키며 열심히 사시는 분이셨다. 우리 부모님과 입장이 비슷하다 생각했다.

이렇게 처갓집에 인사드리고 우린 더 자주 만났다. 송림동 작은아버지께도 인사드렸다. 사실 아내에게는 부모가 두 분이니 결혼하면 똑같이 대해야 한다고 했다. 시골집에도 인사를 가기로 했다. 시골집에는 토요일 오후에 가 하루 자고 올라오는 것으로 했다. 시골집에 도착하여 부모님께 인사를 드리고 저녁 식사를 했다. 동네 사람들이 새색시 왔다고 우리 집에 모여들었다. 당시 내가 26살, 아내가 24살이었는데 색시가 나이가 많아 보인다고들 했다. 지금은 30세가 훨씬 넘어도 결혼할 생각들을 안 하는데 그때는 늦었다고 생각하였다.

내가 대성목재에 1979년 12월 1일부로 취직하여 일단 안정적인 직장이 생기자 양가에서는 결혼 얘기가 나오기 시작했다. 우린 양가 부모 상견례 날짜를 대학교 졸업식 날짜로 잡았다. 1980년 2월 24일이었다. 졸업식에는 아내만 참석하고 처가 부모님들은 졸업식 후 식당에서 만나기로 했다. 두 분이 모두 회를 좋아하시어 연안부두의 횟집을 예약했다. 장인어른과 아버님은 공통점이 많았다. 약주를 좋아하시는 것, 어렵게 생활하시면서 자식들 공부시키고 자리 잡아 남들 도움 없이도 살아갈 정도로 성공하신 것 등이다. 그래서인지 소주를 몇 잔씩 드시고 재미있게 대화하시며 우리 둘의 결혼을 허락하셨다.

3월경 셋째 여동생이 고등학교 졸업 후 대학 진학을 포기하고 양장 기술을 배우겠다고 인천에 올라오게 되었다. 아버지의 결정이었다. 나는 작은아버지께 동생까지 같이 살 수 없으니 따로 집을 얻어야겠다고 상의 드렸다. 13년 동안 자식처럼 데리고 있던 조카를 분가시켜야 하는 상황이 된 것이다. 많이 서운해 하시는 것 같았다. 14살의 어린 나이에 인천에 올라와 27살의 나이에 처음으로 독립하는 것이다. 석바위 근처의 아파트를 월세로 임대했다. 주인은 신혼이었는데 회사 일로 한 달에 한두 번 내려왔고 방 3개 중 우리가 2개를 사용했다. 아침엔 나는 회사로, 동생은 학원으로 출근하였다. 가끔 여자 친구가 와 반찬 등을 해주고 집안 청소 등을 해주었다.

동생은 공부가 잘 안 되는 눈치였다. 나도 신입사원으로 눈코 뜰 새 없이 바빠 동생과 많은 이야기를 나눌 형편이 안 되었다. 사실 내가 집을 떠날 때 막내 여동생이 일곱 살, 셋째가 열 살이었다. 방학 때면 잠깐 집에 내려가 얼굴 보고 같이 놀아주지도 못해 동생들은 오빠를 손님처럼 생각했다. 나이 들어 생각하면 왜 그렇게 했을까 싶다. 결국 동생은 몇 개월 만에 포기하고 시골로 내려갔다.

1980년 5월 작은아버님이 지인들과 홍도 놀러 갔다 오시다 5·18 광주 민주화 운동을 목포에서 접하게 되었다. 작은아버님 말씀으론 전쟁을 방불케 했다고 한다. 차가 없어 택시를 겨우 대절하여 대구까지 나와 인천에 올 수 있었다고 한다. 이때 긴장하고 힘들어 급성간경화 현상이 생겼다. 복수가 차고 거동을 못 할 정도의 증상이 되었다. 의사는 6개월 정도밖에 못 사실 것 같으니 준비하라고 가족에게 통보했다. 온 집안이 초상집이 되었다. 간호사였던 예비신부는 일주일에 두 번 정도씩 방문하여 알부민 주사를 놓아주곤 했다. 온 식구들이 간에 좋다는 것은 무엇이든 준비하여 드렸다. 몸 상태는 점점 좋아지셨고 기적적으로 완쾌하시어 지금 90세가 넘도록 건강하시다. 지금도 틈만 나면 조카며느리 덕분이라 하신다. 결혼도 전에 예비신부가 큰일을 해낸 것이다.

모든 일이 아내 몫이었던
결혼생활

해를 넘기지 말자는 양가 부모님의 의견을 따라 1980년 11월 8일로
결혼식 날짜를 잡았다. 장소문제는 신랑 측에서 잡아야 한다고 했지만
내가 인천에서 자랐고 신부도 집이 인천이니 인천에서 하는 것으로 정
했다. 우리가 처음 만난 답동성당 상가 내에 있는 예식장으로 정했다.
신혼여행은 제주도로 가기로 했다. 지금은 신혼여행지로 해외가 보편
적이지만 그때만 해도 해외여행은 생각도 못 했다. 신혼집은 살 형편이

◆ 결혼식

안 되었다. 전셋집을 보러 다녔다. 신기촌 언덕 위에 5층 18평 아파트 (우진아파트)를 250만원에 전세 임대했다. 연탄보일러였다. 전세비용은 장인어른께서 주셨다.

결혼식 전날 고등학교 친구들이 함을 지고 처가에 왔는데 고등학교 1년 선배인 큰처남이 적당히 놀고 들어오라고 하여 친구들이 장난치지 못했다고 투덜댔다. 지금은 함팔이 문화는 거의 볼 수가 없지만 그 당시만 해도 결혼 전날 함을 팔러 신랑 친구들이 신부 집에 가 동네를 돌며 신부가 시집가는 것을 온 동네에 소문을 냈다.

신혼여행을 마치고 꿈같은 신혼생활이 시작되었다. 아내는 병원으로 난 회사로 맞벌이를 하였다. 신입사원이었던 나는 현장종업원 출퇴근

◆ 신혼 여행 후 처갓집 방문

버스를 이용해 출퇴근을 하니 아침에는 7시경에 집을 나와야 하고 저녁에는 8시 30분쯤 되어야 집에 올 수 있었다. 신혼 초에는 그래도 이시간을 지켰는데 몇 개월이 지나면서부터는 현장 회식이나 과장님들이 저녁 먹자고 하면 통행금지(자정이 정부가 정해놓은 시간이었음)가 임박해 집에 오는 일이 많아졌다. 한번은 퇴근 후 아내가 달력을 보여주었다. 빨간색 동그라미가 수도 없이 그려져 있었다. 무엇이냐고 물어보았더니 내가 술 먹고 늦게 들어온 날이란다. 한 달에 20개는 그려져 있었다. 정말 미안했다. 지금 생각해보면 그 열정적인 직장생활이 지금의 나를 만든 것 같기도 하다.

나의 결혼 생활에서 가정의 모든 일은 아내 몫이었다. 아내는 세 아이의 성장과 뒷바라지에 관심 없는 나를 대신해 도맡아 했고, 사업의 실패로 가정을 지키기 위해 피부관리실 운영, 어머니, 장모님을 모시는 일 등 혼자서 모든 짐을 져야 했다. 신혼의 달콤한 시절에도 남편은 회사 일에 여념이 없었고, 내 사업을 할 때도 시도 때도 없는 해외출장으로 둘만의 다정한 대화 한번 한 적이 없었다. 잘못된 판단으로 사업이 어려워지고 결국 회사를 정리하면서 둘이 모두 신용불량자가 되었을 때는 아내에게 무어라 말을 할 수 없었다. 그냥 있을 수 없다고 판단한 아내는 생전 피부관리 한번 받아 본 적이 없는 사람이 피부관리 자격증을 취득하여 남의 피부관리를 해주는 피부관리 샵을 하며 경제적인 도움을 주었다.

코스모화학 공장을 정리하여 경제적으로 조금 여유가 생겼을 때 처음으로 생각한 것이 아내에게 지금까지 못한 것을 보상하는 것이었다. 그래서 생각한 것이 첫째는 신용회복이었고 두 번째는 계산동 집을 신축하여 편안한 생활을 하게 해주는 것이었다. 새집을 지으면서 아내의 공간을 생각하였다. 아내는 카페를 하고 싶어 하였다. 1층 일부와 2층 일부를 복층 형태로 하여 카페를 만들 것을 구상하였다. 준공 후 아내의 생각대로 카페를 하기 위해 커피머신 등 기계를 갖추고 인테리어도 디자이너를 시켜 아내 생각대로 할 수 있게 했다.

첫딸도 미술학원을 위해 엄마랑 같이 참여하였다. 큰딸은 '꿈꾸는 미술학원'을 오픈하고 아내는 '공간소모'란 사업자로 카페를 오픈했다. 처음 해 보는 카페인지라 운영은 잘 안 되는 것 같았다. 결국 막내 여동생을 송탄에서 올라오게 하여 같이 운영하는 것으로 했다. 애당초 돈 벌 생각보다는 그냥 여생을 즐길 수 있는 공간으로 운영하기를 바란 나로서는 적자 운영만 아니면 된다고 생각했다.

1년여를 운영하면서 적자에 사람관리 문제로 처음 계획했던 것과는 다르게 운영되는 것이 느껴졌다. 그러던 중 코로나가 발생하게 되었다. 나는 이때가 기회다 싶었다. 사실, 열심히 운영하려고 여러 방법을 쓰고 있는데 그만두라고 할 명분이 없었다. 일단 코로나가 잠잠할 때까지 쉬기로 했다. 그러면서 본인 자유시간이 많아졌다. 카페가 놀이 공간이 된 것이다. 본래 내가 생각했던 방향대로 된 것이다. 나도 이제 아내에게 진 빚을 갚은 기분이었다.

지금은 그곳에서 수묵화 등 그림 그리기 작업을 하고 악기 연습도 하고 못 한 공부도 하는 장소로 활용하고 있어 너무 좋다. 남은 여생 좋은 일만 가득했으면 한다.

첫째·둘째 출생과
내 집 마련

결혼 4~5개월 후 아내가 입덧을 하기 시작했다. 아내가 첫 아이를 임신한 것이다. 입덧이 보통 심한 것이 아니었다. 며칠을 아무것도 먹지 못하니 옆에 있는 사람도 같이 입덧을 했다. 작은어머니께 말씀드리니 한약방에 데리고 가셨다. 자궁이 약해 많이 움직이면 안 된다 했다. 나는 아내에게 병원을 그만둘 것을 권했다. 며칠을 고민하더니 결국 직장을 그만두고 집에서 몸조리했다.

1981년 10월 31일, 첫딸이 건강하게 태어났다. 우리의 첫 2세 탄생 정말 기뻤다. 산모도 건강했다. 이름은 작명소에서 보현(寶賢)이라 지었다. 산후조리시설이 거의 없던 때라 집에서 돌봐주는 이도 없이 둘이서 목욕시키고 육아를 했다. 우린 세상에 우리만 딸이 있다고 생각할 정도로 딸 바보였다.

◆ 첫째 보현의 탄생

1982년 1월, 개발실에서 원목과로 부서를 옮기면서 집안일은 거의 신경을 못 쓸 정도로 회사 일에 매달렸다. 그해 10월, 2년 계약한 전세가 만기가 되고 주인집이 들어와 산다고 집을 비워 달라 하였다. 집을 구하러 다니는데 원목 거래선 중 성림목재가 있었다. 성림목재 김근태 사장님이 이 이야기를 듣고 자기네 회사가 물건을 납품하고 대물로 받은 아파트가 있으니 주소를 주며 보라 하셨다. 일요일에 아내와 가보았다. 인하대학교 후문에 위치한 새한아파트로 우리가 살고 있는 집과 비슷했다. 5층에 18평 계단식 연탄보일러였다. 조건을 물어보니 나한테 특별한 가격으로 줄 테니 무조건 이사 오라 하셨다. 450만원에 주겠다고 하셨고 한 집 소개하면 소개비 조로 50만원을 할인해준다 하셨다. 합판과 입사 동기 서한승이 결혼을 앞두고 집을 구한다 하여 소개했다. 결국 서한승도 이 아파트를 사는 것으로 결정하여 400만원에 내 명의로 된 집을 사게 되었다. 전세금 250만원에 나머지는 아내 퇴직금과 그동안 조금씩 모아놓은 것으로 충당했다.

이사를 하고 아내와 나는 틈만 나면 집 단장을 둘이서 직접 했다. 12월 24일 일요일이었다. 아내가 커튼 천을 사다 커튼을 직접 만들어 달았다. 보현이가 기어 다니며 무엇을 잡고 일어설 수 있을 때다. 콘크리트 못을 화장대에 놓고 벽에 못질을 했는데 못이 한 개가 없어졌다. 보현이는 자연스럽게 놀고 있었다. 아무리 찾아봐도 5cm나 되는 못을 찾을 수가 없었다. 우린 불안해지기 시작했다. 아내가 일단 병원에 가 X-Ray를 찍어보자고 했다. 하던 일을 멈추고 아내가 근무했던 적십자병원으로 갔다. 아는 분이 있어 금방 찍어볼 수 있었다. 돌을 갓 지난 아이의 위에 5cm가 넘는 콘크리트 못이 움직이고 있었다. 당황스러웠다. 좀 더 큰 병원에 가보라 했다. 당시 인천에는 기독병원이 가장 큰 병원이었다. 그곳에 갔더니 당직 의사는 일단 입원하라 하였다. 소아과 간호사였던 아내는 일단 전화가 있는 송림동 작은아버지 댁으로 가 거기서 더 알아보고 결정하자 하였다. 결국 그날로 우린 신촌 세브란스 병원으로 갔다. 그곳도 역시 마찬가지였다. 애를 일단 입원시키고 아무것도 안 먹이면서 수시로 못의 이동 경로를 확인한 다음 위급한 상황이 일어나면 수술해야 한다고 했다. 우린 더 이상 다른 방법이 없었다. 입원하고 의사의 말을 따를 수밖에 없었다. 소아과 병실이 없어 산부인과 2인실에 입원했다. 잘 놀던 애가 아무것도 못 먹게 하고 탈수방지를 위해 놓는 수액 주사기 바늘이 아파 울기 시작했다. 아내는 침대에서 아기를 꼭 잡고 있었고 나는 복도를 오가며 2시간마다 X-Ray 촬영을 도와줘야 했다.

의료보험(현재 건강보험)이 막 시작 한때라 타 지역 진료 시 회사에서 타 지역 진료 의뢰서를 받아 제출해야만 했다. 의뢰서를 받기 위해 월요일 회사에 출근했다. 과장님께 상황 설명을 하고 며칠 휴가를 내기로 했다. 병원에 와보니 의사 선생님이 잘하면 변으로 나올 것 같다는 희망적인 말을 해주었다. 결국 다음 날 아침 물을 먹여도 좋다고 하며 퇴원준비를 하라 했다. 우유를 한 팩 주니 단숨에 마시는 것이었다. 우린 어른들이 있는 작은아버지 집으로 퇴원하기로 했다. 결국 퇴원하여 저녁때쯤 두 살배기 아이의 변으로 5cm가 넘는 콘크리트 못이 나왔다. 그날 저녁 집으로 돌아오며 안도의 한숨을 지었다.

1985년 5월 5일, 둘째의 출생일이다. 해외출장, 바쁜 업무 등 집안 일보다는 회사 일에 전념하고 있었다. 둘째 아이 출생일에도 노동운동하는 학생들이 사장실을 점거한다고 하여 전 사원 24시간 대기하고 있었다. 집에 전화하니 산기가 있어 장모님과 길병원으로 갈 것이라 했다. 집에는 보현이를 돌보려 처제가 와 있었다. 나는 수시로 전화하기로 하고 일단 입원하라 했다. 그날 밤

◆ 둘째 미현의 탄생

유난히 비가 많이 내렸다. 일단 통행 금지시간이 되면 다음 날 새벽 4시까지는 움직일 수 없었다. 통행금지 해제 직후 택시를 타고 병원으로 갔다. 도착하니 그때까지는 소식이 없었다.

산모는 분만실에 있는데 계속 산통만 하고 있다 하였다. 장모님은 나보고 잠깐 침대에서 눈을 좀 붙이라 하셨다. 한잠도 못 잔 상태라 잠깐 눈을 붙인 것 같은데 깨보니 7시였다. 그때 장모님이 한탄 섞인 소리로 "에이 하나 달고 나오지, 고생하긴 마찬가지인데" 하셨다. 아! 딸이구나 생각했다. 은근히 아들을 기대하셨던 것 같다. 둘째의 이름은 김상혁 과장님 부인께서 미현(美賢)으로 지어주셨다. 첫째 때와 마찬가지로 아기 이불과 애 이름으로 된 통장을 하나씩 선물하셨다.

두 아이가 다섯 살, 두 살 때 말레이시아 주재원 생활을 시작했다. 아내는 젊은 나이에 어린 두 아이를 키우며, 혼자서 충청도 시골로 대중교통을 이용해 명절, 시부모님 생신 등에 참석했으니 얼마나 힘들었을까 싶다. 말레이시아에서 6개월에 한 번씩 한국으로 2주씩 휴가가 있었다. 첫 휴가를 1986년 8월에 나왔다. 귀국할 때 공항에 애들과 아내가 나왔다. 첫째는 아빠한테 오는데 둘째는 엄마 뒤로 숨는 것이었다. 아마 낯선 사람으로 생각되었던 것 같다. 강릉, 속초 등 동해안에서 휴가를 보냈다. 휴가 동안 친해진 둘째가 아빠, 아빠 하며 따랐다. 휴가를 마치고 말레이시아 지사로 업무복귀 후 집에 전화하니 저녁만 되면 미현이가 창문을 보고 아빠를 기다리며 찾는다 했다. 결국 병이 나 열이 39도까지 올라 병원에 다닌다 했다. 정말 안타까웠다. 가끔 전화하여 목소리를 들려주는 수밖에 다른 방법이 없었다. 둘째는 이때의 트라우마로 크면서 나랑 대화할 때면 울음을 먼저 터트리곤 했다. 자기 생각을 전하고 싶으면 글로 쓰곤 했다.

1987년 3월 주재원 생활 마치고 귀국했다. 통장에는 약간의 목돈이 모여 있었다. 주재원을 하면 경비 외에 국내에서 받는 월급의 두 배가 지급되었다. 사실 월급은 한국 통장에 입금되어 아내가 관리했고 나는 주재원 경비로 생활할 수 있었다. 말레이시아 주재소의 집이 사무실 겸 생활 집이어서 생활비를 줄일 수 있었다. 주재소는 2층이었고 실내에서 골프 연습을 할 수 있을 정도로 넓었다. 한국의 18평 아파트는 귀국 후 매우 좁게 느껴졌다. 아내와 나는 살던 집을 전세로 놓고 새집을 구하러 다녔다. 그 당시 주택시장은 전세나 매입이나 거의 같은 가격이었다. 미분양도 많아 여러 집을 확인하고 골라서 살 수 있었다.

두 곳을 두고 고민했다. 만수동주공과 효성상아아파트였다. 효성상 아는 대성목재 모기업인 효성 계열 효성건설이 지은 것이다. 계열사인 대성목재 직원에게는 할인은 물론 3년 분할하여 분양하였다. 지금같이 집 사기 어려운 것을 생각하면 정말 싸게 사는 격이었다. 방 3개 32평 형이 3,000만원 정도였다. 입주금은 새한아파트 전세가 800만원이었 으니 그것으로 가능했다. 1987년 7월 우린 18평에서 32평으로 이사했 다. 계단이 있는 아파트에서 엘리베이터가 있는 곳으로, 5층에서 15층 고층 아파트로 이사했다. 우리 집은 7층 707호였다. 이사 하고 첫날 밤 아내와 애들은 넓은 집에 온 것을 너무 좋아했다. 나 역시 주재원 생활 의 고생이 한 번에 없어지고 보상받는 기분이 들었다.

엄마의 가슴을 졸이게 하며
태어난 아들, 셋째

1987년 추석 때 시골집을 찾았다. 늘 하듯이 애들 둘을 데리고 아내와 명절 전 시골에 가 남자들은 아버지가 담가놓으신 동동주를 한잔씩 하고 여자들은 명절 음식을 준비했다. 그리고 산소가 이북에 있는 탓에 차례를 지내면 나는 작은집에도 가봐야 하기에 통상 일찍 시골집을 나서 인천으로 향했다. 올라오는 길에 아내가 화난 표정으로 통 말이 없었다. 내심 무슨 일이 있었나 싶어 나도 아무 말도 안 하고 운전만 했다. 그 후 그런 분위기는 며칠을 갔다. 하루는 퇴근하여 집에 오니 책 몇 권을 내놓고 나보고 읽어보라 하였다. 아들 낳는 법, 온도 조절법 등의 제목이 보였다. 아내는 그제야 있었던 일을 얘기했다. 어머니께서 명절 음식 준비하면서 아내에게 "우리 친구는 며느리가 딸만 낳고 그만 낳는다고 해서 아들 새장가 보낸다고 하더라"라고 말씀하셨다고 했다. 아내는 여기에 충격을 받고 며칠 동안 고민하다 서울 강남의 유명한 산부인과에 가 처방을 받아온 것이다. 아이는 혼자 낳는 것이 아니니 남편인 나도 그 책을 읽고 시키는 대로 지켜야 한다고 했다. 난 지킬 자신이 없었다. 술도 먹지 말고, 담배도 피해야 하고 배란기에 맞춰해야 할 일이 너무나 많았다. 어쨌든 우린 노력하기로 했다.

1988년 3월, 두 번째 주재원 파견 직전 아내는 임신을 했다. 안정을 취해야 하는데 큰아이가 유치원에 입학하고 둘째를 돌보느라 여러모로 몸이 힘들고 피곤할 수밖에 없었다. 회사에 있는데 서울 병원에서 울며 전화가 왔다. 유산되었다고 했다. 택시를 타고 병원으로 갔다. 힘없이 누워 있는 아내를 보니 어머니가 원망스럽고 너무 안쓰러웠다. 집으로 오면서 난 딸 둘이면 족하니 더 이상 아들 얘기는 하지 말자고 했다. 어머니한테는 내가 얘기하겠다고 했다. 며칠 후엔 말레이시아로 출국해야 하기에 더욱 안쓰러웠다.

1989년 2차 말레이시아 근무를 마치고 귀국했다. 아내와 상의하여 차를 하나 구입하기로 했다. 자주색 르망을 택했다. 내가 해외 근무하면서 아내는 개신교에서 천주교로 개종하여 애들도 모두 유아 영세를 받은 상태였다. 차를 사면 신부님께 축성을 받아야 한다고 하였다. 처음으로 신부님을 뵐 기회가 있었다. 나랑 동갑인 오영호 신부님이었다.

그 후 토요일을 택해 시골집에 가기로 했다. 시골에 갈 수 있는 길은 수인산업도로를 거쳐 1번 국도나 39번 국도를 이용하는 방법이 있었다. 가는 도중 사고가 생겼다. 마주 가던 덤프트럭에서 버린 음료수 병이 우리 차 앞유리로 떨어져 유리가 깨지는 사고가 난 것이다. 국내에서 처음 운전하는 것이라 조심했는데 앞에 타고 있던 아내와 둘째가 정말 놀랐다. 잊을 수 없는 사건이다. 기다리시는 부모님께는 차가 밀려 늦는다고 알리고 수원에서 유리를 교체한 다음 늦게 도착했다. 이 차가 나중에 음주운전으로 사고를 낸 차이며 내 운명을 바꾸게 해준

차이다. 지금 생각해보면 우연치고는 참으로 묘하다.

귀국 후 몇 개월이 지났는데 어느 날 아내가 너무 무심한 것 아니냐며 변화를 못 느끼느냐고 물었다. 그때야 자세히 보니 아내의 배가 불룩했다. 첫아이 둘째 때는 입덧이 심해 금방 임신을 알 수 있었는데 전혀 입덧이 없어 몰랐다. 이미 3개월이란다. 아내는 힘든 것을 각오하고 시어머니의 뜻을 받들어 셋째를 가질 것을 결심했고 임신에 성공했다. 조금은 미안했으나 감사했다. 아내에게는 딸이든 아들이든 상관없으니 몸만 건강하게 잘 챙겼으면 좋겠다고 하였다. 그해 12월 말경 파푸아뉴기니 출장이 잡혀 있었다. 한 달 이상의 시간이 필요한 출장이었다. 출장 전 아내가 예정일이 1월 20일이니 그 안에 끝내고 오라 하였다. 최대한 일정을 조정하여 1월 18일 싱가포르행 비행기를 타고 19일 한국에 도착하는 일정으로 싱가포르에 도착하여 집에 전화하니 처제가 전화를 받았다. 언니가 산기가 있어 병원에 갔다 하였다. 예정보다 2일 일찍 산기가 온 것이다. 아내 나이 36살이니 그때만 해도 노산이다. 지금은 결혼이 늦으니 40세가 넘어서도 출산을 많이 하지만 그때는 달랐다. 걱정이 되었다. 일단 저녁 먹고 또 전화하기로 했다. 한국시각 밤 11시쯤 다시 전화했다. 처제의 첫말이 "형부 축하해요"였다. 셋째 승호 (昇淏)의 탄생이다. 아들이었다.

백일잔치 때 오신 오영호 신부님한테 들은 이야기는 셋째 임신 중 아내는 신부님께 고해성사를 봤다고 한다. 의사가 처음에는 아들이라 했다가 몇 개월 후에 딸이라 했다고 한다. 지금처럼 태아 성별을 정확하게 알지 못하던 때다. 고민이 커진 아내가 어찌하면 좋겠냐고 신부님께 여쭤 봤다고 했다. 아들인지 확신할 수 없으니 승호 탄생 전 아내는 반 반의 확률로 가슴 졸였음을 알 수 있었다. 아내의 고민에 신부님께서는 주님의 뜻이니 천주교 교리대로 낙태는 절대 안 된다고 하셨다고 한다. 이날 신부님께서는 그런 일 때문에 아버지가 누구인지 얼굴이 보고 싶 었다며 부인에게 잘해주라 하셨다.

엄마의 가슴을 졸이게 하며 태어난 승호는 잘 자라주었고 듬직한 아 들이 되었다. 지금도 가끔 아내와 셋째를 가진 것은 정말 잘한 일이라 말하곤 한다.

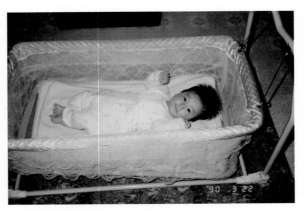

◈ 셋째 승호의 탄생

씩씩하게 제 길을 가는
고마운 자녀들

우리 애들을 생각하면 미안한 생각이 먼저 든다. 직장생활 할 때는 회사 일로, 동업을 할 때는 회사의 확장을 위하여, 어린 나이에 독립하여 내 사업을 할 때는 회사를 지키기 위하여 가정일보다는 회사와 비즈니스를 위해 살아온 날이 훨씬 많았다. 이런 나를 대신하여 애들이 자라는 데 필요한 모든 일을 감당해준 아내가 정말 감사하다. 그리고 세 자녀 모두 각자 자신의 위치에서 잘 자라준 것도 감사하다.

큰애는 어려서부터 그림을 그리기 좋아했다. 4~5살에 인형 그림을 보고 똑같이 그리는 것을 보고 그림을 전공했으면 했다. 하지만 중학교 때까지도 공부만 하고 그림은 별 관심이 없었다. 고등학교 1학년이 되고서야 그림을 하겠다고 하였다. 나는 잘되었다고 생각했는데 아내는 너무 늦었다고 생각하며 걱정했다. 일단, 학원을 찾아 실기 연습을 시작했다. 이 또한 나는 바쁘다는 핑계로 아내가 챙겨야만 했다. 대학 수능을 보고 점수가 나오고 실기 실력을 체크한 다음 대학을 결정해야만 했다.

전체적으로 종합해보니 서울에 있는 대학은 쉽지 않아 지방에 있는 대학을 선택했다. 다행히 대전에 있는 한남대학에 진학할 수 있었다.

수녀원 기숙사를 택해 그곳에서 생활할 수 있게 했다. 다행히 보현이는 4년 동안 대학생활을 잘하며 개인전 등 자기가 하고 싶은 그림을 열심히 공부했다. 내가 사업적으로 어려울 때 사회생활을 시작하여 별 도움도 주지 못했는데 직장생활 하며 홍대 대학원에 진학하여 석사를 받았다. 지금은 결혼하여 미술학원 원장을 하며 후학 육성에 힘쓰는 것을 보면 너무 감사하고 대견하다.

둘째는 돌 전에 내가 주재원 생활로 떨어져 살면서 아빠와의 서먹함이 있었다. 어려서부터 자기주장이 뚜렷하여 중학교 때는 남학생을 제치고 전교 회장을 할 정도로 활동적이었다. 공부도 잘하는 편이었다. 내심 나는 고등학교 진학 후 대학은 신문방송학과나 법대 쪽을 선택하지 않을까 생각했다. 고등학교 1학년 진학하고 1달쯤 되었을 때 일이다. 퇴근 후 미현이가 아빠와 할 얘기가 있다고 하였다. 어렸을 때의 트라우마 때문에 내 앞에서는 자기표현을 잘 못 할 때였다. A4 용지에 자기 생각을 적어 나보고 읽어보라 하였다. 내용은 자기의 진학 방향을 적은 것이었다. 음대 작곡과를 진학하겠다는 내용이었다. 내가 생각하던 것과는 너무 거리가 멀었다. 나는 조심스럽게 생각은 바뀔 수 있으니 한 달 정도 더 생각해보고 한 달 후 다시 얘기하자고 하였다. 그 후 난 작곡과에 가려면 무엇을 해야 하는지 알아보았다. 작곡, 청음, 화성학, 피아노 등을 배워야 했다. 나로서는 모두 생소했다. 아내와 상의하니 아내 역시 난감해했다.

당시 경희대 실용음악과에 다니는 아들을 둔 친구가 있었다. 그 친구

애기로는 너무 늦었다는 것이다. 큰애 때 경험으로 예체능이 얼마나 어려운지를 알고 있었던 때다. 한 달 후에도 둘째의 생각은 변화가 없었다. 음악 선생님과 상의하였는지를 물었다. 음악 선생님과 충분히 상의하였다고 했다. 작곡에 대해 잘 모르는 부모로서는 일단 음악 선생님을 만나보고 싶었다. 우리 부부와 선생님은 집 근처 식당에서 만나기로 했다. 남자 선생님이었다. 제물포고 출신이고 서울 음대 피아노과를 졸업한 분이었다. 부모님은 의사인 집안이었다. 내 생각을 말씀드리고 선생님의 생각을 물었다.

선생님은 예체능 진학을 원하는 학생의 유형을 설명해 주셨다. 첫째 실력이나 성적이 안 되는데 부모가 밀어붙이는 유형, 둘째 자기처럼 학생은 좋아하여 가려 하는데 부모가 말리는 유형, 세 번째는 우리처럼 학생도 관심 있고 부모들도 열성적인 유형이 있다 하였다. 자기 생각에는 미현이가 재능도 있고 부모님들이 이렇게 열성적이니 무조건 가능하다며 미현이 생각대로 밀어주라 하셨다. 그날 선생님과 나는 취할 정도로 술을 기분 좋게 마셨다. 둘째는 이렇게 작곡전공을 선택했다. 물론 대학 들어가기까지는 재수를 했고 결국

◆ 둘째 대학 졸업식

연대 작곡과, 한국예술종합대학 대학원을 졸업해 결혼하여 지금은 김태성 감독과 함께 영화음악 및 드라마 음악을 하며 자기 영역에서 나름 열심히 살고 있다. 둘째가 대학 입학했을 때 목재 일을 접고 한창 어려울 때라 본인이 학자금대출, 아르바이트 등으로 학교를 졸업했다.

◆ 둘째 결혼식

셋째의 탄생은 앞에서도 얘기했지만 우여곡절이 많았다. 당시만 해도 서른 후반에 아기를 갖는 걸 이상하게 생각하는 사회적 분위기였다. 의료보험도 두 아이까지만 가능했다. 셋째부터는 일반 수가로 병원에 가야만 했다. 셋째는 나이 차이 나는 두 누나 밑에서 태어나 누나들이 어려서부터 무척 챙기는 편이었다. 유치원 다닐 때 아빠와의 수업에 참석한 적이 있다. 수업을 마치고 집에 돌아오는 차 안에서 "아빠 왜 아빠 머리만 흰색이에요?"라고 질문을 했다. 어린 눈에도 아빠 머리만 백발인 것이 이상했던 모양이다. 자기 친구들은 첫째일 경우 아빠가 20대인데 나는 40대이니 그렇게 보일만도 했다. 그 후 난 머리를 염색하기 시작하여 최근까지 계속했다.

막내인 승호의 경우 내 사업이 가장 어려울 때 고등학교, 대학교에 다녔다. 학원이나 과외 한번 제대로 못 해주어 미안한 생각이 든다. 대학을 선택할 때도 아버지가 어려워 국립대학을 실력에 맞춰 선택했다. 결국 충남대 기계과에 합격하여 대전에서 대학생활을 했고, 대학원까지 그곳에서 마쳤다. 막내 대학 다닐 때는 사립보다 등록금이 적어도 그것조차 내주기가 어려울 때였다. 감사한 것은 끝까지 잘 졸업하고 지금은 질병관리청 선임연구원으로 직장생활 잘하고 있다.

사랑하는 우리 애들아!
이렇게 잘 자라서 자기 영역에서 자리매김을 잘하고 있어 고맙고 감사하다.
사랑한다.

5장

새로운 도전과 좌절

동업이었지만 열정을 쏟았던
첫 사업

1991년 회사를 그만두면서 직장생활 하면서 너무 힘들었으니 1~2개월은 일단 쉬면서 생각하기로 했다. 그렇지만 몇 가지 생각했던 것이 있었다.

첫째는 오영호 신부님과 약속한 천주교 신자가 되는 것이었다. 그러기 위해서는 6개월에 걸친 교리공부가 필요했다. 주일에 성당에 가 예비신자 교리 신청을 하고 본격적으로 일주일에 한번씩 교리공부를 시작하였다. 내가 주재원으로 나가 있을 때 아내는 이미 영세를 받아 '벨라뎃다'라는 세례명을 가지고 있었다. 애들도 유아 영세를 받아 큰딸은 '히야친따', 둘째는 '끄레센시아', 막내는 '빈첸시오'라는 세례명을 가지고 있었다. 출장이 있는 날에는 교리공부는 물론 신자의 의무 사항인 주일 미사도 빠지는 일이 있었다. 다행히 내 사정을 잘 아는 주임신부인 오영호 신부님의 배려 덕분에 그해 6월 1일 나 혼자 영세를 받을 수 있었다. 세례명은 '엘스따노'이고 경기은행 지점장이신 나경찬 스테파노님이 대부가 되어주셨다. 대부님 가족과는 인연이 많다. 대부님 부인이 아내 대모이며 두 따님이 우리 딸들 대모이기도 하다. 이런 인연으로 우린 태국여행도 같이 다녀오기도 하고 지금까지 서로 안부를 물어가며 사이좋게 지내고 있다.

둘째는 말레이시아 거래선인 JIMLOG의 Mr. LAU가 자기네 회사 한국 Exclusive Agent 제안을 했는데 이것을 받아들여 사업하거나 직접 목재를 수입하는 것이었다. 생각한 대로 우선은 좀 쉬려고 했는데 대성 목재를 그만두었다고 하니 여러 곳에서 연락이 왔다. 영림목재 이경호 사장, 코마 김상혁 사장, 그리고 목재업계에 근무하는 친구들(이현의, 박인서, 조영문 등)까지 매일 저녁 쉴 틈이 없었다. 그러던 중 김상혁 사장님의 부인께서 연락이 왔다. 할 얘기가 있으니 만나자고 하셨다. 만났더니 자기 남편을 도와줬으면 좋겠다고 간절히 말씀하셨다. 조건은 김 사장과 상의하여 결정하라 하셨다. 그동안 나에게 여러 가지로 잘 해주신 것을 생각하면서 흔들렸다. 일단 김 사장님과 얘기를 나

◆ 영세식

누기로 하고 주식회사 코마 사무실을 찾았다. 김 사장님은 부인과 이미 말씀을 나눈 상태인지 49%의 지분을 주고 해외 매입 일과 국내 영업 일을 도와 달라고 하셨다. 창업비용이 필요 없고 여태껏 해온 일이 연결되는 일이라 그렇게 하기로 하였다.

일단 회사의 상황을 파악하였다. 원목을 수입하려면 L/C(신용장)를 열어야 한다. 당시 코마는 효성물산에 L/C 대행수수료를 주고 대행을 하고 있었다. 담보로는 김 사장님의 서교동 1층짜리 기와집이 전부였다. 그나마 대성목재가 효성그룹에 있을 때여서 과거 인연으로 대행 조건은 좋은 편이었다. 출고 직원은 효성에서 근무했던 나이 많은 분이었는데 동업 형태로 근무하고 있었다. 국내 거래선, 산지 공급처 등 무엇 하나 갖춰진 것이 없었다. 매출은 연간 10억도 안 되었다. 일단 말

◆ 대부님 식구와 태국 여행

레이시아로 출장을 나갔다. 그동안 알고 지내던 공급처에 앞으로 내가 할 일을 설명하고 도움을 요청했다. R/H Mr. TIONG, JIMLOG Mr. LAU, SHING YANG Mr. WONG 등이 도와주겠다고 답을 해주었다.

원목 배는 보통 6,000m3 정도인 것이 보통이다. 하지만 민수업자는 그 양이 많기 때문에 합판회사가 선적할 때 1,000m3~2,000m3 정도의 공간을 배정받아 같이 선적해야 한다. 아니면 3~4명의 민수업자끼리 한 배를 채우는 경우도 있다. 배를 Arrange 하는 회사는 NICO 황 사장과 대성목재 수입과 출신 김철수 사장이 있었다. 두 분 다 내가 대성목재 재직 시 인연으로 내 일이면 무조건 협조하여 주셨다. 수입의 조건이 모두 갖춰진 셈이다.

L/C Open을 대행할 경우 대행수수료를 주어야 하고 현금으로 대금 지불을 안 하고 어음으로 할 경우 할인료를 받아 원가가 상당히 올라갔다. 이것을 바꾸는 것은 은행에서 우리가 직접 Open해야만 했다. 기존 Open된 한도를 생각하여 장기적으로 검토해야만 했다. 국민은행에 다니는 큰처남과 상의해 보았다. 담보가 없으면 신용보증기금의 보증서로 담보를 대신할 수 있다는 정보를 받았다. 이 이야기를 김 사장님과 나누던 중 부인 친구 중에 신용보증기금 이사장과 친분이 있는 분이 있었다. 그분 소개를 받아 처음으로 인천지사로부터 창업 보증 가능한도 5,000만원의 보증서를 받았다. 이것을 가지고 처남이 근무하는 국민은행 부평지점에 처음으로 Usance L/C 한도를 받았다. Usance 금융은 선적 후 산지에서 현금결제 되면 한국에서는 3~4개월 후 결제하

는 금융제도이다. 금리는 1% 수준이었다. 이렇게 되면 대행하는 것보다 적어도 15% 정도의 원가절감 효과가 있었다.

1992년 초 김 사장님의 제안으로 러시아에 출장 갈 기회가 있었다. 당시 러시아는 소련 붕괴로 나라 명이 러시아로 바뀌며 경제적으로 최악의 상황이었다. 우리가 가야 하는 곳은 블라디보스토크인데 직항이 없어 내륙에 위치한 하바롭스크를 거쳐 국내선으로 가야만 했다. 블라디보스토크에는 현대에서 산판 개발을 하기 위해 사무실을 차리고 일을 시작하고 있었다. 현대의 초대로 사업거리를 찾기 위한 출장이었다. 말로만 듣던 러시아 경제 상황을 직접 보니 정말 어렵다는 것을 알 수 있었다.

호텔의 화장실에 휴지라고 놓아둔 것은 우리가 도배할 때 초벌로 쓰는 마분지를 손바닥만 하게 잘라 놓은 것이 전부였다. 국내선은 기름이 없어 운항하지 못한다고 하였다. 영어는 통하지 않을 정도로 언어의 벽도 크게 느껴졌다. 호텔에서의 환전과 암달러상의 환율이 엄청 차이가 났다. 결국 우린 국내선을 못 타고 시베리아 횡단 열차를 타고 백야를 보며 15시간을 거쳐 블라디보스토크에 갈 수 있었다. 처음 경험하는 백야가 장관이었다. 이때의 경험으로 나중에 혼자 사업 할 때 러시아 원목을 수입하게 되었다.

1993년 초의 일이다. 원목시장이 심상치 않았다. 1992년 말부터 원목 가격이 오름세 보이기 시작하더니 1993년 초가 되어 FOB 100달러

하던 MLH 가격이 150달러로 치솟았고 인도네시아 라왕 가격이 170달러까지 치솟았다. 가격이 문제가 아니라 원목을 구하기 힘들어졌다. 마침 말레이시아에서 알고 지내던 Mr. LEE에게서 연락이 왔다. 미얀마 규루인 오퍼를 줄 테니 검토하라는 것이었다. 수량은 6,000m3나 되었다. 가격은 FOB 90달러였다. 당시 이런 식의 오퍼가 많이 돌고 있던 터라 반신반의하였으나 Mr. LEE 성격을 아는 나는 일단 출장을 가 원목을 확인하기로 하고 태국 방콕공항을 거쳐 양곤으로 들어갔다. 미얀마는 처음이었다.

1983년 전두환 대통령이 이곳을 방문해 아웅산 장군 묘소참배 시 북한의 테러를 받아 많은 각료가 숨지고 대통령 자신도 위험에 처했던 곳이기도 하다. 출장 중에 시간을 내 이곳을 방문해 보았는데 미얀마 정부에서 통제하고 있어 안에 들어가 자세히는 못 보았지만 그때의 참상을 느낄 수 있었다. Mr. LEE는 싱가포르에서 먼저 들어와 모든 것을 확인하고 나를 기다리고 있었다. 도착 다음 날부터 준비된 원목들을 확인하였다. 원목의 길이는 5~6m, 긴 것은 8m 정도였다. 길이는 마음에 안 들었지만 수종이 규루인(규루인은 당시 합판에서 비싸게 매입하였으며 MLH 원목과는 비교가 안 되었음)이고 품질도 나쁘지 않았다. 수량은 어림잡아 6,000m3는 되어 보였다. 일반 수입업자가 결정하기에는 많은 양이었지만 퇴사할 때 이영기 사장님이 사업하면서 어려우면 도와줄 테니 찾아오라는 말씀이 생각났다. 일반 판매가 안 되면 대성목재를 찾아가기로 생각하고 다른 조건을 확인한 후 결정해야겠다고 마음먹었다.

선적하는 항구 역시 육지에 붙어 있어 아주 좋았다. 선적항구는 양곤 시내에 접해있었다. 프랑스가 통치할 때 건설한 시설이다. 100년 전 시설이라는데 그때의 기술력을 가히 짐작할 수 있었다. 난 김 사장께 연락하여 L/C를 열라 하였다. 그날 저녁 Mr. LEE와 근사한 저녁을 하며 배를 잡고 선적 일정을 의논하였다. 일단 배의 일정을 보고 그다음 일정을 결정하기로 하였다. 하루 지나니 Mr. LEE가 일주일 후 배가 입항하니 귀국하지 말고 바로 검목을 하여 항구로 원목을 운반하자고 한다. 우리는 바로 운반 트럭을 수배하고 선적회사를 Arrange 하는 등 선적 준비에 바삐 움직였다.

많은 양의 원목을 수출한 적이 없는 나라에서 모처럼 많은 양을 준비하는 일은 쉽지 않았다(그전 원목수출은 대부분 컨테이너를 이용하여 이루어지고 있었다). 일단 원목을 항구로 운반하는 데서부터 문제가 발생했다. 운반 회사가 정부 부처에 속해 있다 보니 배정받는 데 문제가 있었다. Mr. LEE가 은행으로 가더니 미얀마 돈을 큰 가방으로 두 개쯤 환전하였다. 그다음은 담당 공무원을 만나 사정 얘기를 하고 한 뭉치씩 돈을 건네주었다. 그렇게 사정해도 배정이 안 되었던 트럭이 순식간에 10대씩 배정되었다. 후진국의 전형적인 스타일이었다. 우리나라도 못 살았을 시절 공무원 상대의 일을 할 때 돈으로 해결했던 생각이 났다. 원목 야적장으로 가 트럭을 기다리고 있는데 좀처럼 트럭이 오지 않았다. 확인해보니 시동이 안 걸리는 트럭이 대부분이란다. 우리나라 60년대에 볼 수 있었던 엔진, 즉 앞에서 수동으로 축을 돌려 엔진 시동을 거는 형태의 트럭이었다. 장시간 사용을 안 해 시동 거는 데 애를 먹고 있던 것이다.

Mr. LEE가 기술자를 데리고 가 해결한 후 일을 시작할 수 있었다. 한번 시동을 건 차는 시동을 꺼트리면 또 문제가 생겨 조심해야만 했다. 모든 운전자에게도 현금을 주고 조심하도록 했다. 운반비는 모두 정부로 들어가는 시스템이었으므로 운전자는 어떻게든 하루 지나면 그만이었기 때문에 월급 외 추가의 용돈이 효력을 발휘했다. 이곳 사정을 잘 아는 Mr. LEE는 이것을 알았는지 모든 일에 현찰을 들고 다니며 그때그때 문제를 해결해 주었다. 차에 실어주는 크레인 역시 문제였지만 이 또한 Mr. LEE 몫이었다. 문제가 안 되는 부분이 한 곳도 없었다. 왜 Mr. LEE가 그렇게 많은 현금을 환전했는지 알 수 있었다. 많은 돈이라야 한국 돈 몇백만원이었지만 미얀마에서는 대단히 큰돈이었고 그 위력은 대단했다. 이런 우여곡절 속에 원목은 항구로 계속 옮겨져 배가 입항하기를 기다리고 있었다. 보통 원목을 선적하려 출장 가면 한 달 정도는 보통이었기에 이미 한국을 떠난 지 3주가 어떻게 지났는지 모르게 지나고 있었다.

배가 입항하고 선적을 시작하였다. 선적 시작도 역시 돈으로 해결해야만 했다. 선적하는 노무자들 역시 현금으로 해결해야만 했다. 물론 나는 구체적인 것을 모르지만 이 역시 Mr. LEE가 쫓아다니며 해결하였다. 선적은 별문제 없이 진행되었다. 하루에 두 번 정도 배에 올라가 선장과 선적 상황만 확인하면 되는 것이다. 원목이 2/3 정도 선적되었을 시점의 일이었다. 선적 확인차 배에 갔는데 선장이 나를 자기 방으로 가자고 하더니 나보고 지금 본선에 다른 화주가 자기네 물건이라고 확인차 왔다고 한다. 너무나 황당했다. 바로 Mr. LEE에게 확인했지만 Mr. LEE는 그럴 리 없다고 나보고 걱정하지 말라고 했다. 하지만 나로서는 걱정이 안 될 수가 없었다. 선적이 어느 정도 끝나고 다음 말레이시아 일정도 있고 해서 선적서류 일부를 받고 귀국길에 올랐다.

귀국 후 김 사장과 산지 이야기를 하고 합판회사에 일괄 매각하는 것이 우리같이 자본력이 없는 회사에서 유리한 방안이라 의견을 전했다. 그러고는 말레이시아 선적 일정이 있어 미얀마 배 출항 소식을 접하고 말레이시아 출장길에 올랐다. 사실 미얀마에서 선적 시 자기 물건이라고 한 중국 바이어가 생각나 배가 한국에 도착할 때까지 안심하지 못하고 출장 중에도 걱정이 되었다. 다행히 배 일정을 확인하니 한국 쪽으로 항해하고 있어 안심할 수 있었다. 이런 일들이 자주 있지는 않지만 있을 수 있는 일이라 방심하면 안 되었다. 김 사장에게 연락하여 대성목재와 선창산업에 오퍼를 하라 하고 서둘러 말레이시아 일을 끝내고 귀국했다.

장사 수완이 없는 김 사장님은 소문을 듣고 찾아온 선창산업과 거의 결정단계까지 진행하고 있었다. 하역비, 통관비 등 일체의 비용은 선창산업에서 지불하는 조건으로 전체 수입금액의 3.0%를 요구했다고 했다. 나는 아차 싶었다. 시중 가격으로 보아도 파격적인 가격이고 내가 고생한 것에 비하면 대가가 너무 적었다는 생각이 들었다.

기회는 여러 번 오는 것이 아니라서 더욱 그런 생각이 들었다. 하지만 의사결정자가 결정한 일이니 어찌할 수 없었다. 그러나 배가 입항할 때쯤 우리의 약점을 안 선창산업에서는 최종 2.5%로 통보하였고 시간이 없는 우리로서는 그대로 2.5%에 매각하게 되었다. 이런 일을 겪으면서 또 한 번 강자와 약자의 입장에서 약자가 어떤 일을 당하는지를 깨달으며 교훈을 얻었다.

노력과 능력으로
키우고 떠나다

미얀마, 말레이시아 출장을 마치고 선창과의 신경전 와중에 캄보디아 산판 개발에 대한 제안을 받았다. 1994년 캄보디아는 좌파지도자인 시아누크가 23년 만에 귀국하여 새 정부를 설립한 상태였다. 시아누크는 1970년 중국 방문 중 쿠데타로 국가 원수직을 박탈당하고 귀국하지 못하고 망명생활을 하였다. 그는 망명 중 북한에서 북한 김일성의 보호 아래 잘 지냈다. 또 자신이 복귀하기 위한 훈센 총리와의 협상도 김일성 중재 하에 평양에서 진행했다. 그런 탓에 캄보디아 복귀 후 북한과 1급 수교국의 관계를 유지하고 있었다. 심지어 시아누크가 공식 연설 서두에 '김일성 형님의 안녕을 기원하며'라고 언급할 정도였다.

이 산판 개발은 시아누크가 김일성에게 제안한, 캄보디아 동부 베트남 접경지역의 나따나끼리에 농토를 조성하는 프로젝트에 따라 이뤄지는 일이었다. 이 프로젝트는 농지를 개발하여 식량난에 허덕이는 북한에 식량을 공급한다는 계획으로 북한과 캄보디아 두 나라가 추진하는 일이었다. 프로젝트 내용은 농토 개발 후 북한 주민 5,000쌍을 투입하여 무상으로 농사를 지은 다음 생산한 식량을 세금 없이 무조건 북한으로 가져가는 것이었다. 북한으로서는 일 년에 삼모작을 할 수 있는 열대지방에서 식량을 생산하여 맘껏 자국으로 가져갈 수 있으니 식량 난 해결에 큰 도움이 될 수 있었다.

이 프로젝트에는 재미교포 로버트 킴이 관여되어 있었다. 로버트 킴 은 뉴욕에서 보석상을 하고 있었다. 유신 시절 로버트 킴 아버지가 미 국으로 들어가 북한과 인맥이 있다 하였다. 로버트 킴은 농토를 조성하 려면 산림을 Free Cutting 하게 되어있는데 유엔에서 조사한 자원 보 고서를 보니 그곳에 엄청난 원목이 있는 걸로 나와 있었다. 로버트 킴 의 관심은 그곳에 묻힌 루비, 사파이어, 사금 등 보석이었다. 그런 그는 거기서 나오는 원목은 우리 보고 알아서 가져가면 된다 하였다. 즉, 북 한 측에서는 개발하는 비용을 그곳에 묻힌 보석을 이용하여 확보하려 했던 것이다.

매우 관심 있는 아이템이라 생각하고 검토에 들어갔다. 일단, 캄보디 아는 우리나라에서는 여행금지국으로 지정되어 있었다. 여권에 캄보디 아 입국이 확인되는 증표가 있으면 3년간 출국 정지가 내려졌다. 로버 트 킴과 상의 끝에 홍콩, 캄보디아 이민국에서 별도의 용지를 붙여 비 자를 발급받기로 했다. 이는 허용되는 일은 아니었지만 캄보디아에 나 와 있는 북한에서 온 이 선생이란 사람이 캄보디아 정부와 협의하여 한국 여권을 가진 교포라 설득하여 가능했다. 그러면 여권에는 캄보디 아 입국 표시가 없고 한국 귀국 시에는 이를 떼어버리면 되는 일이었 다. 여행 경로는 한국-홍콩-태국 방콕만 있는데, 방콕에서 캄보디아 프놈펜은 표시되지 않기 때문이다.

지금 생각하면 이렇게 위험 부담을 안고 가야만 했는지 싶다. 어찌 되었든 이런 판단으로 곧바로 홍콩으로 향했고 로버트 킴도 홍콩으로 왔다. 캄보디아 입국 절차는 계획대로 문제없이 진행되었다. 프놈펜공항에서도 외교관 출구로 별문제 없이 통과되었다. 밖에서 기다리던 북한 측 대표 이 선생이 반갑게 맞아 주었다. 이미 1급 호텔에 예약되어 있었고 차량도 일본 도요타 지프 신형으로 준비되어 있었다. 호텔에 체크인하고 이 선생과 인사를 나누면서 그 당시 한국 담배로서는 고급이었던 아리랑 담배 한 상자를 선물로 주었다. 북한사람들이 담배를 좋아한다는 로버트 킴의 조언을 듣고 공항에서 준비했다.

이때 이 선생이 "남조선 사람이군요"라고 말하였다. 내가 남조선 사람이란 것을 직감한 것 같았다. 눈치가 그런 것은 큰 문제가 안 된다는 눈치였다. 자기가 맡은 임무를 어떻게 성사시킬 것인지가 더 중요한 것 같았다. 내 나이 또래인 이 선생은 김일성 대학을 나왔고 소련에서 공부했으며 집은 평양의 아파트이고 어린 딸이 하나 있으며 김정일 라인이라는 것도 저녁을 먹으며 설명해 주었다. 그는 당시 우리나라에도 귀했던 핸드폰(크기가 엄청 크고 성능은 지금에 비하면 비교가 안 되었음)을 가지고 있었다.

저녁을 먹으며 일정을 설명해 주었다. 내일 일찍 헬리콥터로 나따나끼리로 이동할 것이고 그곳에 3~4일 머물며 현지 확인 후 돌아올 것이란다. 자기는 동행하지 않고 캄보디아 정부군이 동행하여 안내한다고 했다. 모든 일이 긴장할 수밖에 없는 상황이다. 다음 날 아침 이 선생이 일찍 호텔로 왔다. 우리는 이 선생을 따라 출발지로 갔다. 출발지에는 무장한 군인들이 많이 있었고 헬리콥터도 엔진을 걸고 기다리고 있었다. 군인들의 계급을 보니 별을 단 사람들이 여럿 보였다. 우리를 동행하는 사람은 4명이었는데 3명이 별을 달고 있었다. 훈센의 반군이 장소와 상관없이 곳곳에서 테러를 일으키고 있을 때라 상당히 신경을 쓰는 것 같았다.

우리도 긴장하지 않을 수 없는 상황이었다. 출발하여 도착지까지는 약 1시간 30분 정도가 걸렸고 무장한 군인들이 우리를 호위하였다. 도중에 나는 상공에서 임목을 볼 수 있게 해달라고 부탁했다. 산지 경험이 많은 나는 임목을 보면 대강은 얼마만큼의 원목을 생산할 수 있는지를 판단할 수 있었다. 나무들의 밀도나 수고(나무 높이)를 보면 정확하지는 않지만 대강의 임목 수량이 예측되기 때문이다. 공중에서 보는 현장은 나무가 빽빽하게 우거진 밀림이었다. 현지에 도착하니 다른 팀이 우리를 인수해 안내했다. 숙소에 짐을 풀고 난 후 본인들이 벌채해 놓은 원목과 보석이 나오는 곳으로 안내했다.

가는 도중 덤프트럭들이 흙을 싣고 태국 쪽으로 가고 있었다. 안내자에게 물으니 사금을 채취하기 위해 태국에서 흙을 사 가고 있다고 했다. 길에는 작은 구덩이들이 많이 있었다. 사람 하나 들어갈 정도의 구덩이인데 위에는 삼각대에 도르래가 걸려 있어 구덩이 속의 흙을 올릴 수 있게 되어있었다. 사파이어나 루비를 채굴했던 장소였음을 알 수 있었다. 장비가 없어 사람의 힘으로 작업한다는 걸 알 수 있었다. 로버트 킴이 나에게 땅에 널려 있는 루비와 사파이어 몇 개를 주면서 품질은 좋지 않지만, 이곳에 이 정도로 많은 양의 보석이 매장되어 있다고 했다.

마음이 설레는 모양이었다. 난 오로지 원목에만 관심이 있었고 보석에는 별 관심이 없었다. 벌채해놓은 야적장으로 이동하여 원목을 확인하였다. 생각보다는 품질이 괜찮았다. 도로를 내기 위해 Free Cutting 한 것이라는데 선별하면 아주 좋은 품질의 원목이었다. 앞으로 벌목할 임지 역시 수량이나 수종이 우리에게는 안성맞춤이고 이곳에서는 생산 원가 수준의 가격으로 매입할 수 있으니 흥분되었다. 합판공장에 오퍼로만 넘겨도 수익이 상당할 것 같았다. 로버트 킴에게는 가능성이 다분히 있으니 방법을 의논하여 귀국 전 스케줄을 짜자고만 말하고 속내를 최대한 숨겼다.

로버트 킴도 보석에 대한 기대가 큰 것 같았다. 프놈펜으로 돌아온 후 선적항 검토를 해보니 베트남 하노이나 사이공으로 이동시켜 선적하는 방법이 있었다. 선박을 Arrange 하는 김철수 씨에게 배를 찾아보라 하고 운임 및 기타조건들을 확인해달라 하였다. 로버트 킴과 이 선생과는 무역방법에 대하여 상의하였다. 일차 FOB 산지 가격에 대해서는 어차피 북한 주민들이 들어와 농토를 만들기 위하여 벌목하여야 하니 이 선생이 결정하면 되었다. 이 선생 의견은 20달러 정도면 자기는 윗분에게 승낙받을 수 있다 하였다. 캄보디아 파트너가 필요했다. 왜냐하면 산지 일과 베트남 운송 등을 도맡아 해야 하기에 캄보디아 내 회사가 필요했던 것이다. 이 선생은 걱정 마라 했다. 두정부의 중요한 프로젝트이기 때문에 필요하면 모든 지원을 할 것이라고 했다.

모든 것이 순조롭게 진행되었다. 캄보디아 파트너도 소개받고 로버트 킴과 나는 L/C를 중간 나라에 열고 BACK TO BACK으로 캄보디아로 연결함으로써 중간 마진을 중간 나라에 떨어트리는 방식으로 하기로 했다. 그 중간 나라는 홍콩으로 정했다. 즉, 양쪽 나라에 새로운 회사를 설립하고 본격적인 무역을 하기로 한 것이다.

또 좋은 것은 이곳 개발 시 필요한 장비 및 물자는 모두 무관세이며 북한 등에서 들여오는 시멘트 역시 무관세였다. 한국과 거래할 아이템이 상당히 있었다(중고 오토바이, 중고차, 중장비 등).

이런 계획을 모두 세운 다음 귀국하였다. 로버트 킴과 이 선생은 문제 해결을 위하여 남아 한국으로 연락을 주기로 하였다. 한국 도착 후 선박 등을 알아보고 이 선생, 로버트 킴과 수시로 연락하며 원목 생산량 등을 확인하였다. 그러면서 첫 선적 전 계획했던 회사설립 등을 추진하고 있었다. 어느 정도 물량도 확보되었고 사이공 항구로 원목을 운반할 업체 선정도 되어가고 있을 때 로버트 킴으로부터 이 선생이 연락이 안 된다고 연락이 왔다. 당황스러웠다. 며칠 후 특보로 김일성의 죽음이 알려졌다(1994.7). 그리고 신문 한구석에 주캄보디아 북한대사가 김일성 조문 차 귀국길에 심장마비로 사망했다는 기사가 실렸다. 그는 내가 캄보디아에 있을 때 잠깐 본적이 있는데 상당히 고령이었다.

충격으로 그런 사고를 당했구나 싶었다. 일단 추진하던 것을 모두 중

지하고 로버트 킴과 상황을 관찰하기로 했다. 그러나 한두 달이 지나도 이 선생은 연락이 되지 않았다. 아쉽지만 비용 수천만원은 잊어버려야 했다. 그 후 1년여가 지나 신문 한구석에 북한 주민 5,000쌍이 나타나 끼리에 들어가 농토를 개발한다는 뉴스를 접하게 되었다. 누군가가 관여했겠지 하는 생각이 들었다.

1년이면 9~10개월을 이런 식으로 해외에서 지내며 코마의 발전을 위하여 애쓰고 다녔다. 93년 9월경 코마 사무실에 고등학교 동기인 강창구가 선배인 조성수(인천저축은행 회장 겸 강원레미콘 회장) 회장과 박상철 선배(약사)와 함께 찾아 왔다. 봉사클럽인 월미라이온스클럽 멤버들이다. 동기인 강창구가 나를 추천하여 선배들이 나에게 클럽에 가입하라고 설득하러 온 것이다. 생각해보겠다고 했는데 집요하게 설득해 그 후

◆ 월미 L/C 회장 때 주년 행사

몇 차례 더 만났다. 멤버 중에는 국회의원인 심정구 의원, 전 경찰 간부, 사업가 등이 있었는데 인천에서는 3번째로 오래되었고, 전통이 있는 클럽이었다. 가입하기로 약속하고 그해 연말인 12월 27일 가입했다.

이 클럽은 내가 어려울 때나 잘나갈 때나 변함없이 활동하고 있는 클럽이며 2022년이 52대 회장이고 나는 32대 회장을 했다. 자매 클럽은 일본, 대만, 필리핀 등이 있었는데 각국의 어려움으로 현재는 대만의 뻬이투라이온스만이 자매 클럽으로 남아 있다. 일년에 한번은 자매클럽을 방문하고, 한번은 그쪽에서 우리나라를 방문하여 유대 관계를 맺고 있다. 내가 회장일 때 부부 동반하여 일본(2월), 대만(11월)을 방문한 것이 기억에 남는다. 이 밖에도 클럽 활동을 하면서 좋은 선배들 후배들, 친구를 만나 좋은 인연을 쌓았다. 월미라이온스 활동은 내 일생

◆ 월미 L/C 최근 회장 이·취임식

에서 항상 기억하고 아껴야 하는 봉사클럽이다.

그간 일에 열중하느라 가족과 같이 지내는 시간이 적어 항상 이것이 마음에 걸렸다. 1994년 여름방학 때 가족 해외여행을 아내와 기획했다. 지금도 마찬가지이지만 나는 아내가 짜는 계획을 그대로 따라가는 편이다. 아내는 캐나다 코치투어를 계획했고 우리 다섯 식구가 처음으로 해외여행을 떠나는 것이었다. 코스와 일정은 여행사에서 짜 현지 가이드가 안내했다. 그해 한국의 여름 날씨는 몇십 년 만에 온 무더위였다. 막내가 5살, 큰딸이 중학생이고 둘째가 초등학생 시절이었다.

출발부터 장시간의 비행시간과 시차가 걱정되었지만 모두 즐거워하여 안심이 되었다. 나야 일년이면 거의 10개월을 해외에서 보내다 보니 장거리 비행과 식사 등, 어려움이 없지만 가족 전체 해외여행은 처음이라 매우 신경이 쓰였다. 나는 기내 음식도 잘 먹고 잠도 잘 잤다. 아내도 마찬가지였다. 밴쿠버에 도착하니 그곳 날씨는 두꺼운 옷을 입을 정도의 날씨였다. 밴쿠버를 기점으로 만년설, 나이아가라폭포, 부차드가든 등 서부에서 동부까지 하루 1,000km 정도의 버스 투어를 하며 모처럼 애들과 대화하고 아내와도 많은 얘기를 나누는 기회를 가졌다.

주식회사 코마는 나의 인맥과 노력으로 2~3년 동안 실적이 김 사장님 혼자 운영할 때와는 비교가 안 될 정도로 성장하였다. 7~8억도 안 되었던 연 매출이 거의 50억까지 성장하였다. 은행 L/C 한도도 서교동 1층 기와집을 5층 건물로 증축하여 증액시키고 매출성장에 맞게 보증서도 늘려 대행 없이도 수입이 가능한 체계를 갖췄다. 문제는 원목을 수입해 출고하고 나면 처지는 질의 원목 처리가 문제였다. 원가 밑으로 판매해야만 가능했는데 그나마 소비처가 많지 않아 오래된 것은 썩어 사용할 수도 없었다. 해결방법은 제재소를 가동하여 제때 제품을 만들어 부가율을 올리는 것이었다. 당시 남동공단 제재 시설이 되어있는 공장이 시설 포함 평당 200만원 정도에 매물이 나와 있어 이 공장을 매입할 것을 김 사장께 건의했다. 김 사장께서는 지금도 편안한데 뭘 확장하느냐며 반대하였다. 설득해보았으나 허사였다.

이 일뿐 아니라 처음 약속했던 지분 배당도 전혀 하지 않으셨다. 처음 2~3년은 성격이겠지 하고 넘어갔는데 이건 아니다 싶어졌다. 고민하다 김 사장님 부인께 내 생각을 얘기하고 상의했다. 회사도 안정되었

◆ 가족과 캐나다 여행 – 만년설 앞에서

고 관리만 잘하면 현상유지 하는 데는 큰 문제가 없다고 판단되었다. 김려숙 사모님께서는 예상하셨다는 듯이 보현 아빠가 지금까지 버텨준 것이 고맙다고 하셨다. 나의 후임으로 내가 말레이시아 근무를 추천했던 김풍익을 추천하고 나는 별도로 내 사업을 하기로 했다.

◆ 가족과 캐나다 여행

독자 창업과 해외 원목 현장에서의
고군분투

내가 독립하기로 하자 김려숙 사모님께서는 회사명, 회사 로고 등을 지어주시며 나의 창업에 힘을 실어주셨다. 지어주신 이름은 '트리톤'이었다. 영어로 쓰면 'TREETON'이다 내 성(林)인 나무(TREE)와 이름의 중(重) 무거울 중(TON)에서 따와 지은 사명이었다. 또한 TREETON은 로마신화에 나오는 해신의 이름이다. 오대양 육대주를 누비며 번창하란 의미를 담았다고 설명해 주셨다. 비록 마음이 안 맞아 코마를 떠나지만 내가 내 전공과목인 화학공학회는 참석지 않아도 목재공학회에는 참석하고 회비를 낼 정도로 목재의 길을 걷게 해주신 김 사장님과 항상 가족처럼 나의 앞길을 걱정해주시고 응원해주신 김려숙 사모님은 잊지 말아야겠다고 생각했다.

1995년 3월 13일은 주식회사 트리톤의 회사 설립일이다. 사무실을 석남동으로 하고 일단 코마가 취급하는 원목을 피하기로 했다. 그래서 선택한 것이 라왕 원목과 제품수입이었다. 라왕 원목은 건축재로 많이 사용된다. 제품은 다양한 쪽으로 검토했다. 당시 코마는 특수목과 팔레트용 원목만을 주로 취급했다. L/C는 대부님이 근무하는 경기은행 구월동 지점에 개설하여 살고 있는 아파트를 담보로 시작했다. 추후 보증서와 큰처남이 근무하는 국민은행과도 거래를 하여 원목 수입은 큰 문제 없이 할 수 있었다.

1년여 거래한 라왕 거래선이 결제를 늦추면서 조짐이 이상했다. 발안에 제재소를 둔 회사였는데 처음에는 현대건설 등 상장 회사 어음을 받기로 했는데 거래량이 늘면서 자기 어음을 발행했다. 결국 이 업체는 1996년 부도를 냈다. 받을어음은 대부분 할인하여 Usance 자금을 결제했는데 어음 만기에는 현금을 넣어야 했다. 적은 자금으로 시작한 사업이었기에 난감했다. 일단 담보 확보가 우선인지라 경험이 많은 금광목재 김학진 회장에게 자문을 구했다. 거래선 사장 어머니 앞으로 되어있는 화성의 땅을 설득하여 확보했다. 사업 초 위기를 넘긴 첫 번째 사건이었다.

라왕 거래선이 없어지면서 수입선을 파푸아뉴기니, 솔로몬군도 등으로 확장하기 시작했다. 말레이시아와 달리 파푸아뉴기니나 솔로몬군도 같은 경우 위험 요소가 많으며 출장 기간을 확정 지을 수 없다. 수종도 가구재 쪽으로 변경을 시도했다. TAUN, PENCEDER 등을 선택하여 품질이 좋은 지역을 확인하여 오퍼를 받았다. 말레이시아 R/H가 파푸아뉴기니 산판을 개발하여 생산하고 있어 쉽게 거래를 시작할 수 있었다. 원목 외 별도로 말레이시아산 제품도 수입을 시작하였다.

파푸아뉴기니는 대성목재 근무할 때 한라자원 원목을 수입하기 위하여 1981년에 이미 가본 곳이다. 또한 대성목재에서 합판에 사용하기 위하여 여러 번 수입한 수종이기 때문에 잘 알고 있었다. 수입하면 주위 사람들이 나의 실력을 알고 있어 쉽게 판매할 수 있었다. 거래선은 금광목재, 영림목재, 동신목재, 성림목재 등 다양했다. 판매와 출고는 사촌 동생이 하도록 했고, 은행업무를 볼 직원을 인하대학교 경영학과 출신인 김경수를 채용하여 인적 구성도 완성하였다.

파푸아뉴기니 환경은 아주 열악하다. 원목을 검품하기 위하여 출장을 갈 때면 싱가포르나 호주를 경유하여 파푸아뉴기니 수도인 포트모르지비로 간다. 보통 1박 2일 이 소요된다. 이곳 수도에서 1박을 더하거나 오후에 국내선을 타고 선적할 섬으로 가게 된다. 섬에 도착하여 Shipper가 준비한 스케줄 대로 산판에 들어간다.

산판은 보통 차로 2~3시간, 스피드보트로 3~4시간을 더 가야 한

◆ P.N.G 원목 검품

다. 물론 산판에 따라 약간의 차이는 있다. 산판에 들어가면 숙소의 대부분은 바나나 잎을 엮어 지붕을 만든 원두막 식 움막이다. 원두막 밑은 임도를 내기 위해 만든 창고인데 이곳에는 다이너마이트도 저장한다. 누우면 하늘이 보이고 비가 오면 비가 샐 것을 걱정해야 한다. '샌드푸리아'라는 눈에는 잘 안 보이는 파리가 있는데 지면에서 1m 이상은 날지 못해 숙소를 1m 이상 높이로 짓는다고 한다. 이 파리는 물면 살 속을 파고 들어가 무척 가렵다. 너무 작아 낮에는 물렸는지 잘 몰랐다가 저녁이 되면 가렵기 시작하여 피가 나도록 긁어도 멈추지를 않는다. 피를 내 물파스를 바르면 좀 괜찮다. 이런 흉터가 몇십 년이 지난 지금도 내 발에는 선명하게 남아 있다.

목욕할 물도 비가 안 오면 없다. 물론 식수도 빗물을 물탱크에 받아

◆ 파렛트 소재 검품

저장해서 먹는데 비가 안 오면 문제가 발생한다. 파푸아뉴기니의 통용어는 피지어인데 영어의 변형이라 보면 된다. 예를 들어 가랑비는 Small rain, 폭우는 Big rain, 이런 식이다. 서로 언어가 같은 한 부족을 One talk라 하는데 나라 전체에 500 One talk 정도가 분포되어 있다. 즉, 500 부족 정도가 함께 사는 나라라 보면 된다. 산림이 우거지고 도로사정이 안 좋아 교통수단은 배가 아니면 비행기이다. 물론 시내에는 자동차도 있지만 대부분은 배를 이용하여 동네와 동네를 왕래한다. 우리가 생각하는 엔진이 있는 배가 아니라 통나무를 도끼로 쪼아 만든 배다. 카누에서 보듯이 양쪽에 사람이 앉아 노를 저어 가는 형태다.

35년 전의 상황이니 지금은 많이 바뀌었을 것이다. 이런 환경에서 실제 벌목하는 현장에 들어가 우리가 필요한 원목을 벌채하여 가져오는

◆ 솔로몬군도 산판에서

경우도 있고, 이미 벌채해놓은 원목을 선별하여 가져오기도 한다. 후자의 경우는 아주 운이 좋을 때 겪는 경우이다. 이렇게 원목을 구입하기 위하여 출장을 다니다 보면 정말 목숨을 걸고 일할 때가 많다.

전기는 발전기를 이용하여 저녁에 2~3시간만 돌리고 끈다. 그러면 암흑 세계다. 무조건 자야 한다. 비가 오는 날이면 아무것도 할 수가 없다. 현지인들은 비 오는 날에 발가벗고 처마 밑에서 빗물로 목욕을 한다. 어떤 때는 현지인들이 바이어인 나에게 바비큐 파티를 하자고 제안한다. 통돼지를 구입하여 요리하는 파푸아뉴기니식 바비큐다. 현지인은 돼지를 중요시해 사람과 같이 움막에서 방목하여 생활한다. 한 마리에 100달러 정도 한다. 내가 허락하여 돈을 주면 일부는 돼지를 사러 가고 일부는 바비큐 준비를 한다. 갑자기 신이나 부산하게 움직이며 준비한다. 해변에 불을 피울 나무를 준비하고 웅덩이를 판 다음 불을 지핀다. 해변에 동그란 돌을 준비하고 바나나 잎을 준비한다. 한창 불이 올라오면 이곳에 돌을 넣고 돌을 가열한다. 돼지를 잡아 바닷물로 씻고 토막을 낸 다음 달궈진 돌 위에 바나나잎을 얹은 다음 토막 난 고기를 넣고 다시 바나나잎을 덮는다. 그다음 모래로 공기가 안 들어가게 덮어놓고 1~2시간 기다리면 된다. 마치 우리의 진흙오리 요리와 비슷한 형태다. 처음에는 이것을 어떻게 먹을까 생각했는데 먹어보니 담백하여 정말 맛있다.

파푸아뉴기니 원목을 수입하면서 솔로몬군도 쪽 원목 오퍼를 받아 그 나라 원목도 수입하게 되었다. 미얀마 원목을 오퍼했던 Mr. LEE가 호주 친구가 생산하는 산판이 있다고 하여 솔로몬군도의 원목을 오퍼했다. 파푸아뉴기니와 솔로몬군도는 호주와 가깝고 호주사람들이 중앙정부 일을 많이 관여하여 호주 상인들이 많이 자리 잡고 있다. 파푸아뉴기니는 이미 합판회사들이 많은 수입을 하고 있을 때라 질 좋은 원목은 합판회사 위주로 판매되고 일반 수입상들은 운이 좋아야 좋은 원목을 차지할 수 있었다. 하지만, 솔로몬 군도의 원목은 이제 시작이기 때문에 선택할 수 있는 폭이 넓었다.

그만큼 검목이나 출장길은 더 힘들었다. 수도인 호니아라를 가기 위해서는 호주 브르스벤인이나 시드니를 거쳐 가야만 한다. 기후는 파푸아뉴기니와 비슷하나 산판의 사정은 더 열악하다. 국내교통수단도 파푸아뉴기니보다 더 열악했으니 한번 출장을 가려면 가기 전 일주일, 갔다 와서 일주일을 몸살을 앓고는 했다.

말레이시아에서는 SHINGYANG의 Mr. WONG에게 의뢰하여 한국 팔레트에 팔레트소재를 생산하여 매월 고정적으로 수입하였고, 군산 한국합판 및 대성목재에 Dried Veneer를 오퍼로 수수료만 받고 공급하였다. 사실 말레이시아 일은 어려움이 없었다. 2번의 주재원 생활을 하면서 사귄 말레이시아 친구도 많았고 거래선도 내가 말하면 언제든지 내 편에서 도와주었기 때문에 말레이시아 사업은 재미가 있었다. 나보다 한 살 많았던 Jimlog Mr. LAU는 정말 형제처럼 내 일을 도와주었다. 얼마 전에 들은 소식으로는 암으로 세상을 떠났다고 한다. Mr. LAU의 경우에는 가족 모두가 한국에 와 우리 가족과 여행도 많이 다

넜다. 2녀 1남을 둔 LAU와 나는 입장이 비슷했고 내가 대성목재 주재원으로 나갔을 때 오퍼만으로 원목장사를 하고 있었는데 산판도 샀고 사업도 번창하여 MIRI 해변에 엄청 큰 저택을 지어 초대해 주기도 했다. 보고 싶은 사람 중 한 분이다.

이렇게 말레이시아로, 파푸아뉴기니로, 솔로몬군도로 출장을 다니다 보면 한국에 있는 시간은 일 년에 2~3개월이 전부였다. 점점 나이는 먹어가고 이렇게 어렵게 사업하는 것이 무슨 의미가 있을까 하는 생각을 자주 하게 되었다. 그러던 중 1997년 4월 월미라이온스 주년 행사 때의 일이다. 주년 행사에는 외국 자매 클럽을 초청하여 2박 3일이나 3박 4일을 거창하게 행사를 한다. 행사는 메인행사인 창립 주년 기념행사는 주로 인천에서 하고 나머지 일정은 지방여행을 하게 된다. 당시 자매 클럽은 일본의 야마도 클럽과 대만의 뻬이투클럽이 있었다. 우리 전체 회원이 50명, 자매 클럽 방문자가 2~30명 정도이니 관광버스 2대로 여행을 하게 된다.

여행 도중 6대 회장을 지내신 김영환 회장이 내 옆좌석에서 같이 여행을 하게 되었다. 여행 막바지에 자기 처남 얘기를 꺼내면서 국내에서 하이팩 공장을 하고 있는데 기술력이 좋고 거래처도 많은데 자금과 원자재 공급선이 없으니 한번 만나 사업상 의견을 나눠보라 하셨다. 난 연락처를 받고 행사가 끝난 다음 만나보기로 했다.

말레이시아에 최초로
하이팩 공장을 설립하다

　1997년 5월 당하동에 있는 공장에서 김영환 회장 처남인 이병모 사장을 만났다. 회사의 규모는 그리 크지 않았다. 공장 내부를 돌며 공정을 설명해 주었다. 베니아를 함침하는 함침탱크가 2개 있고 함침된 베니아를 건조하는 합판공장에서 볼 수 있는 NET DRYER가 2대 있었다. 그리고 HOT PRESS가 8대, 그다음은 의자 모양대로 CUTTING 하는 기계가 한 대다. 그리고 모서리를 Sanding 하는 기계 1대가 전부였다. 공장 크기는 약 100~150평 정도 되어 보였다. 공장 인원도 그리 많지 않았다. 중간층 원자재인 베니아를 보니 내가 국내 합판공장에 오퍼 하는 큐루인 베니아였다. 구입처를 물어보니 한국에 있는 조그마한 베니아 공장에서 내가 수입하는 원가보다 2~3배는 비싸게 매입하고 있었다. 겉면에 붙이는 베니아는 독일에서 생산되는 비취 무늬목 베니아를 사용하고 있었다. 원래 하이팩의 원조는 독일이었다. 그곳에서는 모두 비취 베니아를 이용하여 하이팩을 만들고 있었다.

　이병모 사장의 설명으로는 청주, 대전, 대구, 광주, 부산 대리점이 있어 판매망은 어느 정도 확보되어있다는 설명이었다. 문제는 재정상태라며 운영에 어려움을 겪고 있다고 하였다. 원자재가 말레이시아에서 생산되니, 인건비 역시 저렴한 말레이시아로 공장을 옮기면 원가절감이 확실해 보였다. 제품 수요를 확인해보니 현재 예목가구가 가지고 있는 설비의 생산량 정도는 문제가 되지 않았다. 이병모 사장에게 나의 생각을 제안하니 자기도 한국에서는 원자재 수급이 점점 어려우니 좋은 생각이라고 대찬성을 하였다.

말레이시아 쪽 파트너는 베니아를 공급받고 있는 SHINGYANG과 JIMLOG을 생각했다. 그들에게 제안하기 위해서는 설명이 필요하므로 이병모 사장에게 기계리스트, 공장 사진, 설비이전 시 조건으로 제안서를 내달라고 하였다. 말레이시아 출장에 맞춰 이 건을 본격적으로 상의할 생각이었다. 대성목재 시절 합판공장을 통째로 옮기는 제안서를 작성해본 경험이 있는 나에게는 제안서 만든 것이 그렇게 어렵지는 않았다. 출장 일정이 잡혔다. 자료 준비는 영문으로 번역하여 정식 제안서로 만들었다.

SHINYANG Mr. WONG과 상담하였다. 긍정적인 반응이다. 제안한 거래의 형태는 기계는 SHINYANG 측에서 수입하는 형태로 한국으로 L/C를 열어 들여오기로 하고 겉면에 사용되는 비취 무늬목은 우리가 직접 독일에서 수입해 공장에 공급하는 조건이다. 베니아 가격, 생산비, 운영비 등 원가를 계산하고 SHINYANG 측 원가를 계산한 다음 기곗값은 1년에 걸쳐 수출할 때마다 제품값으로 공제하기로 했다. 계약서를 작성하고 한국에 이병모 사장에게는 기계를 철거하여 말레이시아에 보낼 준비를 하라고 연락하였다. 이 당시 SHINYANG과는 원목,

제재목, Dried Veneer를 거래하고 있어 거래량이 상당할 때라 나를 신뢰하고 내게 유리하게 합의해준 것이다.

귀국하여 이병모 사장과 본격적으로 계획을 수립하기 시작하였다. 각자의 역할을 정하기로 했다. 기술적인 것은 이병모 사장이 맡아서 하고 나는 재정적인 것과 무역, 현지 관련 일 등을 맡기로 했다. 이익 배분은 생산되는 하이팩 한 장당 얼마씩 정하기로 했다. 우선은 현재 공장을 철거하여 수리하고 수출 포장하여 말레이시아에 보내기로 했다. 이렇게 준하는 비용은 우리 회사에서 지급되었다. 준하는 데 1.5개월쯤 걸렸다. 기계를 선적할 컨테이너를 예약하고 말레이시아 도착 시점을 확인한 다음 말레이시아에 미리 출장하여 기계가 도착하기 전에 기계 기초 작업을 했다. 공장의 위치는 SHINYANG MIRI 합판공장 내로 정했다. 건설회사까지 가지고 있는 회사라서 도면을 주니 많은 시간이 필요 없이 기초 작업이 완성되었다. 제품생산과 공장관리를 하여야 하므로 직원을 상주시키기로 하고 임 이사 밑에 직원인 김태형 과장을 주재원으로 내보내기로 했다.

이병모 사장도 기계설치를 위하여 기계도착 시점에 맞춰 말레이시아로 나왔고 주재원 숙소도 아파트로 임대했다. 김태형 과장은 우리 여직원과 사내결혼을 해 신혼이었다. 일단, 안정될 때까지는 김 과장 혼자 있기로 했다. 기계가 도착하고 김 과장과 이병모 사장이 기계를 설치 시작하도록 조치하고 나는 앞, 뒷면 원자재인 독일산 비취 무늬목 베니아 구매를 위해 당시 독일 제품을 오퍼하고 있던 이정화 사장과 함께 독일 출장을 계획했다.

독일산 비취 무늬목 베니아는 흔한 아이템이 아니라 생산하는 업체
도 많지 않았다.

다행히 거래선을 잡고 계약한 다음 품질 확인차 독일로 출장을 갔
다. 동독에 위치한 공장이었다. 오퍼는 이탈리아에 있는 오퍼상이 준
것이라 이탈리아 밀라노에서 만나 차량으로 베를린으로 가기로 했다.
공항에 형제가 나왔다. 그들이 준비한 벤츠 차를 타고 아우토반 고속
도로를 이용하여 독일로 향했다. 아우토반은 속도제한이 없는 고속도
로다. 보통 150~200km의 속력으로 달렸다. 나는 뒷좌석에 앉아 농담
삼아 생명보험을 안 들었으니 좀 천천히 가자고 했다. 그들의 답은 천
천히 가면 다른 차에 방해를 줘 더 위험하다고 했다. 물론 저속 차량은
추월선을 절대 넘지 않고 주행했다. 추월선을 넘은 차량도 추월 후엔
바로 주행선으로 변경하여 추월선은 거의 비어 있었다. 그러니 200km
이상 달려도 정체가 없이 운전이 가능했다.

우리나라 고속도로와는 전혀 다른 운전 매너였다. 휴게소 역시 고속
도로와 10~20분 안쪽에 위치하고 있어 진출입 시 고속도로 주행에 방
해를 주지 않았다. 가는 도중 나는 아주 기억 남는 광경을 목격했다.
이렇게 빠른 속도로 주행하다 갑자기 홍해 바다가 갈라지듯 모든 차들
이 옆으로 멈춰 서고 기다리는 것이다. 잠시 후 구급차가 요란스럽게
경고음을 내며 확보된 공간을 통해 빠른 속도로 지나갔다. 우리나라에
서는 볼 수 없는 광경이었다. 내가 이런 말을 했더니 이탈리아 공급자

는 만약 네 부모님이 저 구급차에 위독한 상태로 타고 있으면 너는 어떻게 하겠느냐고 되물었다. 얼굴이 붉어짐을 느꼈다. 귀국 후 지금까지 고속도로 운전할 때마다 이때를 생각한다. 독일이 통일된 지 6년여밖에 안 되었을 때라 동독과 서독의 분위기가 완전히 달랐다. 우리의 선적지는 동베를린 쪽이었는데 서베를린과는 전혀 다른 분위기였다. 우리나라 북한을 생각하게 했다. 거리에 사람들도 적고 어두운 분위기였다. 무사히 검목을 마치고 거의 1년을 쓸 수 있는 양의 비취 무늬목 베니아를 계약했다.

하이팩 공장은 기계만 설치되어 가동하면 국내에서 생산하는 것보다 40% 정도 저렴하게 수입할 수 있고 SHINGYANG 입장에서도 새로운 아이템이 생겨 양쪽 다 득이 되는 아이템이다. 내 입장에서는 공장에서 생산된 제품이 주거래 품목이 되면 어려운 솔로몬, 파푸아뉴기니 출장을 줄일 수 있어 좋았다. 기계가 한국에서 MIRI까지 도착하는 데는 2개월 정도 걸렸다. 그동안 우리 직원 김태형과 이병모 사장은 기계 설치를 위한 기초 작업을 마무리하였다. 무사히 기계가 도착하였고 설치 후 시운전 도중 접착제 때문에 고생을 했다. 페놀수지를 사용하여 함침하는데 보통 합판에 사용하는 페놀수지와 다른 것을 모르고 한 탱크씩 함침하여 핫프레스로 열압을 하였는데 점착이 이루어지지 않았다. 이병모 사장은 원인을 찾지 못하고 며칠을 헤매고 있었다.

독일 출장 후 바로 말레이시아로 향했다. 페놀수지 성분표를 받아 국내에 있는 화공과 친구들에 보내 원인을 찾아 달라고 했다. 페놀함량이 문제였다. 이병모 사장은 현장에서 터득한 기술이기 때문에 수지공장에서 페놀수지라 하면 다 똑같은 수지라 생각했던 것이다. 성분분석 결과 페놀함량을 높여야 했다. Mr. WONG과 상의하여 쿠칭에 있는 수지공장에 한국에서 받은 성분표를 주고 같은 성분으로 생산의뢰를 했다. 주문 후 도착하는데 2주 정도 걸렸다. 이병모 사장은 시제품이 나올 때까지 공원들 교육, 기계확인 등으로 공장에서 기식했다. 정말 열정적으로 모든 일을 해나갔다. 국내에서 말레이시아에 하이팩 공장을 설립한 것은 우리가 최초였고 업계에서 기술자로 인정받을 수 있었다. 이런 결과는 최선을 다한 덕분이다.

그 후 큰 문제 없이 제품을 생산할 수 있었다. Mr. WONG도 만족하는 눈치였다. 첫 선적을 준비하는 동안 당하동에 공장을 임대하여 이병모 사장과 함께 일했던 임항빈 과장을 영입하여 한국 조립 라인을 구축하였다. 예목가구가 운영하던 청주, 대전, 대구, 부산, 광주 대리점을 그대로 인수하여 브랜드는 예목을 쓰고 회사는 TREETON으로 바꿔 영업을 시작하였다. 당시 한국사무실에는 사촌 동생 임강선 이사와 김정수 과장, 여직원 김정화가 있었다. 원목, 제재목 등을 아이템으로 할 때보다 일은 배 이상 많아졌고 직원도 현장 조립공까지 10명 정도로 늘어났다.

일단 지방 대리점 점검을 위해 1박 2일로 청주부터 시작하여 대전, 대구 부산을 거쳐 광주까지 돌며 대리점 사장들과 인사하고 앞으로의 영업계획을 상의하였다. 모두 열심히 영업을 하고 있었다. 대리점들은 소매는 물론 학교, 학원 등에서 다량 납품 주문도 받아 왔다. 8월경 예정했던 말레이시아 공장의 제품생산이 수지문제, 비취 무늬목 수급문제 등으로 수입이 늦어지고 있었다. 결국 10월경 한국에서 첫 제품을 받아 볼 수 있었다. 초창기는 그런대로 수입량과 주문이 맞아 갔다. 하지만 말레이시아 생산이 주야로 이뤄지며 재고가 쌓이기 시작했다. 조립하지 않고 좌판 자체를 판매해가며 균형을 맞춰 갔다.

IMF 위기도 넘긴 하이팩과
원목 사업의 고전

1997년 하반기부터 한국의 경제가 이상징후를 보이기 시작했다. 한보, 삼미, 대농, 한신공영 등 재벌그룹의 부도가 이어졌다. 김영삼 정부는 급기야 11월 IMF에 구제금융을 신청하는 상황이 일어났다. 환율은 하루가 다르게 상승했다. 말레이시아에서 귀국하는 비행기에서 우리가 거래하는 경기은행이 퇴출당하였다는 신문 기사를 보았다. 퇴출당하였을 경우 현재 개설되어있는 L/C는 어떻게 될 것인가 궁금했다. 출장 전 확인할 때는 지방은행 중 경기은행은 문제없을 것이란 얘기를 듣고 선적을 했는데 걱정이 되었다.

귀국 후 경기은행을 찾아갔다. 한미은행 인수팀이 나와 있었다. 기존 경기은행 직원들은 외부 식당에 모여 대책을 논의하고 있었다. 그곳에 가보니 박찬종 차장이 직원들을 독려하고 있었다. 나는 힘내라고 위로하고 새로 부임한 지점장을 만났다. 새 지점장 설명은 심사하여 가능한 업체인지를 확정할 것이라고 했다. 결론이 나기까지는 시간이 필요했다. 선적한 물건이 한국에 도착하여 통관하기까지는 시간이 있어 일단 지켜보기로 했다. 배가 입항하고 제품이 하역되어 통관과 판매를 해야 하는데 한미은행 측은 선적서류를 내줄 생각을 하지 않았다. 원금

상환 조건을 제시했다. 난 청와대에 민원을 넣었다. 왜냐하면 당시 김대중 정부는 수입상들의 편의를 최대한 봐주고 신용보증기금에서도 보증서 금액을 늘려 발행했기 때문이었다. 결국 은행은 서류를 내주었고 무사히 판매하여 원금상환을 무사히 마치고 한미은행과는 거래를 끝냈다. 한미은행과 거래를 정리하고 처남이 근무하는 국민은행과 거래 한도를 늘려 수입하는 데는 큰 문제가 없었다.

IMF 상황에서의 거래조건은 IMF 전과는 달라졌다. 대기업들의 부도(대우, 한보, 대농 등)로 어음거래가 없어졌다. 환율은 최고 2,020원까지 치솟았고 현찰 선수금 아니면 거래하지 않는 분위기가 되었다. 다행이었던 것은 아시아권이 거의 IMF 구제금융을 신청하는 분위기였는데 말레이시아만큼은 마하티르 수상이 고정 환율제(±2.3~2.5링기/달러에서 4.4링기/달러로 고정)를 도입하여 수입을 최대한 억제하고 수출 장려 정책을 써 IMF 구제금융 신청을 피해 갔다. 우리 공급처들은 한국 사정을 잘 알고 있었고 나와의 유대 관계를 고려하여 가격을 맞춰 주었다. 그 덕에 IMF를 겪으면서 어음거래가 없어지고 현찰 위주의 판매를 하다 보니 IMF 이전보다 이익이나 현금 유동성이 좋아졌다. 특히 하이팩 판매는 현금 확보에 효자 노릇을 했다.

IMF에도 우여곡절 끝에 공급처의 도움과 국내 매입처의 도움으로 잘 견딜 수 있었다. 물론 평소 소신이었던 정직하고 성실하게 행동한 결과물이기도 했다. 1998년 김대중 대통령께서 취임하여 탈 IMF를 위하여 여러 정책을 폈다. 그중 수입업체를 위하여 종전 외환 거래 방법인 Usance 간격을 3개월에서 최장 1년으로 늘려주었다. 즉, 수입상 입장에서는 수입 후 최종결제 기간이 늘어난 것이다. 문제는 Usance 한도였지만 신용보증기금에서도 외환 한도 보증서를 늘려줬기 때문에 수입하는 데는 큰 문제가 되지 않았다. 이렇게 IMF 상황에서도 말레이시아에서 하이팩 제품과 제재목 등을 수입하고 파푸아뉴기니와 솔로몬군도에서 원목을 수입하여 현찰 위주의 영업을 하다 보니 현금 유동성이 오히려 좋아지며 어려움이 없었다.

1999년 8월 우리가 임대하여 쓰던 유일보세장치장이 경매로 나왔다. 면적이 커 삼산실업, 친구인 이천웅, 김용남 등이 전체 5~6만 평 중한 필지 11,000평을 경매로 낙찰받았다. 우리 트리톤 명의로는 1,000평을 2억3천에 받았다. 평당 23만원 꼴이었다. 이를 통해 처음으로 임대 없이 우리 땅에 컨테이너 사무실을 만들게 되었다. 1,000평의 면적이 어느 정도인지 잘 몰랐는데 나대지 상태로 보니 꽤 넓었다. 사는 집을 우리 명의로 샀을 때보다 기분이 더 뿌듯하고 좋았다. 아버지께서 소식을 듣고 인천에 올라오셔서 좋아하셨던 기억이 생생하다. 하이팩 사업은 IMF 상황에서 효자 노릇을 했다. 재고로 쌓여 있던 물건은 IMF 상황이 되자 국내 생산업자는 영세하여 거의 생산할 수 없게 되었고 환율이 낮을 때 수입한 낮은 원가의 제품은 환율 변동에 따라 높은 가격을 받을 수 있었다.

1999년 9월 어느 날, 전주대학 박성수 총장께서 당하동 공장을 직접 방문하셨다. 예목하이팩이 품질이 좋아 학교 전체 책걸상을 일체형으로 교환하고 싶다고 샘플을 만들어 학교를 방문하라고 하셨다. 우리는 좀 당황했지만 우린 정성껏 샘플을 제작하여 전주로 가 총장님을 만나 기회를 주신다면 열심히 만들어 공급하겠다고 약속했다. 물론 담당자들은 입찰을 봐야 할 금액이라고 반대했지만 총장님께서는 형식을 갖추고 트리톤에 주문을 주라고 지시하셨다. 그렇게 우린 전주대학에 9,000개의 일체형 책걸상을 4억여원에 납품할 수 있었다.

전주에는 상장사인 내셔날플라스틱 본사가 있었다. 그곳에서 전화가 왔다. 자기네가 여태껏 전주대학과 오랫동안 거래를 해왔는데 체면이 말이 아니니 자기네한테 반 정도 하청을 달라고 하였다. 대학 구매과와 상의해 보았으나 거절하였다. 우린 겨울 방학 동안 야근하며 하이팩 업계에서 단일 주문량으론 최다인 9,000개의 일체형 책걸상을 무사히 납품하고 마치는 날 총장님께 감사의 표시로 장학금을 전달하고 총장님이 초대한 한정식 대접을 풍성하게 받았다. 그 후, 내 모교인 인하대학교에서 일체형 5,000개를 공개 입찰하여 내셔날플라스틱과 경합 후 우리 회사가 따내는 쾌거를 보이기도 했다. IMF 구제금융 상황에서도 이렇게 국내외의 도움으로 사세는 확장되었고 다들 어려워했던 시기에 성장할 수 있었다.

이런 가운데 열대지방의 원목 시장이 어려워지고 코마 시절 시장조사를 했던 러시아산 원목 오퍼를 접했다. 2000년 초 러시아로 출장하여 현대 출신 주재원 전길주로부터 받은 스프르스 원목을 수입하게 되었다. 남양재와 달리 원목 하나하나를 검품하는 것이 아니라 원목을 무더기로 하는 형태였다. 남양재보다는 덜 고생스러웠다. 수입 후 새로운 거래선이 필요했다. 라왕 원목 수입 시 거래선의 부도로 애를 먹었던 나는 새로운 거래선 선정 시 많은 정보망을 이용해 조심스럽게 선택을 했다.

1년여 동안은 잘 거래가 이루어졌다. 하지만 2001년 7월 거래선 중 한 곳이 부도를 내 역시 자금 압박이 왔다. 보통 한 거래선의 여신이 5~6억원이기에 한번 부도는 치명적이었다. 결국 그해 9월 경매로 받았던 석남동 땅을 7억에 매각하여 자금을 확보하였다. 그 후 러시아산 특수목(에쉬, 오크 등)을 검토하여 튼튼한 국내 거래선 확보에 힘썼다. 하지만 한번 기울어진 원목 사업은 점점 어려움을 겪게 되었다.

운동장비 개발과 다가오는 위기

원목 거래선 부도로 어려움을 겪던 2001년 10월 한국에 처음으로 에어로빅을 들여온 박희선 회장이 당하동 공장을 찾아 왔다. 미국 커브스사가 쓰고 있는 점핑보드를 하이팩 재질로 개발해 보려는 이유였다. 자금압박도 있고 새로운 돌파구를 찾아야 하는 나로서는 절호의 기회였다. 커브스사를 조사하여 보니 미국의 여성 전문 30분 운동 체인점이었는데 미국 등 수많은 나라에서 체인사업에 성공하여 수천 개의 가맹점을 가지고 있는 글로벌 회사였다.

박희선 회장은 커브스사에서 쓰고 있는 점핑보드를 하이팩 재질로 개발하면 더 뛰어난 기능을 갖춘다며 개발을 제안했다. 커브스사의 여성 전용 30분 순환운동은 일주일에 3~4일간 한 번에 30분, 부위별로 근력운동과 유산소 운동을 음악과 함께 순환하며 하는 운동법이다. 이 중 유산소 운동은 합판을 사각으로 만든 장비 위에서 하는 방식이었다. 에어로빅을 전파시킨 박희선 회장의 눈에는 합판 장비를 쓰면 무릎에 무리가 온다고 보았다. 그래서 고무 에어백을 밑에 달고 탄성이 좋은 하이팩 재질을 쓰면 이 문제를 해결할 것으로 기대했다.

그의 설명에 이론적으로 공감이 갔다. 또, 그 수요는 커브스사의 인정만 받으면 어마어마했다. 우린 말레이시아 공장에 하이팩으로 12mm 두께의 보드 생산을 지시하고 하이팩 의자 선적 시 선적하도록 했다. 박희선 회장의 사무실은 일산이었다. 우린 일산에서 들뜬 마음으로 제품개발 회의를 했다. 소재 위에 지압이 가능하게 엠보싱이 있는 폴리우레탄을 입히고 고무 재질의 에어백 개발을 위하여 부산 고무생산업체와도 협의했다. 이런 과정을 통해 시제품이 나왔고 그 품질은 만족할만했다. 비용은 우리 회사가 전적으로 부담했다. 그러나 막상 개발이 끝나자 박희선 회장은 미국 커브스사의 답을 받아 내지 못했다. 하이팩 주문이 줄고 에어보드에 희망을 걸었던 참이었는데 조금씩 불안해지기 시작했다.

박희선 회장은 큰소리만 치고 허세를 부렸다. 이쯤에서 멈췄으면 어땠을까 싶다. 하지만 그때만 해도 목재 외의 아이템으로 어려운 현실을 이겨낼 것만 같은 생각이 계속 들었다. 박희선 회장은 에어보드는 쇼핑몰에서 판매를 계획하고 있으니 염려 말라 했다. 그와 함께 미국 커브스사와 같은 형태의 운동 시스템을 한국에 만들겠다고 했다. 그러면서 커브스사의 운동 기구는 유압으로 되어있어 여성이 운동할 때 근육이 아름답지 못하니 이것을 공압 장비로 개발해 보는 것이 어떠냐고 제안했다. 그러면서 커브스사에 출장을 가 본인이 가지고 온 기계 사양을 나에게 넘겨 주었다. 간단한 기계였다. 기계를 만드는 전종진이란 후배가 있었다. 전 사장에게 보여주니 그 정도 개발은 문제없다고 자신감을 보였다. 공압은 컴프레셔를 이용하여 공압 실린더를 쓰면 된다. 즉, 유압실린더를 공압으로 바꾸며 컴프레셔를 이용하여 공기압을 공급하는 형태이다. 본체를 만들고 운동 부위에 따라 유효적절하게 공압실린더를 이용하여 근력운동을 하게 하는 것이다.

그렇지만 마음만 앞섰지 생각처럼 쉬운 일이 아니었다. 둘이 밤을 새워가며 기계제작에 몰입했다. 실패를 거듭하며 기계 하나를 만들어 테스트하고 안 되면 다시 만들기를 반복하며 한 기계씩 만들어 갔다. 신체부위별로 기계가 다르니 그 종류만도 8~10가지는 되었다. 드디어 2003년 3월 한 세트의 운동기구를 만들어 일산 백석동에 이큐빅 여성전용 30분 순환운동센터 1호점을 개설하였다. 장비개발 9개월 만의 일이다.

물론 장비개발 비용 역시 우리 회사에서 부담하였다. 이미 수억원의 비용을 지출한 상태여서 물러설 수가 없었다. 이큐빅 박희선 회장은 테

◆ 이큐빅 백석점

스트용이라는 명목으로 장비값을 지불하지 않고 써본 다음 결정하자고 하였다. 센터는 호응이 좋았다. 에어로빅 강사를 운동 코치로 고용하여 기존 에어로빅 센터 회원을 흡수하는 형태로 영업하고 홍보하니 센터 운영은 큰 문제가 없었다. 같은 해 5월 목동점, 6월 화정점, 주엽점, 12월 방화점을 오픈하며 이큐빅이 본격적으로 직영매장을 확장해 갔다. 문제는 정해진 기계를 납품하면 대금이 그때그때 지급되어야 하는데 박 회장은 이런저런 핑계로 2~3세트 값을 미수로 남겨 놓았다. 기계는 물론 에어보드도 쇼핑몰에 판매를 시작하여 회원들에게 집에서도 운동할 수 있도록 하면서 공장은 바삐 돌아갔다. 하지만 미수가 계속 늘어가다 보니 자금압박은 심해졌다.

단순한 운동기계를 만드는 전 사장의 기술력으로는 기계개발에 한계

◆ 이큐빅 목동점

를 느꼈다. 단순한 공압장비에서 IT를 접목하여 일정 시간이 되면 압이 떨어져 자동으로 다음 스텝으로 이동하고, 전국 어느 체인점에서 누가 운동을 하든 그 수치를 본사에서 관리할 수 있는 시스템 개발을 해야 겠다는 생각이 들었다. 2003년 10월 인하공전 컴퓨터공학과 교수인 윤경섭 후배로부터 조언을 받아 이쪽 분야에 조예가 깊은 후배 조동수 박사를 소개받았다. 조동수 박사는 인하극회 후배로 부부가 이런 시스 템을 개발하는 프로그램과 기기를 개발하는 회사를 운영하고 있었다. 사무실은 서울 강남에 있었다. 일단 우리 공장으로 오게 하고 전 사장 과 함께 회의를 거쳐 기계의 메커니즘과 운동 방법을 설명해 주고 우리 가 원하는 시스템을 알려 주었다. 조 박사는 계기판을 만들려면 시간 이 필요하다며 개발비 일부를 선금으로 요구했다. 극회 활동 때부터 잘 아는 후배라 그렇게 하기로 했다.

2~3개월 후 조 박사가 이런 말을 했다. "형님, 골프장을 실내로 옮겨 운동할 수 있는 시스템을 개발할 수 있는데 이것보다 그 시스템이 더 나을 것 같습니다." 나에게 그쪽으로 사업을 돌리라는 조언이었다. 당 시는 골프존이나 기타 다른 실내 스크린 골프연습장이 없을 때다. 만 약 그 당시 내가 실내 스크린 골프연습장 프로그램 개발에 관여하여 사업의 방향을 바꿨더라면 상황은 많이 달라졌을 것이다. 2004년 4월 계기판이 완성되어 목동점에 장착한 후 회원들 반응을 관찰했다. 아주 만족하는 눈치였다.

2004년 들어 이큐빅 영업도 활성화되어 1월 서교동 지점, 2월 응암동 지점을 오픈하면서 체인점 모집을 시도하기 시작하였다. 부산, 대구, 광주 등 전국에서 문의가 몰려 왔다. 전종진 사장 능력으로 소화할 수가 없었다. 2004년 8월 카이스트 출신 후배 김경환을 만났다. 기계 쪽 개발능력이 있고 형인 김창환은 남동공단에서 자기 공장을 가지고 기계를 제작하여 미국에 수출하고 있었다. 상의 끝에 김경환은 우리 회사에 적을 두고 기계개발 등 모든 업무를 맡고 형인 김창환은 우리가 주는 기계를 제작 납품하기로 했다.

이젠 모든 것이 갖춰진 것 같았다. 계기판개발은 조동수 박사가, 기계개발 등 후속적인 문제는 김경환 이사가, 생산은 김창환 사장이 맡으면 되는 것이었다. 여기까지 갖추는데 개발비로 소요된 자금만 어림잡아 15억~20억 정도였다. 그런데 미수금을 10억 정도 깔고 가니 수입원목 결제가 돌아오는 날이면 자금문제가 계속 발생했다.

이때 원목 수입국은 미얀마 티크, 아프리카 가봉의 브빙가, 솔로몬군도, 파푸아뉴기니, 러시아 등으로 다양하게 넓혀져 있었다. 어려울 때 돌파구를 찾기 위해 다양화하여 한쪽이 어려우면 다른 쪽에서 해법을 찾으려 했는데 그것이 더욱 악수를 둔 것이다. 힘은 힘대로 들고 효과는 없었다. 더는 버티기 힘들다고 느꼈다.

11년 사업을 아픔으로 접다

2006년 초 신용보증기금 보증서 만기가 도래했다. 신용보증기금 보증서는 외환을 쓸 때 받은 보증서이다. 그 금액이 10억 정도였으니 적은 금액은 아니었다. 서부지점 지점장 면담을 했다. 더 이상 연장이 어려우니 일부 상환해야 한다고 하였다. 나는 사정을 얘기하고 1년만 감액 없이 연장해주면 사업계획서상 문제가 없다고 호소했다. 지점장은 단호했다. 나 같은 사람이 하루에도 수도 없이 온다면서 다른 방법이 없으니 대책을 세우라고 최후통첩처럼 얘기했다. 만약 보증서가 감액되면 전체 자금 흐름이 견딜 수가 없다. 은행에 결제를 못 하면 대불이 일어나고 부도와 똑같은 일이 벌어지는 것이다.

며칠을 혼자 고민했다. 누구랑 상의할 사람도 없었다. 집에서는 밖의 일을 잘 얘기하지 않는 성격이라 아내와 상의할 수도 없었다. 이대로 정리하여야 하는지, 어떤 다른 방법이 있는지를 고민하였다. 이큐빅 박 회장에게는 이런 나의 사정을 설명하고 미수금 결제를 독촉했다. 동감을 하면서 곧 미수금 정리를 하겠다고 약속했다. 그러나 시간이 문제였다. 잘못하면 흑자 부도가 나는 상황이었다.

항상 그러했듯이 김학진 회장과 박인서 친구에게 내 사정을 모두 털어놓고 상의하였다. 일단 부동산을 처리하여 급한 불을 끄고 돌파구를 찾는 것이 나을 것 같다는 의견을 주었다. 김학진 회장은 급하면 시골 땅을 담보로 몇억은 무이자로 빌려주겠다고 하셨다. 눈물 나도록 고마웠다. 가지고 있는 부동산은 살고 있는 아파트, 사업 초기 부도대금으로 인수해놓은 화성땅과 아버님이 주신 시골 땅, 강화에 있는 땅, 장인어른이 상속해주신 계산동 땅이 아내 앞으로 있었다. 일단 화성땅을 매각하여 최대한 자금을 맞추고 강화 땅은 큰처남에게 매각하기로 했다. 계산동 땅은 1/2 지분이 있는 처제에게 넘기기로 했다. 나중에라도 다시 인수할 생각을 했다.

이렇게 자금을 정리하여 보니 1년 정도는 버틸 수 있을 것 같았다. 다만 신용보증기금의 기간연장이 변수였다. 이러한 사업계획서와 자금계획을 가지고 다시 한번 지점장을 만나 사정해 보았다. 하지만 너무나 단호했다.

다행히 화성 땅이 7억에 매수자가 생겨 바로 매각할 수 있었다. 급한 불은 껐지만 계속 도래하는 외환 결제는 문제가 되었다. 또한, IMF 이후 제2 환난이 변수가 되었다. 환율이 계속 올라가고 있었다. 재고 자산을 계산하고 앞으로 돌아올 외환 금액을 계산해보면 도저히 버틸 수가 없다는 계산이 나왔다. 일단 자금으로 국내에 깔린 미수금(하역비, 자재 납품비 등)을 정리하기 시작했다. 큰처남과 처제에게는 강화 땅과 계산동 지분을 처분했다. 나중에 같은 가격으로 인수하는 조건이었다.

이젠 신용보증기금 보증서와 은행에 남이 있는 외환 미결제 잔고만 남겼다. 아파트는 은행에 담보로 들어가 있었고 화성땅 역시 은행에 담보로 들어가 있어 매각 시 모두 결제 대금으로 들어갔다. 나로서는 선의의 피해를 최대한 줄이고 정리되면 기술력과 미수금으로 재기할 계획을 세운 것이다. 2007년 4월 돌아오는 외환 결제가 어려워졌다. 신용보증기금 보증서 연장 불가와 환율의 상승, 미수금 증가, 원목시장 불황 등이 겹친 결과였다. 이렇게 11년간 운영해온 트리톤을 정리하게 되었다. 많이 섭섭하고 아팠다. '정말 열심히 살았는데 무엇이 문제였을까?' 몇 번이고 생각하지 않을 수가 없었다.

6장

시련에 굴하지 않은
성공의 디딤돌

재기를 위해 몸부림치며 일하다

정말 열심히 살았다고 자부했는데 무엇이 문제였을까?

오직 사업만을 위해 앞만 보고 뛰었던 것 같다. 가끔은 옆도 보고 가족도 살펴보고 해야 했는데 그러지 못한 것이 후회되었다. 미수가 많은 장비 사업은 계속 유지하여야 했다. 모든 것을 정리하고 김경환 이사에게 스키아(주)란 법인을 별도로 만들어 대표를 하게 했다(2007년 04월 10일). 그리고 공장과 사무실은 경비를 줄여야 하기에 그의 형인 김창환 사장이 운영하는 남동공단에 위치한 공장으로 모두 옮겼다.

김경환 대표는 제품개발과 생산을 맡아 하고 나는 영업을 하기로 했다. 직원은 4촌 동생인 임강선 이사와 김경수 부장만을 두고 모두 정리하였다. 말레이시아 하이팩 공장도 국내 시장이 어려워 재고가 쌓여 있어 SHINGYANG 측에 더 이상 할 말이 없어졌다. 결국 주재원으로 있던 김태형을 철수시키고 생산은 SHINYANG 측에서 해주기로 하였다. 결국 목재 관련 사업은 더 이상 손대기가 어려워졌다.

그러던 중 살던 집이 경매가 진행되었고 아버지께서 물려주신 아산 논도 경매가 진행되었다. 결국 집은 경매가 성사되어 같은 아파트 1층을 월세 얻어 옮겼다. 아산 논은 손쓸 틈도 없이 경매로 매각되었다. 이 사실을 아버지께 말씀드리지 못해 아버지 마음에 상처를 드리게 되어 돌아가신 지 15년이 된 지금도 후회가 많다. 두 아이가 대학생이고 막내가 고등학교에 다니고 있는 상황에서 정말 막막했다.

아침이면 이큐빅이 있는 일산으로 출근하여 박희선 회장에게 장비 미수금을 독촉했고, 이큐빅이 오픈한 센터에 들러 회원들이 어떻게 운동하는지와 매출 상황을 살폈다. 당시 이큐빅은 7~8개의 센터를 운영하고 있었다. 반응이 괜찮았다. 성공할 수 있을 것 같은 분위기였다. 박희선 회장은 조금만 기다리면 좋은 소식이 있을 거란 말만 계속하고 있었다.

◆ 굿모닝레이디 1호점(중동점)

이대로 있을 수 없다는 생각이 들었다. 김경환 대표와 상의했다. 우리도 자체 브랜드로 체인 사업을 구상하기로 했다. 자금이 문제였다. 목재 하는 선배에게 나의 계획을 말하고 동업을 제안했다. 즉 점포임대, 인테리어 비용은 선배가 투자하고 우린 장비와 프로그램을 제공하는 조건이었다. 그리하여 상동 번화가에 점포를 임대하고 이큐빅과 별개로 굿모닝레이디클럽이란 체인 사업을 시작하였다. 여성전용 순환운동에 피부관리를 접목한 프로그램이다. 대부분 여성들이 운동으로 몸매가 좋아지면 그다음엔 피부관리를 받고 싶어 한다는 점에 착안하였다. 반응이 좋았다. 매출도 생각보다 많았다. 희망이 보였다. 상동점은 선배의 딸이 운영하기로 하였기에 다른 곳에 센터를 더 오픈하는 것을 검토하기로 하였다.

굿모닝레이디클럽 2호점 오픈 작업에 착수하였다. 마침 이큐빅으로부터 일부 자금이 회수된 것도 영향이 있었다. 운영할 인원을 확보하는 것이 우선이었다. 김경환 대표가 자기 지인 중에 피부관리를 잘하는 분이 있다 하여 면접을 보았다. 경험도 많고 친화력도 있었다. 주위에 운동을 지도할 수 있는 휘트니스 선생도 있었다. 센터를 맡겨 운영하면 될 것 같았다. 다음 날부터 장소를 물색하기 시작하였다. 계산신도시에 건물 3층을 찾을 수 있었다. 유동인구도 많고 주위에 우리와 같은 시설이 없었다. 바로 계약하고 인테리어를 시작하여 이십일 만에 센터를 오픈하였다. 크게 홍보하지 않았는데도 반응이 좋았다. 첫 달 매출이 2,000만원 정도였다.

◆ SUKIA 장비로 2호점 오픈(계산동)

원장과 휘트니스 선생은 의욕적이었다. 매출 인센티브 제도를 썼기 때문에 매출이 올라가면 월급도 더 많아지는 구조였다. 본인들이 홍보 전단을 들고 직접 돌아다닐 정도로 열심이었다. 이러던 중 이창마오라는 대만라이온스 회원에게서 연락이 왔다. 이창마오는 우리 월미라이온스 회원들과는 아주 유대 관계가 좋은 회원이었다. 대만에서 만화가게 체인 사업을 하여 호주, 말레이시아 등에 체인점 수백 개를 운영하는 재력가였다. 지금 한국에 들어와 있으니 만나자고 하였다. 우린 명동 근처에서 만났다.

당시 한국에는 저가화장품 로드샵이 유행하고 있을 때다. '미샤', '도도' 등의 브랜드가 로드샵을 오픈하고 있었다. 미샤 같은 경우는 한국에 이미 100여 개의 체인을 운영하고 있고 대만 등 동남아시아로 진출하여 호평을 받고 있었다. 이창마오는 대만의 미샤 체인점 운영을 보고 자기가 가지고 있는 만화 체인점을 활용하여 새로운 로드샵을 런칭하면 성공할 거란 판단이 들었다. 그런 브랜드를 찾기 위해 한국에 온 것이다. 그는 이미 미샤는 대만에서 여러 개의 체인점을 운영 중이기 때문에 다른 브랜드를 찾기를 원했다. 이창마오 회사소개서를 받고 대만으로 가 있으면 곧 결과를 알려 주기로 했다.

당시 내 사정으로는 돈이 되면 어떤 일이라도 해야 하는 입장이었다. 원목 및 제품 오퍼를 하면서 수수료를 받았던 경험이 있어 일만 성사되면 매도, 매수측으로부터 수수료를 받을 기회였다. 이창마오 회사소개서를 가지고 로드샵 브랜드 회사에 연락했다. 도도에서 받은 제안서를 보냈다. 그러나 이창마오는 '스킨푸드'라는 브랜드를 찾아 달라고 연락이 왔다. 스킨푸드는 막 런칭을 시작한 회사로서 IMF 때 회사를 정리하고 안성으로 공장을 옮겨 새로 시작한 피어리스화장품의 로드샵 브랜드였다. 명동에 막 1호점을 오픈해 직접 운영하고 있었다.

오너인 조 회장의 두 아들 중 큰아들은 국내를 맡고 둘째 아들이 해외 영업을 하고 있었다. 굿모닝레이디클럽 운동 센터를 하면서 피부샵을 같이 운영하다 보니 화장품도 취급하게 되어 여러 정보를 얻을 수 있었다. 스킨푸드의 서울사무실은 강남에 있었다. 전화를 하고 약속된 날에 해외영업팀 이사인 조 이사를 만났다. 이창마오 회사소개서와 함께 나와의 관계를 설명하고 대만 독점권을 주면 열심히 해보겠다고 설득했다. 며칠 후 연락이 왔다. 회장님께서 직접 만나자고 하니 연락하여 일정을 잡아 달라고 했다.

다음 주 통역을 대동하고 이창마오 일행이 한국을 방문했다. 강남 사무실에서 조 회장님을 모시고 준비해온 자료로 PT를 했다. 조 회장님은 만족스러워했다. 그날 저녁 한정식집에서 근사하게 저녁을 내셨다. 우린 일단 절반은 통과되었구나 생각했다. 다음날 안성공장을 방문해 생산라인을 확인했다. 이창마오도 공장을 보고 OEM 생산이 아닌 직접 생산하니 공급 면에서 안심해도 되겠다고 의견을 냈다. 조 이사가 바로 대만으로 가 현지 사정을 보고 독점계약을 체결하자고 제안했다. 이창마오도 찬성하였다. 난 준비한 MOU 서류를 보여주고 일단 양쪽의 서명을 유도했다. 일주일 후 조 이사와 함께 대만에 출장을 가 이창마오가 준비한 매장을 보고 시장성 조사를 해보니 타이베이시에서도 아주 상권이 좋은 자리였다.

그다음 주 한국에서 정식계약을 했다. 초고속으로 체결된 것이었다. 나는 제품 선적 시 3%의 수수료를 스킨푸드로부터 받기로 했다. 이창마오는 소개해준 것이 고맙다고 10,000달러를 주기로 했다. 어려운 상황에서 너무나 큰 도움이 되는 일이었다. 이 비즈니스는 이창마오가 5개 정도의 체인을 오픈할 때까지 도움을 받을 수 있었다. 스킨푸드 입장에서는 계속 수수료를 지급하는 것이 부담스러웠다. 내 입장에서도 이창마오를 도와준다는 의미가 컸던 아이템이었기에 그들의 제안을 받아들이고 마무리하였다.

굿모닝레이디클럽 체인 사업은 크게 진전할 수가 없었다. 기곗값과 점포임대료, 인테리어 비용 등 오픈 비용에 비해 지속적인 수익성이 담보되지 못했다. 인건비와 운영비 고정비용에 비해 고정수입이 보장되지 않았기 때문이다. 잘되는 달은 매출이 4~5천만원이었다가 안 되면 천만원도 어려웠다. 인건비를 줄이는 수밖에 없었다. 생전 피부관리 한번 받아 본 적이 없는 아내가 피부관리사 자격증을 따기 위해 피부관리학원에 다니기 시작했다. 본인이 직접 운영하겠다고 나선 것이다. 이렇게 하여 처음에는 피부관리 선생과 같이 운영하다 나중에는 아내 혼자 운영하게 되었다. 집도 만수동에서 센터 근처 계산동 작은 현대아파트에 월세로 이사했다. 앞이 안 보이는 상태가 된 것이다.

기름값이 없어 아침이면 대중교통을 이용하기로 했다. 그러던 중 만수6동 성당에서 사목회 일을 할 때 알게 된 김용수가 자신의 친구가 인수한 보르네오 공장 내 가구공장을 맡아 운영하고 있다고 하여 놀러 갔다. 김용수는 목재 일을 하던 중 IMF 시절 어려워져 회사를 정리하였다. 그러다가 보르네오 공장을 인수한 친구의 부탁으로 아파트용 가구공장을 맡아 운영하고 있었다.

점심을 먹으며 김용수는 나에게 부동산 관련 일을 같이 해보자고 제안하였다. 아파트 분양 한번 받아 본 적이 없는 나로서는 부동산 일이란 것이 생소하기만 했다.

생소한 부동산 개발에
발을 들이다

부동산 일을 해보자는 친구의 제안을 며칠에 걸쳐 생각해보았다. 내 나이가 이제 오십 중반인데 모르는 분야를 다시 시작하여 과연 성공이 가능할까? 여태껏 기계사업, 프랜차이즈사업 등 내가 알지 못하는 분야에 뛰어들어 지금까지 이렇게 고생하고 있는데 또 새로운 분야를 시작해도 되는 것일까? 마음이 복잡했다.

굿모닝레이디클럽은 아내가 운영하도록 하면 될 것 같았다. 장비 생산 및 이큐빅 문제는 김경환 대표가 알아서 하면 된다. 사촌 동생도 김태형 과장이 귀국하면서 목재 일을 하겠다고 독립하였다. 어느 정도 주변이 정리되었다고 생각이 들었다. 나는 김학진 회장을 찾아갔다. 김학진 회장은 내가 목재를 하면서 친구 박인서 사장을 통해 알고 지낸 사이였다. 그리고 내가 어려울 때마다 멘토 역할을 하신 분이다. 그분은 목재 일을 하면서도 부동산 일을 많이 하고 있었다. 서울 아크로비스타 5층에 부동산 관련 회사가 있었다. 김 회장은 부동산 관련 일을 하면 빠르게 재기할 수 있는 길도 있으니 해보라고 했다. 자기 사무실에 자리를 만들어 놓을 테니 거기서 자기 일을 도와주면서 시작해보라고 하였다. 정말 감사했다.

친구에게 김 회장 의견을 전달하고 상의하였다. 크게 나쁠 게 없는 일이라 친구도 동의하였다. 친구에게 김 회장을 소개하고 그날부터 김 회장과 같이 부동산 관련 일을 시작했다. 첫 번째 임무는 아파트부지를 찾는 것이었다. 의정부의 미군 부대가 평택으로 이동하면서 의정부 개발사업이 이슈가 된 시점이었다. 친구와 나는 의정부 시내 아파트부지를 물색하며 검토하기 시작하였다. 나보다는 부동산 개발을 더 잘 아는 용수가 주도하여 조사하였다. 나는 따라다니며 배우는 입장이었다. 아파트부지의 개발은 개발범위를 정하고 개발 방법에 따라 부지 내에 있는 지주들에게 작업을 해야 한다. 동의서를 받든 직접 매입하든 도시개발법에 맞는 비율을 확보해야 한다. 보통 수십 명에서 수백 명에 달하는 지주들을 만나 설득해야 하는 일이다. 쉬운 일이 아니기 때문에 성공률이 10%도 안 되는 일이다.

그렇게 시작한 부동산 관련 일은 전국적으로 확대되었다. 개발 가능한 부지가 있다는 정보를 얻으면 어디든지 달려갔다. 하루 500km 이상씩 운전하며 다녔다. 김 회장이 요구하는 땅을 찾기는 쉽지 않았다. 친구는 여러모로 사업을 구상하였다. 그러던 중 시화공단의 삼부토건 공장부지 분할매각 건이 들어왔다. 계약금만 지불하고 가분할하여 차익을 보고 매각하는 형태였다. 이 건은 기본적으로 일정 자본이 필요한 건이었다. 김학진 회장에게 제안했으며 김 회장은 정리하여 자료를 주면 같이 해보자고 했다. 이 건으로 김용수는 회사를 설립하자고 했다.

자본금 5억의 이스트현개발주식회사를 설립했다. 사무실은 동암역

바로 앞 건물을 임차하여 사용하였다. 회사가 있어야 우리도 기득권 주장을 할 수 있다는 의견이었다. 나의 위치는 그냥 전무 직함이었고 자본금 참여도 하지 않았다. 특별한 조건도 없었다. 사무실을 같이 쓰며 경비를 일부 부담하는 그런 형태였다.

이 건은 매각사의 경영진과 김용수가 인맥이 있어 진행하려 했던 일이다. 하지만 매각사와의 협의는 최초 받았던 정보와는 많이 달랐다. 공장이전의 조건, 매각금액 및 결제조건 등 검토해야 할 조건들이 많았다. 하지만 친구는 이미 우리가 매각사로 결정된 양 일을 진행했다. 소분할도를 만들고 시화공단의 부동산들을 돌며 판매를 독촉했다. 이때 만난 기업부동산 전문 김일수 사장은 후일 코스모화학 정리 시 같이 일을 하게 된다. 결국 이 건은 몇 개월의 검토와 협상 끝에 우리가 할 수 없는 일로 결론지었다. 나중에 안 사실이지만 몇 개월 후 다른 회사에서 맡아 처리하였다.

부동산 관련 일을 시작하며 구체적으로 진행했던 첫 케이스였는데 실패를 했다. 나는 원인 분석과 반성을 해보았다. 우선은 경험 부족에서 오는 잘못된 진로설정, 자본력 부족(신뢰감 절감), 매도자와의 관계로 인한 잘못된 방향설정 등이었다. 가장 큰 원인은 초심을 잊고 욕심을 부렸던 것이었다. 이 경험은 후에 코스모화학 부지 정리 시 방향을 설정하는 데 큰 도움이 되었다. 그 후 우린 김 회장과의 관계를 유지하면서 인천 사무실을 거점으로 본격적으로 부동산 개발사업을 구상하기 시작하였다.

공장개발을 위한 부지 확보에 주력했다. 지역은 주로 김포, 화성, 강화, 파주, 포천 등을 목표로 잡았다. 공장부지로 가능하다고 하는 정보가 있으면 어디든 달려갔다. 이때 느낀 것은 땅의 느낌이었다. 같은 땅이라도 아침에 보는 것과 오후에 보는 것이 느낌이 다르고 계절에 따라서도 달랐다. 그냥 밖에서 보는 것과 안쪽에서 보는 것 역시 다르다. 산의 경우는 더욱 심하게 달랐다. 이렇게 경험을 쌓으면서 안목이 넓혀졌다. 한 건을 접하면 인허가 관계, 가격분석, 매도, 매수확인 등을 하려면 보통 2~3개월의 검토가 필요하다. 성공은 안 되었지만 정말 많은 곳을 검토하는 경험을 했다.

특별한 수입도 없이 전국을 다니며 경비를 써야 하고 사무실 경비도 지출해야 했다. 앞이 잘 안 보이는 일을 하고 있다는 생각을 떨칠 수 없었다. 확실한 본인 자본도 없고, 금융을 이용할 신용도 없어 운신의 폭이 좁았다. 친구가 주관하여 모든 일을 하니 내 의견을 반영시킬 기회도 없었다. 이런 상황에서 경우의 수에 따라 어떻게 해야 하는지를 메모하여 기준을 만들어 갔다. 특별한 일이 없으면 차량 유지비를 아끼려 전철을 이용하여 출퇴근하였다

어느 날 큰처남으로부터 연락이 왔다. 장인어른이 돌아가실 때 남긴 서산의 땅을 장모님 앞으로 상속해놓았는데 막내처남이 사업 시 근질권 하여 경매로 매각되게 되었으니 방법을 찾아 달라고 하였다. 주소를 받아 권리 분석을 해 보았다. 세 사람 공동명의로 되어있었다. 그냥 놔두면 한 푼도 건질 수 없는 상황이었다. 주위 환경을 보니 한화에서 공

단개발을 위해 지구 단위 계획이 끝나 공사를 하고 있었다. 공단에 바로 붙어 있는 땅이기에 그 가치는 높았다. 큰처남에게 연락해온 서산 부동산 연락처를 받고 현장 답사를 했다. 그동안 친구 따라다니며 배운 실력으로 분석해 보았다. 근질권 최고금액을 상환하고도 몇억은 더 받을 수 있었다. 문제는 공유지분자인 나머지 두 사람의 생각이었다. 공유지분 위치 지정이 안 되어 동시에 동의가 없으면 매각이 어려웠다.

일단 나머지 두 분을 만나보고 판단하기로 했다. 그곳은 장인어른이 생전에 친구분들과 노후에 농장을 하려고 사놓은 땅이었다. 공유지분자 중 한 분은 정혜교라는 장인어른 친구분이었고, 다른 한 분은 박광호라고 친구분 동생이었다. 친구분이 돌아가시고 동생이 취득한 상태였다. 정혜교 어르신은 협조적이었다. 우리가 결정하면 따라 하겠다고 했다. 하지만 박광호 씨는 생각이 달랐다. 자기지분은 매각할 의사가 없으니 합의 분할하여 달라고 하였다.

서산부동산 조창민 사장과 협의를 시작하였다. 조사장은 서산에서 기획 부동산을 오래 한 경험이 있었다. 가분할을 해야 했다. 경험이 없는 나로서는 조사장에게 부탁할 수밖에 없었다. 조 사장이 준 가분할도를 가지고 공유지분자들과 상의했다. 박광호 사장이 문제였다. 좋은 쪽으로 자기지분을 요구했다. 협상을 하기 위해서는 도면을 몇 번씩 수정해야 했다. 이때 독학으로 기본적인 캐드도면 그리기를 배웠다. 아무것도 모르는 나로서는 매우 힘든 일이었다. 이때 후배 신명신 사장의 도움을 많이 받았다. 몇 개월의 협의 끝에 박광호 사장과 합의하여 두 사람의 지분을 매각할 수 있었다. 전체를 몇 개의 필지로 분할하여 몇 사람에게 매각하고 잔금을 같은 날에 받아야 하는 일이라 쉬운 일은 아니었다. 물론 큰처남 입장에서는 막내의 빚 청산으로 끝날 일이었는데 몇억을 챙길 수 있는 좋은 상황이었다. 이 일로 받은 수수료로 둘째 학자금융자금을 상환할 수 있었다. 이 일이 내가 부동산 관련 일을 시작하고 처음으로 성공하여 수입이 생긴 경우였다.

그러던 차에 막내처남에게서 연락이 왔다. 막내처남은 오래전부터 건설업을 하고 있었다. 내가 사업을 정리하기 직전 무리한 사업확장으로 부도를 내 어려워져 있었다. 다시 사업을 시작하여 부평에 타인 명의로 빌라 10세대를 짓고 있다 하였다. 현재 공정이 60% 정도 진행되고 있는데 자금이 부족하여 은행의 도움을 받고 싶다고 하였다. 일반적으로 1금융권에서의 대출은 생각할 수 없는 건이었다. 월미라이온스 조성수 회장님께서 인천저축은행 소유주였다. 찾아가 상의하니 은행을 찾아가 담당자와 상의해 보라 하셨다.

은행에 찾아가 담당 임원을 만났다. 인사하려고 3층에 있는 임원실에 들렀을 때 뜻밖의 사람을 만났다. IMF로 경기은행이 퇴출될 당시 거래지점 차장으로 있던 박찬종 씨가 인천저축은행 전무로 와 있었다. 너무나 반가웠다. 나는 그간의 상황을 얘기하며 내가 찾아온 이유를 설명했다. 박 전무님은 담당자를 불러 검토하라 지시했다. 건축현장 공정을 감안한 PF 대출을 검토한 것이다. 결국 공사를 마무리할 수 있는 자금을 조달할 수 있었다. 이 일로 막내처남 건축일을 도와주면서 건축에 관한 일과 2금융권 PF 대출의 운영 흐름을 배우게 되었다.

친구의 사무실에 출근하면서 틈만 나면 막내처남 건설현장을 찾았다. 현장에는 현장을 관리하는 소장이 있었다. 소장 중에 최병용이란 소장이 나와 대화를 많이 했다. 최 소장은 막내처남과 오래전부터 같이 일을 하고 있었다. 또한 자금이 부족 하면 사채시장을 이용하여 단기자금을 공급하고 있었다. 이때 최 소장을 통하여 송명근 법무사 사무장을 만났다. 송명근 사무장은 실제로는 법무사 3명을 고용해 법무사 사무실을 운영하는 사장이었다. 젊은 나이에 시행의 경험도 있고 등기 업무를 하다 보니 시행사, 금융권(특히 마을금고, 신탁사, 증권사 등), 시공사 등 부동산 개발에 필요한 많은 정보와 인맥을 갖고 있었다. 새로운 세상을 경험하는 것 같았다.

경험과 정보는 쌓이고
기회는 다가오고

송명근 대표를 만난 것은 나로서는 새로운 방향을 찾은 것과 같았다. 적은 자본으로 부동산 개발을 시행할 수 있는 길을 알았기 때문이다. 송명근 대표와 처음으로 한 일은 지인들의 대출을 알선하는 일이었다. 이것이 인연이 되어 지금까지도 많은 일을 같이하고 있다. 지인의 소개로 인천 논현동에 있는 한화 부지를 접할 수 있었다. 땅의 성격으로 볼 때 지구단위계획구역이기 때문에 지구단위를 해야 개발행위를 할 수 있는 땅이었다. 친구가 이 물건에 대하여 자기가 정리하겠다고 관계자를 만나기 시작하였다. 다른 건도 그런 식이었기에 옆에서 지켜만 보고 있었다. 많은 사람들이 사무실을 찾아 왔다. 가분할도를 그리고 가분할도에 의거 매각을 추진했다.

내가 볼 때는 방향이 잘못되고 있다고 느껴졌다. 왜냐하면 토지용도상 개발행위를 하려면 전초작업(지구단위 행위)이 필요한데 일단 매각하여 한화에 잔금을 치르고 차액을 챙기는 형태로 일을 진행하고 있었기 때문이다. 나중에 문제가 될 것이 예상되었다. 나의 비즈니스 스타일과는 전혀 다르다는 생각을 했다. 이런 식으로 둘이 같이 가는 것은 큰 의미가 없고 오래갈 것 같지 않았다. 친구와 함께한 일은 이 건

외에도 강화도 한옥마을 조성을 위해 토지매입 후 계획을 세워 추진한 일, 산림청이 필요로 하는 땅을 경매로 낙찰받아 산림청 땅과 교환하는 작업 등이 있었다. 강화 건에는 큰처남을 설득해 투자하게 했다. 하지만 후에 사업에 성공하지 못하고 큰처남 투자금을 내가 책임지고 최근까지 상환해줘야 했다. 산림청 땅의 경우는 박찬종 전무가 도움을 줘 낙찰가의 90%까지 대출을 받아 매입하였다. 또한 선배 둘을 설득하여 투자하게 하였다. 하지만 이 건도 성공하지 못하고 선배들과는 사이가 안 좋아졌고 원금과 이자 일부를 내가 책임지고 해결했다. 인천저축은행 대출금 역시 친구와 정리하면서 산림청에 우리 땅을 매수케 하여 겨우 정리할 수 있었다.

친구와 7~8년간 부동산 관련 일을 같이 해오면서 배운 것도 많았다. 무엇보다 모든 일에 초심을 잊지 말고, 욕심을 버려야 한다는 진리를 깨닫는 기회가 되었다. 목재 일을 했을 때나, 장비를 개발하여 공급하고 프랜차이즈 사업을 계획할 때도 초심을 버리고 욕심을 부려 잘못된 경우가 많았다. '초심'과 '욕심', 이 두 단어는 앞으로 어떤 일을 할 경우에도 잊지 말아야겠다고 굳게 다짐했다.

친구와의 관계를 정리해야 하겠다고 생각하고 나는 막내처남 일과 송명근 대표와의 일에 전념했다. 사무실에 출근하는 횟수도 줄고 건설금융기법과 건설현장에서 건축에 관한 일을 배우려 노력했다. 금융관계 지식은 인천저축은행 오진덕 이사(당시 부장)의 도움을 잊을 수 없다. 나의 사정을 잘 아는 오진덕 부장은 나를 형처럼 생각하며 모든 것을 이해하기 쉽게 알려줬다. 또한, 같은 업종에 있는 지인들을 많이 소개해주었다. 모아저축은행 민원기 지점장, 안양저축은행 남인식 상무, 융창저축은행 등 부동산 개발 시 필요한 인맥을 정말 헌신적으로 소개하며 경우의 수에 따른 해결방법을 알기 쉽게 설명해 주었다. 잊지 말아야 하는 감사한 일이다.

송명근 대표의 사무실은 서울 양천구 신정동이었다. 그곳으로 출근하는 횟수가 늘었다. 그곳에는 전국의 부동산 개발에 관한 문의가 많이 들어왔다. 인허가 문제, PF 대출에 관한 문의, 잔금대출에 관한 문의 등 정보가 넘쳐 났다. 인천저축은행 담당자인 오진덕 부장을 송 대표에게 소개하였고 자연히 송 대표와 오진덕 부장과는 업무적으로 끈끈하게 되었다.

막내처남은 이러한 인맥으로 빌라 사업을 확장하여 나갔다. 땅을 계약하여 인허가 후 잔금을 치른 뒤 공사를 시작하고 어느 정도 공사가 진행되면 공정을 감안하여 인천저축은행에서 마무리 공사를 위한 대출을 해주었다. 그래도 약간의 자금이 부족하면 사채를 이용하여 준공한 다음 미분양 통대출을 받아 모든 대출금을 상환하는 형태의 금융기법이다. 사채와 미분양 통대출은 송명근 대표가 주로 맡아 해주었다. 분양시장이 살아나면서 준공만 되면 대출금 상환에는 문제가 되지 않았다. 이러한 방법으로 한 현장에 8~16세대 정도의 빌라 사업을 하면서 그 이상의 사업장을 모색하였다. 이런 일을 도와주면서도 수입은 별로 없었다. 일을 배운다는 의미만 있지, 그 외 다른 희망은 보이지 않았다.

처음 사업장 PF 작업은 오산 현장 대출 주관사는 인천저축은행이 맡아 했고 시공사는 송명근 대표가 준비하면서 시행사까지 대행해주었다. 현장 관리 및 분양업무만 막내처남이 하는 형태였다. 이 현장도 우여곡절 끝에 잘 마무리할 수 있었다. 막내 처남 일을 도와주면서 가장 안타까운 일은 안양동 현장의 일이다. 안양동에 5~6동의 빌라를 건축할 때 일이다. 평소와 같이 건축주를 친구 명의로 하여 일정 수수료를 주는 형태로 벌인 현장이었다. 준공을 임박하여 분양준비를 하고 있었다. 분양시장도 좋아 이번 현장만 성공하면 어느 정도 자리를 잡겠다 생각했다. 그러던 중 주말에 막내가 전화가 왔다. 제주도인데 안양동 건축주가 스쿠버다이빙을 하다 익사했다는 전화였다. 아차 싶었다. 이 고비를 잘 넘겨야 할 텐데 사고가 난 것이다. 명의자가 사망했으니 자식에게 상속해야 하는 문제가 발생한 것이다. 명확한 계약서가 없고 가족들은 명의가 가장의 이름으로 되어있으니 권리 주장을 하였다.

상속세 등 세금 문제, 사업주 정리 문제 등 복잡하게 해결해야 할 일이 생긴 것이다. 결국 시간을 갖고 해결은 했지만 이 사건은 막내처남이 앞으로 나갈 계기였는데 오히려 뒤로 3~4년 후퇴하는 사건이 되어버렸다. 오 부장의 소개로 만난 모아저축은행, 융창저축은행, 안양저축은행, 남양저축은행, 푸른저축은행 등 제2 금융권의 인맥으로 막내처남은 PF 금액 200억이 넘는 현장을 운영할 수 있는 회사로 성장하였다. 이 정도면 막내처남도 그렇고 나도 꿈도 꿀 수 없는 PF 금액이었다. 자기자본이 많지 않은 상황에서 이렇게 큰 현장을 시행할 수 있다는 것이 정말 감사하고 고마운 일이었다. 이 모든 것의 시작은 인천저축은행 박찬종 전무이다.

    어느 날 박찬종 전무가 사무실에서 보자고 하였다. 박 전무님은 코스모화학 인천공장이 회사가 어려워 구조조정 중인데 T/F팀 팀장이 씨티은행 선배 백홍욱 사장이라 하였다. 전화번호를 주면서 통화해보라 하였다. 일단 코스모화학이 어떤 회사인지를 조사하였다. 한국에서 유일하게 티타늄을 생산하고 있었다. 한일협정을 하면서 일본이 공해업소인 티타늄공장을 우리나라에 기술 이전한 아이템이었다. 이것을 통일교 재단에서 한국티타늄이란 이름으로 운영하다 코스모그룹에서 인수하여 인천 가좌동과 경남 온산에 공장을 두고 있었다. 경기가 좋아 온산공장을 확장했는데 중국 물량이 들어오면서 수요도 줄고 가격도 맞지 않아 고전을 하고 있었다. 백 사장에게 전화를 했다. 백 사장은 서울 본사에 계셨다. 백 사장께서는 자기는 바쁘니 공장에 가 김창수 상무를 만나 상의하라며 김창수 상무 연락처를 주셨다.

마지막 기회로 여긴 승부수, 코스모화학(주) 공장 정리

　지금까지 배우고 익힌 부동산 관련해서 실력을 발휘할 절호의 기회라 생각했다. 또한 이번에 재기할 기회를 잡지 못하면 더는 기회가 없을 것 같은 생각이 들었다. 최선을 다하고 초심을 잊지 말고 욕심을 버리고 이 일에 임하자고 생각했다. 김창수 상무에게 연락하기 전에 김창수 상무에 대해 알아봤다. 경리 상무였고 연대를 나와 새한미디어에 입사하여 새한미디어를 코스모신소재가 인수할 당시 코스모신소재에 스카웃되어 임원까지 오르고 코스모화학의 자금을 맡고 있었다.

　부지정리 방법에 대하여 공부했다. 코스모화학 가좌동 공장 전체는 78,135㎡로 수도권정비계획법 제11조 및 시행령 제15조에 의거, 과밀억제권역의 인구집중유발시설이 이전된 공업지역 2만㎡ 이상의 종전대지에 인구집중유발시설 신증설 시 위원회 심의를 필요로 하는 부지였다. 이러한 일반적이 검토 사항을 가지고 김창수 상무를 만났다. 김창수 상무는 인천공장에 근무하고 있었다. 첫인상은 매우 합리적인 사람처럼 보였다. 내가 좋아하는 스타일이었다. 김창수 상무로부터 코스모화학의 현재 사정과 계획을 들었다. 몇 개 자산운영사에 매각 의뢰를 한 지 1년이 넘었는데 결론이 없다고 하였다. 그러면서 현재 사무실동이 있는 블록 19,735㎡ 정도만 매각할 수 있으면 좋겠다고 하였다.

대성목재에 다닐 때 만석공장을 닫으며 현장 구조조정을 했던 생각이 났다. 그리고 내가 사업을 하면서 자금에 대한 나의 신념이 생각났다. 흥부와 놀부의 아이들 얘기다. 흥부네 애들은 쌀독에 쌀이 없어 항상 배가 고프다고 하지만 놀부네 애들은 쌀독에 쌀이 가득해 오늘 못 먹어도 언제든지 배불리 먹을 수 있어 걱정이 없다. 구조조정은 한 번에 못 하면 할 수 없다고 내 의견을 김창수 상무에게 말씀드렸다. 물론 김창수 상무 입장에서는 내로라하는 자산운영사도 해결 못 하는 것을 또렷한 경력도 없는 사람이 해결할 수 있을까 하는 우려도 있었을 것이다. 첫 만남은 이렇게 서로의 견해차를 확인하고 헤어졌다.

그리고는 연락이 없었다. 어느 날 박찬종 전무가 어떻게 되었는지 물었다. 사실대로 말씀드리고 그 후 연락이 없다고 했다. 박 전무님은 기다려 보라 하였다. 그러던 중 김창수 상무가 연락이 왔다. 백 사장과 같이 회의를 할 테니 인천공장으로 들어오라 하였다. 회의장에는 7~8명이 있었다. 결론은 같았다. 사무동이 있는 부지 19,735㎡만 매각하기를 원했다. 나는 가격을 제시해 달라고 하였다. 그리고 수도권 정비계획법을 피하려면 나머지 부지 매각은 본 필지 개발이 완료되어 모두 입주가 끝나는 시점에 가능하다는 것을 주지시켰다.

장시간의 회의 끝에 백홍욱 사장은 총 238억의 매가를 제시했다. 알겠다고 하고 회의를 종료했다. 내 입장에서는 일단 이 부지만 매각해도 수수료로 2억 이상의 수입이 되었다(부동산매매수수료 0.9%). 그 당시 수입이 일정치 않은 상황에서 그 액수는 엄청난 금액이었다. 바로 김창수 상무와 전체 부지 매각에 대한 용역계약서를 작성하고 우선 사무동 부지를 먼저 처리하기로 하였다(2016년 1월 18일).

다음 날부터 실수요자 위주로 매수자를 찾았다. 친구와 만났던 시화 공단에 있는 기업부동산 김일수 사장에게 연락하여 매수자를 찾아 달라 하였다. 일주일 만에 연락이 왔다. 조건이 있었다. 계약금 5%에 한 달 후 5%, 그리고 6월 2일 잔금 지급 조건이었다. 물론 본인들이 사업을 하기 전에는 국토부 심의를 받지 않도록 다른 부지 매각을 보류하는 조건이었다. 금액은 3억을 줄인 235억이었다. 바로 코스모화학 측에 전달하고 답을 기다렸다. 하루 만에 계약을 하자고 답이 왔다. 김일수 사장과는 매도와 매수를 나누어 수수료를 처리하기로 하고 바로 계약을 하였다. 계약날짜가 2016년 2월 7일이고 잔금 지급 날짜가 2016년 6월 2일이었다. 매수자는 광양프론티어(주) 최석배 회장이었다. 최 회장은 시화공단에 이미 지식사업센터를 시행, 시공하여 성공하였고 주안에 광양프론티어 2차를 시공하고 있는 시행, 시공을 겸하고 있는 회사의 오너였다. 아파트 분양 한 번도 받아 본 적도, 부동산중개를 해 본 적도 없는 내가 부동산중개 그것도 거래액이 235억원이나 하는 물건을 중개한 것이다.

며칠 후 김창수 상무에게서 백 사장이 고마움의 표시로 점심을 대접하고 싶다고 했다면서 연락이 왔다. 백 사장님, 김 상무, 회장 비서실장인 김종락 부장, 인천저축은행 박찬종 전무와 함께 한정식집에서 푸짐한 점심을 대접받았다. 그 자리에서 국토부 심의를 피하려면 이 부지의 인허가가 나고 사업이 시행될 때까지는 다른 부지를 손을 대면 안 되다고 재삼 강조하여 알려주었다. 광양프론티어에는 조속히 인허가를 추진해줄 것을 요구하였다. 코스모화학의 자금 사정을 어느 정도 아는 나로서는 곧 다음 부지정리 얘기가 나올 것이 예측되었다.

사무동 부지 계약 후 한 달도 지나기 전에 김 상무께서 미팅을 요청하였다. 나머지 부지에 대한 나의 의견을 물었다. 역시 내가 예측한 대로 자금에 대한 압박이 심한 듯했다. 정리야 가능하겠지만 그러면 사무동과 함께 국토부 심의를 받아야 하니 잔금에도 문제가 있고 전체 정리하는 것이 많이 늦어질 수 있다는 의견을 주었다. 발생하는 문제는 본인들이 해결할 테니 정리 방법에 대하여 제안서를 달라 하셨다. 일주일 정도 시간을 주면 답을 주겠다고 하였다.

고민을 해보았다. 코스모화학이 공장을 정리하려는 가장 큰 목적은 자금의 유동성 확보였다. 그러려면 일시에 어느 정도의 자금이 유입되어야 한다. 그리고 지속해서 자금이 유입되어야 가좌동 공장을 정리하고 온산공장으로 합병이 가능하다. 이 모든 것을 만족해야 가능한 일이었다. 이때까지는 친구 사무실을 같이 쓰고 있을 때다. 물론 친구와는 상의하고 싶지 않았다. 왜냐하면 친구 스타일로는 해결이 불가능하다는 것을 경험으로 알기 때문이었다.

몇 단계로 구분하여 해결책을 찾았다. 첫째는 코스모화학의 매각금액이 얼마인지를 확인해야 했다. 그다음은 처리 방법이었다. 우리가 전체를 매입하는 형태로는 세금과 자금력 때문에 불가능했다. 그러면 우리가 매각 주관사가 되고 매각의 주체가 코스모화학이 되면 가능했다. 이 두 가지가 확실해지면 방법은 있을 것 같았다. 김창수 상무와 협의하기 시작하였다. 일차적으로 결정해야 할 것은 매각금액 결정이었다. 사무동을 뺀 나머지 면적은 55,948㎡(16,925평)이었다. 김 상무께서는 장부가격과 금융권 부채, 부동산시장 등을 고려하여 답을 주기로 하였다. 며칠 후 570억의 가격과 분양대행 예치금 70억을 지불하고 가분할에 의한 계약금 10%를 코스모화학 계좌에 입금하는 조건을 주었다. 평균 가격으로 볼 때 평당 334만원 꼴이었다. 비용(철거비, 도로개설비, 광고선전비)을 우리가 부담한다 해도 가분할에 의한 예상 매출을 보면 적어도 20~30억원의 수익이 가능할 것으로 판단되었다. 차도 없이 생활하는 나로서는 하늘이 주신 절호의 기회라고 생각하고 다시 한번 '초심'과 '욕심'이란 단어를 되새겼다.

문제는 70억원을 준비하는 것이었다. 지인들을 찾아 70억원에 105억을 주는 것으로 제안하였다. 물론 일차 부지를 정리한 기업부동산 김일수 사장에게도 연락하였다. 몇 사람이 조건수용을 하고 검토하기 시작하였다. 70억원이라는 돈이 적은 돈이 아니기 때문에 망설임도 많았다. 그러던 중 김일수 사장으로부터 제안이 들어 왔다. 대행예치금 70억원을 무조건 본인이 책임질 테니 분양대행권리를 나와 같은 조건으로 하자는 것이었다. 난 욕심을 낼 필요가 없었다. 그렇게 하기로 했다. 지분을 50:50으로 하는 조건으로 동업계약서를 작성하였다. 그리고 코스모화학에는 분양대행 계약서 초안을 보내 변호사 검토에 들어갔다.

　김일수 사장은 70억원의 자금에 대하여 세우이엔지 40억원, 한국이엔비 10억원, 다른 한 곳이 20억원으로 확정되었다고 인적 사항을 보내 왔다. 조건은 공동으로 분양대행계약서에 본인들 이름을 넣어주고 별도로 배당에 관한 계약을 하자는 내용이었다. 모두 동의하였다. 드디어 계약날짜가 잡혔다. 2016년 3월 15일이었다. 계약일 이틀을 앞두고 20억 투자자가 어렵겠다고 연락이 왔다. 난감했다. 김창수 상무에게 있는 그대로 얘기하고 방법을 찾아 달라 하였다. 그럼 계약서를 바꿔 계약금을 50억으로 하고 20억에 대한 것은 차후 방법을 찾자 하였다. 다행이었다. 그런데 계약 하루 전 오후에 김일수 사장이 세우이엔지 사장이 연락이 안 돼 내일 계약에 문제가 생겼다고 하였다. 40억원의 투자자가 문제가 있으면 근본적으로 안 되는 일이다. 정말 알 수 없는 분이구나 생각했다. 부동산중개의 개념이 다분히 있다고 생각했다. 즉시 김일수 사장 사무실에 갔다. 세우이엔지에서 조건이 안 맞아 참여하지 않겠다고 선언하고 연락이 안 된다고 하였다.

　최선을 다하고 안 되면 다른 방법을 찾겠다고 하고 결과를 금일 중에 알려달라고 하였다. 김창수 상무에게는 전화해 내일 계약이 안 될 수도 있다고 사정 얘기를 하고 나름 다음 단계를 준비했다. 안되면 김학진 회장에게 연락하면 바로 해결될 것 같았다. 그 정도의 자금은 항상 준비되어있는 분이었다. 늦은 시간에 김일수 사장에게서 전화가 왔다. 일부 조건을 자기 지분에서 양보하기로 하고 내일 계약하겠다고 했다. 다행이었다.

2016년 3월 15일 오전 10시, 계약장소는 코스모화학(주) 인천공장 사무실이었다. 계약금을 입금하고 계약서 서명하고 투자자가 요구하는 법적 절차가 는 오후 늦게까지 진행 후 완료되었다. 이제부터의 일은 매각, 철거, 국토부 심의 등이 남아 있었다. 매각은 김일수 사장이 자신 있어 했다. 지분 배당과 별도로 매각 중개수수료를 지불하기로 하였다. 부동산중개 경험이 많은 김일수 사장으로서는 이중 수입이 되는 것이기에 열심히 뛰었다. 광장부지를 제외하고 가분할도에 의거 우리가 목표로 한 가격보다 좋은 가격으로 1~2개월 안에 모두 계약할 수 있었다. 계약금 10%도 모두 코스모화학 측에 입금하였다. 2차 부지로 이미 100억 이상의 자금을 입금한 것이다.

1차 부지 잔금지급 날짜(2006년 6월 2일)가 다가오자 김창수 상무는 방법을 찾아 달라 하였다. 최석배 회장 입장에서는 계약에 없는 국토부 심의를 받아야 하는 상황에서 잔금을 치를 의무가 없었다. 하지만, 코스모화학(주)는 자금 사정상 받아야 하는 상황이었다. 결국 협상을 하여 내가 송명근 대표에게 대출을 의뢰하고 코스모화학(주)가 국토부 심의가 끝날 때까지 이자 부담을 하고 국토부 심의를 통과하지 못하면 취등록세를 부담하는 조건으로 자금 중 유보금을 뺀 170억 정도를 받았다. 이로써 코스모화학은 급한 자금은 어느 정도 해결된 것 같았다.

이젠 국토부 심의와 철거가 남아 있었다. 국토부 심의는 도담엔지니어닝과 코스모화학(주) 측이 용역계약을 체결하여 진행하면서 우리가 도움을 주기로 하였다. 국토부 심의 내용 중에는 구청과 시에 협의하고 협조를 구해야 하는 일이 많았다. 이를 해결하기 위하여 고 최기선 시장의 사촌 동생인 최윤선 이사를 직원으로 채용하였다. 철거를 하기 위하여 다각도로 정보를 수집하였다. 왜냐하면 화학공장의 철거가 쉽지 않아 경험이 없는 회사가 하면 사고가 우려되기 때문에 신중할 수밖에 없었다. 몇몇 큰 회사에 연락하고 주위 사람들로부터도 추천을 받았다. 7개 업체가 입찰에 응시했다. 그중 삼정자원이 가장 유리한 조건을 써내 낙찰되었다.

삼정자원은 인천업체이며 경험이 많은 업체로 조직적이고 믿음이 있었다. 철거 조건도 7개 업체 중 우리에게 가장 유리했다. 낙찰된 다음 날인 2016년 7월 28일 철거 도급계약서를 작성하고 철거를 시작하였다. 철거 과정에서 코스모화학(주) 측과 장비 이전문제로 약간의 이견은 있었으나 큰 문제 없이 잘 진행되었다. 우린 현장 컨테이너 사무실을 정문 옆 공터에 설치하고 관리하기 시작하였다. 비슷한 시점에 계산동 집 신축공사를 위해 두 노인분(어머니, 장모님)을 모시고 임시로 근처 인정프린스 아파트로 이사 하고 계산동 집 역시 철거하는 등 양쪽 현장 관리에 정신없이 시간을 보냈다.

계속되는 난관을
하나하나 넘으며

그해 여름은 유난히 더워 철거의 첫 번째 작업인 석면제거 작업 시 작업자들이 매우 힘들어했다. 장비들이 들어오고 앞 공정부터 철거를 하면서 고철들이 모이기 시작하고 저장탱크들을 철거하면서는 그 양이 장소가 모자랄 정도로 쌓였다. 철거한 지 한 달이 지났는데도 고철이 출고되는 것을 볼 수가 없었다. 철거 비용 중 많은 부분을 고철 매각으로 충당하게 되어있었는데 이유가 궁금해지기 시작했다.

어느 날 철거 회사 대표인 문선식 사장이 사무실로 찾아 왔다. 둘이서만 얘기를 하고 싶다 하여 최 이사를 밖으로 내보냈다. 납품하기로 되어있는 인천제철에서 코스모화학(주)에서 나오는 고철을 받을 수 없다고 통보받았다고 했다. 그 이유는 이미 코스모화학(주)가 생활방사능 발생 관리업체이기 때문에 그곳에서 발생하는 고철은 납품받을 수 없다는 것이다.

머리를 무엇으로 한 대 얻어맞은 기분이었다. 이미 2차 부지로 자금이 100억원 정도 투입되었고, 1차 부지인 광양프론티어의 잔금까지 보면 거의 300억원이 지급된 상황이었다. 만약 고철의 처리가 어렵고 국토부 심의 시 생활방사능이 문제가 된다면 이는 매우 심각한 일이었다. 코스모 측 안전관리 요원인 장부식 부장이 상주하고 있었다. 장 부장을 불러 진위를 파악해보았다. 장 부장은 몇 년 전 공장 철거 후 고철을 납품하는 과정에서 문제가 있어 관리업체로 등재되어 있다고 하였다. 계약과정에서 이러한 사실을 우리에게 통보하지 않고 철거를 우리가 하는 조건을 내세운 것 같아 배신감을 느꼈다. 즉시 김창수 상무에게 연락하였다. 김 상무께서는 경리 상무인 관계로 이 업무를 잘 모르고 있었다. 해결책을 서로 찾아보자고 하셨다.

대덕연구소에 근무하는 대학 동기인 이종해 박사에게 전화를 했다. 이종해 박사는 원자력발전 계통의 일을 전문적으로 하는 친구였다. 이 박사의 의견은 일본 후쿠시마 원전사고 이후 한국에 생활주변 방사선 안전관리법이 생겨 관리가 심하다 하였다(2012년 7월 26일 시행). 회사를 소개해 줄 테니 그곳과 상의해 보라 하였다. 오르비텍이란 회사였다.

다음 날 오르비텍에서 현장 실사 차 나왔다. 장부식 부장이 대동하여 현장을 살핀 후 오르비텍 S이사가 의견을 주었다. 처리 방법은 정문에 검사 게이트를 설치하여 출고되는 일체의 물건을 검사하여 생활방사능이 검출되면 별도 보관 처리하고 현장에서도 검사하여 방사능이 검출되는 모든 것을 별도 처리하여야 한다고 했다. 일단 방법이 있다는 사실에 희망이 보였다.

김 상무께서는 어떻게 하면 좋겠냐고 나의 의견을 물었다. 방법은 무조건 오르비텍의 말을 따라야만 했다. 첫째 오르비텍과 처리 용역계약을 맺고, 2~3개월을 출입구를 하나로 통일한 다음 출입을 통제해야 하는 것이 최우선 과제이고, 그다음은 발생된 물건에 대하여는 별도 보관한 다음 온산공장으로 옮겨 시간을 갖고 처리해야 한다고 의견을 주었다. 김 상무도 같은 생각이었다. 그리고 이 문제 해결을 위해 추가 발생하는 비용에 대하여는 전적으로 코스모화학(주)에서 책임질 것을 승낙받았다.

난 철거회사에 정문 하나만을 출입구로 사용할 수 있도록 하고 24시간 경비를 세워 출입을 통제할 것을 지시했다. 추가로 발생되는 비용은 처리해주겠다고 약속했다. 현재 발생된 고철에 대하여는 오르비텍에서 제시한 검사 방법으로 처리하자고 철거회사에 제안하였다. 하지만, 철거회사 문선식 사장은 자신이 없으니 코스모화학(주) 측에서 처리해달라고 요청하였다. 직원들이 동요하고 있는데 그것은 자신이 책임지고 처리할 테니 별도 철거비 책정을 요구하였다. 철거가 중단되면 코스모화학은 물론 우리에게도 큰 문제였다. 또 이런 문제가 밖으로 소문이 나서도 안 될 일이었다.

이런 종합적인 문제를 가지고 코스모화학(주) 측과 협의하기 시작하였다. 모든 계약조건이 변경되어야 하는 상황이었다. 철거 기간의 연장, 철거비 추가 발생, 고철처리 방법, 국토부 심의 시 문제점 등 처음 계약할 때와는 조건이 많이 달라졌다. 코스모화학(주) 측에서도 서로 의견이 분분했다. 백홍욱 사장의 의견과 김창수 상무와의 의견 차이가 있는 것처럼 보였다. 나는 주로 김창수 상무와 협의를 했다. 왜냐하면 김 상무는 현실을 인정하고 해결책을 찾으려 하는 반면 백 사장께서는 우선 회사 입장에서 권리 주장과 논리를 펴는 편이었다. 나는 어떻게 하든 문제를 해결하는 것이 모두에게 좋다고 생각했다. 돈이나 자존심의 문제가 아니라고 생각했다. 이런 내 생각을 김 상무님께서는 인정을 해주셨다.

결국 코스모화학(주) 측이 책임지고 철거비, 고철처리비용, 그 밖에 이 건으로 발생하는 모든 비용을 처리할 테니 우리에게 문제없이 처리해줄 것을 요구했다. 우린 바로 합의서를 작성하고 철거회사와도 별도 계약서를 체결하여 현장 분위기를 고조시켜주었다(철거비 30억 지급조건). 그리고 기간도 10월 말까지 연장시켜 주었다. 이로 인해 철거 현장은 활기를 찾기 시작하였다. 정말 다행이었다.

다음 문제는 고철의 처리문제였다. 오르비텍은 계약을 체결하고 게이

◆ 철거 전 공장 전경

트를 설치하고 본격적으로 현장검사에 의거 분리작업에 착수했다. 하지만 기존 발생한 고철의 처리가 문제였다. 현장에 싸놓고 해결책을 찾기에는 장소가 모자랐다. 국내 고철업자는 소문이 나 있어 관심을 두려 하지 않았다. 일단 야적장을 구해 밖으로 옮기로 하였다. 구하면 통한다고 친구가 공장을 신축하려고 매입해놓은 나대지가 가까운 원창동에 2,000평 정도가 있었다. 공장은 봄에 착공한다고 하니 5~6개월은 임대가 가능했다. 바로 조건을 협의하고 계약한 다음 부지 전체에 4m의 펜스를 친 다음 옮기기 시작하였다.

전체 고철이 8,000~9,000톤으로 예상하니 적은 양은 아니었다. 옮겨만 놓는다고 해결되는 것은 아니었다. 저녁이 되면 김 상무는 걱정이 되는지 소주 한잔하자며 여러 가지를 물어보셨다. 난 모든 문제를 헌신

◆ 철거 시 석면 제거

적으로 해결하려 하는 김 상무님을 위하여 무슨 일이 있더라도 해결해
야겠다고 생각했다. 나로서도 다시 재기할 수 있는 절호의 기회이기 때
문에 할 수 있는 모든 방법을 동원해야 했다. 고철 관계 일을 하는 J
친구가 생각났다. 이 친구는 미국에서 고철 오퍼를 하고 있어 처리 방
법이 있을 것 같았다.

   마침 한국에 들어와 있었다. 내 전화를 받고 곧바로 현장으로 왔다.
고철의 상태는 H빔, 탱크를 해체한 철판 등 고철의 두께가 6~10mm
인 것이 대부분이었다. 상태로 봐서는 아주 좋은 상태의 고철이었다.
나는 그간의 경위를 설명하고 해결책을 찾아 달라고 하였다. 물론 해결
하면 그에 대한 대가는 충분히 제공하겠다고 약속했다. 친구는 시간을
주면 자기 의견을 주겠다고 하였다. 일단 고철을 사진작업 해주면 그것
을 가지고 몇 군데 오퍼를 해보겠다고 했다. 목재 일을 접고 러시아 고

◆ 철거 작업

철을 친구를 통해 오퍼한 적이 있어 사진작업 방법은 알고 있었다. 며칠 후 친구한테서 연락이 왔다. 8,000톤급 선박으로 싱가폴 오퍼상을 통해 베트남에 오퍼 논의가 되고 있으니 조금 기다려 보라 하였다. 정말 반가운 소식이었다. 김 상무님도 무척 좋아했다. 친구에게는 오퍼수수료로 20달러/톤을 제시했었다. 보통 고철을 오퍼 하면 0.2~0.5달러/톤이 보통인데 파격적인 제안을 한 것이 통했던 것 같다.

바이어가 결정되어 조건협의 후 L/C를 받았다. 이젠 선적항이 문제였다. 인천에는 내항 고철부두와 인천제철부두가 고철을 취급할 수 있었다. 하지만 내항부두는 수입고철 위주이고 인천제철부두 역시 개인 부두이기 때문에 수출할 수 있는 부두가 없었다. 평택항도 알아봤다. 하지만 운반비 등이 만만치가 않았다. 고철을 주로 수입하는 우리나라가 고철을 수출한 경우는 극히 찾아보기 힘들었다. 모든 라인을 동원하여 가능한 곳을 찾던 중 경인아라뱃길에 있는 대우로지스틱 부두를 알게 되

◆ 지하 구조물 철거 작업

었다. 대우로지스틱 부두는 주로 중국에 잡철 등 우리나라에서 시장성이 없는 컴퓨터 폐부품 등을 수출하는 부두로 사용하고 있었다. 상담 끝에 일반 선적비보다 더 주기로 하고 부두를 사용하기로 계약을 했다.

모든 조건이 성립된 셈이다. 이젠 입항 1주일 전부터 부두로 고철을 옮겨 야적한 다음 선적하면 되는 것이었다. 계획한 대로 일은 진행되었다. 입항 직전 항만청으로부터 Non Radioacyivity Certificate를 요청받아 당황했지만 검수회사와 오르비텍의 도움으로 해결할 수 있었다. 하늘이 나를 돕는다는 기분이 들 정도로 여러 곳에서 뜻하지 않게 도움의 손길이 닿았다. 본선이 입항했다(2016년 11월 13일 M/V YUN SHENG). 나는 일단 배에 올라 선장을 만났다. 대성목재 주재원 생활과 원목을 수입하면서 선적을 많이 해본 나로서는 선장에게 조속히 선적을 부탁하고 싶었다. 중국 선장이었다. 적극 협조하겠다고 하였다. 결국 고철의 절단상태가 좋지 않아 BROKEN SPACE로 인해 5,200톤만 선적할 수 있었다. 모자라는 양은 DEAD FRIGHT를 지불하기로 하고 일차 선적을 마칠 수 있었다.

이젠 나머지 고철만 처리하면 고철 문제는 어느 정도 해결될 것 같았다. 한번 선적을 성공적으로 마치고 오퍼수수료를 받은 친구는 다음 선적을 위해 열심히 뛰었다. 첫 번째 물량이 도착하고 하역 후 바이어의 반응을 보고 결정하자 하였다. 나머지 물량이 2,000~3,000톤 정도는 되었다. 선적 후 보름이 지난 연락이 왔다. 1차 선적분 하역을 끝났는데 물량이 모자라 클레임이 들어 왔다. 20,000달러의 클레임이었다.

고철의 무게는 배의 수위로 계산하는데 선적 시 이물질이 있어 통상적으로 하역 후 바이어 클레임이 있는 것은 상례라 하였다. 친구는 다음 물량 해결을 위하여 받아들이자 하였다.

김 상무와 상의하니 코스모화학(주) 입장에서는 마다할 이유가 없었다. 다음 Cargo를 받아주는 조건으로 수락하였다. 이렇게 하여 우린 베트남에 두 차례에 걸친 수출로 고철처리를 마무리할 수 있었다(두 번째 선적 2017년 2월 13일 M/V KAI ZE1 선적량 1,950톤). 철거도 많은 문제가 있었다. 일본기술을 이전받은 공장이며 거의 50년이 된 공장이기 때문에 땅속을 정리하면서 많은 문제가 발생했다. 콘크리트 구조물이 너무나 견고하게 땅속 깊이 묻혀 있었다. 이것을 해체하기 위해서는 특수한 장비가 동원되어야 하고 시간도 많이 걸리는 작업이었다. 하나를 해결하면 또 하나의 문제점이 발생했다. 산 넘어 산이었다.

삼정자원 문선식 사장은 고철 문제일 때도 우리와 같이 가는 형태의 마음가짐이었기에 이번에도 일단 작업은 계속할 테니 나에게 방법을 찾아 달라 하였다. 코스모화학 직원 모두는 온산공장으로 옮기고 일부만 서울 사무소에 근무하고 있었다. 매번 그러했듯이 나는 김창수 상무와 상의하였다. 김 상무님의 답변은 항상 긍정적이었다. 비용이 더 발생하여 해결할 수 있는 일이라면 합리적인 범위에서 해결하자 하였다. 철거 막바지고 국토부 심의를 통과하기 위하여는 어쩔 수 없이 넘겨야 할 관문이었다. 결국 4억원의 철거비를 더 지불하는 것으로 매듭지을 수 있었다.

이 밖에도 철거 중 인사사고가 발생하였다. 삼정자원에서 기계로 매각한 Dryer를 철거하면서 기계매입회사 직원이 철거 도중 기계 파편을 맞고 사망하는 사고가 발생한 것이다. 물론 철거계약서에는 모든 인사사고의 책임이 철거회사에 있기에 큰 문제가 없이 지나갔다. 지금 같은 중대재해법이 있었다면 문제는 달랐을 것이다.

계산동 집 신축공사와 가좌동에서 발생하는 모든 문제 해결 등 하루도 편안한 날이 없었다. 저녁이면 철거회사 직원들 독려차 술자리가 있는 날이 많아지고, 김 상무와 많은 것을 상의 차 저녁 자리가 많았다. 나의 체중이 잦은 술과 스트레스로 95kg에 육박하고 있었다. 하지만 재기의 마지막 기회인데 그냥 물러설 수만은 없는 상황이었다. 그야말로 목숨을 건 사투였다고 생각한다.

어느 날 최 이사가 사무실로 뛰어 들어왔다. 서구청장께서 직원 7~8명과 함께 현장에 왔다 하였다. 국토부 심의서류가 서구청에 접수되어 있고 도로, 주차장, 공원 등 기반시설에 대하여 서구청과 협의 중이던 때라 바로 현장으로 나가 구청장을 맞았다. 컨테이너 사무실로 모시고 가 철거 현황 등을 보고하고 국토부 심의에 협조를 요청하였다. 구청장은 알았다고 하면서 코스모화학이 서구에서 공해업소로 주민께 많은 불편을 주었고 철거하여 없어지는 입장에서 문화공간을 만들어 보고 싶다 하였다. 주변에 청소련수련관이 계획되어있어 연계하여 공간 구성을 하면 좋겠다는 의견이었다. 주위에 철거 분진을 막기 위해 아파트 쪽에 위치한 5층짜리 건물을 철거 보류하여 마지막에 철거하려 하는 건물이 있었다. 그곳을 문화공간으로 활용하고 싶다는 의견을 주었다. 전체를 가분할하여 이미 청약을 받아 10%의 계약금을 받은 상태였다. 일단 구체적인 것은 추후 논의하기로 하고 회의를 마쳤다. 이런 상황을 김 상무님께 보고하였다. 모든 주체는 코스모화학(주)이기 때문에 알고 있어야 했다.

◆ 철거시 인사사고가 난 Dryer

◆ 철거 현장 전경

기적 같았던 공장 정리로
다시 서다

어렵게 어렵게 고비를 넘기며 고철 문제도 해결되었고 철거도 막바지에 이르렀다. 이젠 국토부 심의만 통과하고 기반시설실시인가 후 도로, 주차장, 공원공사만 하면 우리가 할 일은 끝이 난다. 그다음은 분양자가 공사 후 입주하면 되는 일이었다. 문제는 국토부 심의였다. 국토부 심의는 관할구청에 서류 접수하여 구청장이 시장에게 보고하고 시장은 국토부에 올려 심의 후 통과되면 내용대로 시설실시인가를 구청장의 허락하에 실행하는 구조이다. 워낙 면적이 넓고 이슈가 되었던 땅이라 구청장의 생각과 시 담당자의 생각이 달랐다. 구와 협의는 몇 번의 번복을 거치면서 분할도, 기반시설 기부채납 면적(도로, 주차장, 공원) 등 어느 정도 협의를 보았는데 시 입장은 경인고속도로 일반화 사업에 연계하여 가좌IC 계획에 코스모화학 부지를 넣고 싶어 하였다. 당시까지 매각이 보류되어있던 광장부지를 코스모화학 측에서 시와 함께 개발하자는 의견이고 구는 이를 모두 넣어 국토부 심의를 받고 광장부지는 추후 개발하자는 의견이었다.

최 이사를 시켜 시 담당자와 협의를 시작하였다. 우리 입장에서는 구청장의 의견을 따라주는 것이 향후 모든 면에서 유리하다 생각했다.

시의 입장도 고려하여 경인고속도로 일반화 사업단이 주최하는 주민설명회를 개최하도록 주선하는 일도 마다치 않았다. 주민들은 공동 개발하는 것을 반대했다. 시 예산으로 볼 때 전체 개발의 시작을 예측할 수 없다는 의견이었다. 나도 같은 생각이었다. 최종결론은 구의 의견대로 밀어붙이기로 방향을 정하고 용역사인 도담에는 적극적으로 대응하도록 했다.

어느 날 구청장실로부터 연락을 받았다. 코스모화학(주)에서 책임질 수 있는 사람과 구청장이 면담을 요청한다는 내용이었다. 김창수 상무와 같이 구청장실을 찾았다. 코스모화학(주) 책임자와의 미팅이라 우린 밖에서 기다렸다. 미팅을 끝내고 나온 김 상무님께서는 난감해했다. 구청장이 현재 철거되지 않은 건물을 문화시설로 기부채납할 수 없느

◇ 정리가 모두 끝난 코스모화학(주) 부지

냐는 의견을 제시했다고 했다. 처음 우리와 미팅 때는 구에서 매입하여 문화공간을 만들 생각이었는데 아마도 구 예산이 부족하여 나온 제안이라는 생각이 들었다. 또 방법을 찾아야 했다. 우리 입장에서는 이미 계약을 하여 계약금 10%를 받은 부지이기 때문에 위약금을 지불해야만 하는 일이었다.

최 이사가 아이디어를 가지고 왔다. 주민제안 사업으로 유도하자는 것이었다. 적임자를 찾아야만 했다. 다행히 몇몇 젊은 사업자들이 동업으로 같은 형태의 사업을 구상하고 있다는 정보를 입수하고 그들과 미팅을 주선했다. 사업계획서를 보니 구청장이 서구에 유치하고 싶은 형태와 유사했다. 우린 바로 구청장과 미팅을 주선하고 코스모화학(주) 측에는 나의 이런 생각을 전하고 의견을 물었다. 본인들이 해야 할 일을 내가 알아서 아이디어를 내고 해결책을 주니 안 할 이유가 없었다. 당시 사회적으로는 최순실 사건으로 박근혜 대통령 탄핵문제가 한창 이슈가 되어 있을 때였다.

전체적인 자료를 가지고 구청장을 찾아뵈었다. 예산이 부족한 구청 입장에서는 아주 적합한 제안이라 생각하는 것 같았다. 사업자를 구해 보내 달라 하셨다. 이렇게 해서 탄생한 것이 현재의 코스모40 문화공간이다. 탄생하기까지는 기매매계약을 체결한 매입자와는 일부 보상을 제안했으나 만족하지 못하고 시와 소송, 시위 등을 했으나 결국 합의하고 마무리할 수 있었다.

이 일이 있고 난 뒤 국토부 심의서류는 구청장 결재를 득한 후 시에 접수되어 바로 국토부에 상정되었다. 우리의 목표인 10월 말까지 심의를 통과해야 기반시설실시인가를 11월 말까지 받을 수 있었다. 코스모화학(주)에 약속한 11월 말 잔금을 맞출 수 있을 것 같았다. 국토부 심의는 전국에서 접수를 받은 후 심의위원들에게 심의서 내용을 송부한 다음 모든 심의위원들의 일정을 고려하여 한 달에 한 번 정도 열리나 일정 접수 건수가 안 되면 분기든 반기든 그 일정이 잡히는 형태이다. 국토부에 확인하여 보았다. 다행히 10월 접수 건수가 심의 규정 이상이라 10월에는 심의가 잡혀 있었다. 이젠 한 번에 심의를 통과해야만 했다. 용역사 도담 안병탁 사장과 대책 회의를 했다. 여러 번의 국토부 심의를 받아 본 안 사장은 핵심을 잘 알고 있었다. 충분한 자료 준비를 위해 주변 드론촬영도 제안했다. 심의 당일의 일정에 대해서는 구체적으로 설명해 주었다.

심의위원들에게 설명하고 질문에 대한 답은 시 도시개발과장이 담당이었다. 마침 최 이사의 선배였다. 최 이사를 통해 우리 입장을 설명하고 간곡히 부탁을 했다. 그리고 코스모화학(주) 측에는 심의 당일 성준경 대표이사는 물론 김 상무, 회장님 비서실장인 김종락 부장까지 모두 대기하는 것이 좋겠다고 말씀드렸다. 드디어 날짜가 잡혔다. 2016년 11월 4일이었다. 우리 외에 양평, 이천, 남양주, 광주에서 8개 업체가 심의 대상이었다. 심의위원은 전체가 25명이나 되었다. 우리의 심의 차례는 중간에 배정받았다. 차례가 되어 국장님과 성 대표님, 김 상무님이 배석한 가운데 심의를 받았다. 불안함에 마음을 졸이며 우리는 모두 밖에서 우리 차례를 기다렸다. 그간의 모든 입학시험이나 어떠한 기다림보다도 매우 간절한 마음이었던 것 같다. 예상보다는 심의 시간이 긴 듯했다. 불안했지만 심의를 끝내고 나오는 성 사장과 김 상무님의 얼굴이 그리 어둡지만은 않았다. 이젠 결과만을 기다릴 수밖에 없었다. 그동안 열심히 준비했으니 좋은 결과가 있을 것 같았다. 결과는 일주일 후에 발표된다 하였다.

일주일 후 조건부 통과라는 공문을 받았다(2016년 11월 11일).

<조건부의결 사항>

다음 의결 "조건"을 반드시 반영하여 사업추진.
① 광장에 대한 도시계획시설 해제 후(2020년) 광장용지(9,836㎡)
추가 개발시 재심 필요.
② 개별공장 및 지식산업센터 입주시 수도권 내 공장으로 입주
제한.
③ 원자력안전위원회의 안전관리 이행 요구사항 완료 후 사업
추진.
* 공정부산물 처리, 처분(제염구역으로 이송 등) 완료, 토양에 대한 방사선
안전성 확인 등.

이러한 조건으로 승인되었다. ①, ②항은 문제가 되지 않았다. 이미 조건에 맞게 추진되었기 때문이다. 문제는 ③항이었다. 고철과 장비는

수출과 온산공장으로 옮겨 문제가 안 되었으나 토양을 검사해야 하는 것이 문제일 수 있었다. 다른 곳은 문제가 없었는데 C석고를 쌓아두었던 부지가 문제가 될 것 같았다. 이곳은 일차로 광양프론티어에 매각해 광양에서 지식산업센터 자리만 빼고 재매각을 추진 중에 있었다. 처리를 위해서는 한 필지를 재매입하여 처리하는 방법밖에는 없었다. C석고는 원래 시멘트 원료로 응고성이 있어 양질의 토사와 혼합하여 매립토로 사용할 수 있는 물질이다. 하지만 이것을 처리하기 위하여는 양질의 토사와 혼합해야 하는 공정이 필요하다.

김 상무 입장에서는 어떻게 해서든 원자력안전위원회의 검사를 통과해야 잔금을 받을 수 있기 때문에 피할 수 없는 과정이었다. 비용을 부담할 테니 방법을 찾아 달라 하였다. 최석배 회장에게 재매입 의사를 전하고 가격 협상을 시작하였다. 전체 면적이 2,395㎡(726평) 정도의 한 필지를 매입하여만 했다. 우리가 매각할 때의 가격으론 재매입이 어려웠다. 결국 평당 100만원 정도 더 주고 매입하기로 했다. 계산동 집을 신축하고 있었기 때문에 자금 사정이 여의치 않아 다온개발 외 3인으로 계약서를 쓰고 분할하여 재매각을 할 생각을 했다.

그동안 아내와 나는 목재사업 실패로 신용불량 상태에 있었기 때문에 본인들 명의로는 할 수 있는 일이 아무것도 없었다. 그러나 최 이사의 소개로 김재백 법무사 사무장을 통하여 파산, 면책을 신청하여 마침 면책 판정을 받아 아내는 신용이 회복되었고, 나는 국세 등 세금 문제로 아직도 신용이 회복되지 않은 상태이다. 따라서 계산동 집 신축도 애들과 아내 명의로 낸 공동사업자인 다온개발로 신축하게 되었다. 코스모화학의 사업도 막내처남 회사에서 코스모화학과 계약을 맺고 다온개발이 하청을 받는 형태로 진행하였다. 일부 일은 다온개발과 코스모화학(주)가 직접 계약하기도 했다(C석고 처리업무). 이러한 상황에서 C석고를 처리하면서 726평의 땅을 계약하여 3개로 분할하였고 300평은 3억 정도의 이윤을 얻고 나대지 상태로 재매각하고 165평은 공장을 지어 매각하였다. 나머지 260평은 현재의 사무실건물을 지어 입주하게 되었다.

C석고 처리를 위하여 인천의 공사현장에서 양질의 토사를 받기 시작하였다. 하루에 수백 대씩 받아 C석고를 혼합한 다음, 다음 날은 매립토로 출고하기를 반복하여 원자력안전위원회가 현장검사 나올 때까지 완료할 수 있었다. 국토부 심의 조건을 모두 마쳤고 시설실시인가도 국토부 심의 전 도담에 의뢰하여 서구청에서 서류가 심의 중이었다. 어쨌든 잔금예정일인 11월 30일까지는 새로운 지번을 받을 수 있어 매수자들이 잔금을 치를 조건을 모두 갖췄다.

지나온 시간들을 생각해보면 어떻게 여기까지 왔는지 감회가 새로웠다. 주위 분들의 도움과 노력, 포기하지 않고 앞으로 나간 나의 열정, 크게 욕심내지 않고, 초심을 잊지 않은 결과인 것 같다. 국토부 심의에서 통과되었다는 소식이 전해지자 투자자인 세우이엔지 사장은 자기 원금 및 배당을 요구하기 시작하였다. 김일수 사장에게 일부 매각이 안 된 부지를 대물로 지급하는 것을 의논하였다. 광자부지 9,836㎡와 일부 미분양 부지를 배당받는 것은 세우이엔지나 한국이엔비는 마다할 제안이 아니었다. 가격은 분양가대로 하고 건축이 당장 안 되는 광장부지는 가격을 낮춰 주기로 하고 합의를 했다. 김일수와 우리도 광장부지 한 필지씩을 맡기로 하여 100% 매각을 완료하였다.

잔금을 치르는 날은 전쟁이었다. 코스모화학 측은 몇 개의 금융권 근저당 말소 서류를 각 매수자 법무사에게 제공하여야 하고 매수자는 각 대출은행 법무사와의 근저당 서류 교부가 필요한 일이다. 며칠 전부터 김종락 부장과, 경리과 직원인 홍춘엽 과장은 경우의 수를 감안하여 예행연습을 할 정도로 긴장하고 있었다. 일시에 잔금이 들어와야 각 채권은행들은 서류 교부가 가능하기 때문이다. 우려와는 달리 순조롭게 잔금을 마무리할 수 있었다. 그 후 우리는 도로, 공원, 주차장의 시설을 공사하며 매수자들 입주 관리까지 2년여 더 현장에서 마무리하여 현재의 완성된 부지를 만들 수 있었다.

모든 것이 기적만 같았다.

재기의 기미를 찾지 못하고 신용불량 상태에서 아내와 자식들에게 평생 원망을 듣고 살아야 한다고 생각했었다. 박찬종 전무의 소개로 코스모화학(주)를 알게 되었고 김창수 상무와 일을 해결해 나가며 그동안 겪지 못한 온갖 일을 겪었다. 끝이라 생각 드는 순간 방법을 찾았고 끈기와 열정으로 초심을 유지하며 욕심을 버리고 해결했다. 박찬종 전무와 김창수 상무(현재는 인천저축은행 대표이사와 코스모신소재 부사장)에게 정말 정말 감사하다.

모든 잔금을 치르고 시설실시인가에 따라 한창 도로 공사가 진행될 때 송명근 대표로부터 연락이 왔다. 대출을 주선한 당진 사성리 땅 230,230㎡(69,644.26평)가 신탁사로부터 공매가 진행 중인데 이것을 수의계약형태로 매입이 가능하니 검토하라 하였다. 총 매가가 2,445,469,000원이니 평균 35,000원/평이었다. 공매가의 80%가 재대출도 가능하다 하였다. 매입하면 수익이 상당한 토지였다. 대출 시 시행사를 송 대표에게 소개하면서 검토했던 부지이기 때문에 잘 알고 있었다. 일부 농림이 있지만 다른 곳은 산업단지로 지구 단위가 되어있는 땅이기 때문에 수익은 어떻게 개발하느냐에 따라서 상당할 수 있었다. 무조건 매입해야겠다고 결심했다. 최 이사와 상의하니 자기와 공업부동산 유완하 사장이 관심 있다 하였다.

매입할 법인을 설립하기로 하였다. 재대출을 받기 위해서는 신용이 문제가 안 되는 대표이사가 필요했다. 법인명은 송림개발(주)로 정했다. 이것이 송림개발(주)의 탄생이다. 나와 최 이사는 신용이 안 돼 대표이사가 어려웠다. 아내 역시 신용회복 된 지 얼마 안 돼 대출할 수 있을 정도의 신용이 안 되었다. 애들에게 부탁하기도 아직은 나의 신뢰도가 안되는 것 같았다. 고민 끝에 유완하 사장에게 부탁했다. 유완하 사장은 그렇게 하겠다고 했다. 송 대표 법무사에 법인설립 서류를 보내고 신탁사엔 새 법인으로 매수 의향을 보냈다. 그리고 공매로 계약서를 체결하고 대출서류 제출 시 유완하 사장이 대표이사직을 못 하겠다고 했다. 대출금액을 보증하는 것이 부담이 되었던 것 같다. 급하게 후배 김양겸에게 월급을 지불하는 조건으로 회사 대표를 부탁해 허락받았다.

그리고 무사히 당진땅을 인수할 수 있었다.

이렇게 하여 2017년 5월 18일 송림개발(주)가 탄생하였고 땅진 땅은 2017년 5월 23일 계약을 체결하였다. 그간 농림으로 되어있는 땅은 매각 처분하여 대출금 상환 및 이자로 충당하였고 현재는 지구단위 되어 있는 땅 29,700평만을 보유하고 있다. 송림개발(주) 대표이사도 둘째 사위가 회사에 합류하면서 2020년 3월에 둘째 사위로 변경하였다.

집을 신축하고
사옥을 짓다

한창 코스모화학 부지를 계약하여 매각하고 철거를 준비하던 문뜩 집 신축 생각이 떠올랐다. 두 분(어머니, 장모님)을 모시고 임시로 지은 좁은 판넬집에서 생활하는 것이 항상 마음에 걸리곤 했다. 냉난방이 잘 안 돼 여름과 겨울이 아주 힘들었다. 아침이면 아내는 아래층 피부관리실로 출근하여 힘든 일을 마다치 않고 하고 있었다. 일정 수입이 없는 남편을 위해 택한 길이었다. 집터가 처제 앞으로 되어있었다. 건축 일을 하는 막내 처남에게 설계를 부탁했다.

아내에게는 내 생각을 설명했다. 저축은행에서 PF가 가능하니 공사비는 PF를 하고 처제로부터 땅을 재매입하여 집을 지을 수 있다고 했다. 회사를 정리하면서 처제에게 나중에 판 가격으로 재매입하기로 약속했었다. 물론 처제가 50%의 지분이 있으니 공동으로 하든 전체를 매입하든 그것은 상의할 문제였다. 아내는 믿으려 하지 않았다. 원래 밖의 일을 집에 와서 잘 얘기하지 않는 스타일이라 그때까지만 해도 내가 무엇을 어떻게 하고 있는지를 잘 모르고 있었다. 심지어는 억, 억 하다 억하고 죽겠다고 나를 놀렸다. 나는 구체적으로 나의 요즈음 일에 대하여 설명하고 수입이 이렇게 예상되니 안정된 주거가 최우선이라 생각하여 낸 의견이니 심도 있게 검토하자고 하였다. 계산동 집터는 일반 상업지역이고 면적은 374.8㎡(113.4평)이었다. 6층까지 건축이 가능했다. 분양이 아니고 수익이 나는 건물로 지을 경우 안정된 고정수입이 예상되었다.

마침 이즈음에 아내와 나는 법원에 파산, 면책을 신청하여 신용회복을 기대하고 있었다. 법무사는 특별한 사유가 없으면 면책되어 신용회복이 문제없다고 하였다. 몇 번 법원에 출두하여 자료 제출도 하였고 설명도 했던 터라 우리도 기대하고 있었다. 아내가 먼저 면책 통보를 받았다. 이젠 본인 명의로 통장도 만들 수 있고 사업도 할 수 있는 상태가 된 것이다. 큰 짐을 던 기분이었다. 나 때문에 본인 이름의 통장 하나 못 만들고 딸 이름의 사업자와 통장을 쓰고 있는 것을 보았을 때 매우 마음이 아팠다. 이젠 그럴 필요가 없어진 것이다. 그러나 나에게는 통보가 안 왔다. 며칠이 지난 후 사무장으로부터 연락이 왔다.

제주도의 콘도가 내 명의로 되어있어 세금감면이 어렵다는 것이었다. 전혀 모르고 있던 사실이었다. 은행과 신용보증기금의 채무관계는 면책되었으나 세금은 해결해야 한다고 했다. 사실 많은 금액은 아니었는데 법인을 정리하면서 거래했던 회계사무실에서 본인들도 폐업하며 우리 회사 회계처리를 잘못하여 대표이사 가수처리 수억원을 그대로 남겨 두어 가산이 되어있었다. 중부 국세청에 해명 서류도 보내고 설명해보았지만 허사였다. 너무나 억울했다. 지금도 여유 있을 때마다 이 세금을 납부하고 있다. 신용회복을 받은 아내와 애들 앞으로 공동사업자를 만들었다. PF를 하기 위해서는 필요한 절차였다. PF는 안양저축은행 남인식 상무께서 약속해 주셨다. 처제에게는 땅을 전체 우리에게 매각하고 싶다는 의견을 받았다. 얼마를 받을 것인지 의견을 달라 하였다. 그리고 달라는 금액을 지불하고 공동사업자 앞으로 명의 이전하였다.

주말이면 아내와 나는 새로 짓는 집을 구상하기 위하여 서울로 집짓기 세미나를 찾아다녔다. 거의 두 달을 다닌 것 같다. 강사는 외국에서 공부하여 경험이 많은 분들이 대부분이었다. 우린 설계와 디자인을 의뢰하기 위하여 그중 두 분과 면담하였다. 비용 면에서 우리가 설계를 의뢰한 설계사무실 단가와는 10배 정도의 가격 차이가 났다. 한정된 예산으로 건축해야 하는 내 입장에서는 받아들이기가 어려웠다. 하지만 아내는 이곳에서 했으면 하는 눈치였다. 몇 번을 망설이다 결국은 인천에 있는 설계사무실에 설계의뢰를 하였다.

신축을 위해 임시 거처를 마련해야 했다. 두 어르신을 모시고 있는 우리로서는 집 근처 저층에 방이 3개 있는 아파트를 찾았다. 근처 인정프린스아파트 1층이 비어 있었다. 1년 계약을 하고 이사했다. 아내는 운영하던 피부관리실을 정리했다. 아내 나이 환갑이었으니 계속하는 것도 무리였다. 피부관리실을 정리하고 아내는 산티아고 800km 순례길 여행을 기획하기 시작했다. 처음엔 나보고 같이 가자고 졸랐다. 나는 현재 벌여놓은 일을 놓고는 안 되니 다른 파트너를 찾아보라 하였다. 결국 그해 10월 친구 아나스타시아 자매와 스페인 산티아고 순례길 도보 여행을 40일 동안 완주하는 열정을 보였다.

건축은 막내처남 회사에서 하도록 했다. 건축비 및 토지 잔금은 안양저축은행에 남인식 상무께서 해 주셨다. 내 생에 처음으로 그것도 내가 살집을 신축한다는 기분은 말로 표현하기 묘할 정도로 좋았다. 매일 아침 출근 전 현장에 들러 철거부터 챙기기 시작했다. 가건물 형태의 집이었기에 철거는 3~4일 만에 끝났다. 지하가 파지고 이웃집 하수관로가 우리 집을 통과하고 있어 분쟁은 있었지만 원만히 해결했다. 주변이 대부분 오래된 집들인지라 주위 건물주들이 우리 건물 신축에 많은 관심을 보였다. 옆 교회 목사님, 바로 앞 건물 사장님 등이 수시로 '몇 층이냐?, 무슨 용도냐?' 물었는데 샘을 내는 듯도 했다.

지하는 물탱크와 창고로 설계되었다. 1층은 주차장과 근생 일부, 2층은 근생으로 첫째 딸 미술학원과 사무실을 염두에 두었다. 3~4층은 일정 수입을 위한 원룸 16개, 5~6층은 내부계단을 만들어 복층으로 살림집 세 가구를 넣었다. 그중 가장 큰 쪽 5층은 두 분 어르신을 위한 공간으로 하고 6층은 우리 살림 공간으로 설계하였다. 나머지 두 집은 시집간 두 아이가 들어오면 줄 것을 감안하였다.

처음 건축을 해보는 나로서는 새로운 것이 많았다. 내가 살 집이다 보니 욕심도 많이 생겼다. 외부 자재부터 내부 자재 선택도 신경이 쓰였다. 휴일이면 아내와 건축박람회는 물론 강남 건축자재상이 밀집해 있는 곳을 누볐다. 외부는 벽돌 마감으로 결정하였다. 벽돌의 종류도 고벽돌, 일반 파벽돌 그리고 수입벽돌이 있었다. 망설임 끝에 외부는 백색 돌과 수입벽돌로 결정하고 색깔과 수량을 파악해 주문했다. 한국에 도착하는데 1~2개월이 소요되었다. 내부 타일도 종류가 많았다. 일단, 살림집 세 곳만 내부에 신경을 쓰고 나머지는 일반적인 것으로 결정했다.

골조가 올라가고 집의 모양이 갖춰져 갔다. 7월에 시작하여 3개월이면 가능하다는 골조가 계속 늦어졌다. 겨울이 되어 외벽공사가 문제가 되었다. 외벽 벽돌 공사를 초등학교 친구인 김세준 사장에게 주었다. 친구는 대우건설 아파트에 조적을 전문적으로 하는 업체 사장이었다. 친구 의견은 영하의 날씨에 벽돌을 조적할 경우 백태 현상이 나와 조심해야 한다고 했다. 친구는 매 층 보온을 하고 알코올로 온도를 높여가며 조적 작업을 했다. 그 덕에 지금도 백태 한번 생기지 않았다. 내장공사는 목재를 하면서 생각해두었던 티크를 찾았다. 마침 SY우드 문성열 사장이 목재 공장을 하면서 티크 재고를 가지고 있었다. 문성열 사장은 내가 말레이시아 근무할 때 타 회사 주재원으로 나와 있어 잘 알고 지낸 사이였다. 우리가 거주할 공간인 6층은 티크로 내장을 하기로 했다. 창호는 김양겸 대표의 동서가 이건 시스템 창호 대리점을 하고 있어 이건창호로 결정했다. 이렇게 하여 계산동 집은 우여곡절 끝에 2017년 7월 준공하여 입주할 수 있었다. 아내는 건물 이름을 '까사 벨라'라고 지었다. 벨라의 집이란 뜻이다(아내의 세례명인 벨라뎃다에서의 벨라이다).

앞에서도 언급했듯이 C석고 처리를 위하여 매입한 부지를 3개로 분할하여 2개 필지를 재매각하기로 하고 한 개 필지는 임대 건물과 우리가 사용할 사무실을 짓기로 결정하였다. 광양프런티어와 계약시 매수자를 다온개발 외 3인으로 했기 때문에 가능했다. 2개 필지를 계약보다 높은 가격으로 재매각하면 상대적으로 우리가 차지하는 260평은 낮은 가격으로 매입이 가능했다. 가장 큰 300평은 나대지로 매각하고 175평은 공장을 지어 매각함으로써 부가율을 더 높였다. 가분할 상태였기 때문에 지분으로 등기하기로 하고 추후 분할이 이루어지면 새 지번을 받기로 3자가 합의하였다.

그동안 배운 부동산 개발의 테크닉을 최대한 활용하여 볼 기회가 된 것이다. 건물주를 누구로 할까를 고민했다. 기업은행 석암 지점으로부터 건축비를 시설자금으로 대출해 준다는 약속을 받은 상태였다. 다온개발의 사업으로 아들에게 배당된 자금이 부지를 매입하는데 문제가 되지 않았다. 토지 매입 시는 잔금을 안양저축은행에서 최대한 대출하여 명의 이전을 하고 인허가 후 기업은행에서 시설자금과 운영자금을 대출하는 형태로 갈아타면 될 것 같았다. 이렇게 할 경우 매입자금은 등기비 포함 2.5억원이면 되는 것으로 계산되었다. 아들과 상의하여 좋다는 의견을 받았다. 호승개발이란 개인회사를 만들고 명의 이전 절차를 마쳤다(2017년 6월). 컨테이너 사무실에서 근무하고 있었을 때다.

최 이사가 소개한 원상희 건축사에게 설계를 의뢰하였다. 구상은 사무동을 3층으로 하고 나머지는 2개 층으로 하여 공장으로 임대 가능토록 부탁하였다. 정말 아무런 희망도 없이 거의 10년 이상 지내면서 좌절했는데 임대 사무실도 아닌 내 소유의 사무실이 생긴다는 사실이

믿어지지 않았다. 물론, 80% 이상이 은행 대출로 만들어지는 것이지만 너무나 감사한 일이었다.

건축허가 후 기업은행으로 안양저축은행 대출을 옮긴 다음 추가로 건축시설자금을 대출해 기성고로 건축을 시작하였다. 2018년 4월 4일 준공하고 입주하였다. 입주식은 그동안 도움을 주신 분들과 가족들을 초대하여 건물 1층 공장동에 음식을 마련하여 거행했다. 나에게 영세를 주신 오영호 신부님과 나경찬 대부님도 모셔 건물 축성도 하였다. 눈물 날 정도로 감회가 새로웠다.

'감사합니다. 그리고 고맙습니다.' 이런 마음이 절로 들면서 그동안의 모든 일들이 주마등처럼 스쳐 지나갔다.

7장

사랑하는 아내와 떠난
남미 여행

설렘과 긴장,
둘만의 첫 해외여행

코스모화학 부지 정리하는 일, 계산동 집 신축하는 일 등 정말 정신 없는 몇 년이었다. 어느 날 아내가 불쑥 남미 여행을 예약했는데 같이 가지 않겠느냐고 제안했다. 항상 그랬듯이 별 상의 없이 결정하는 형식이라 일단 일정을 확인 후 알려 주기로 했다. 생각해보니 둘만의 해외여행은 처음이고 해외뿐 아니라 둘만의 비행기 여행도 신혼여행 후 처음이었다. 그동안 아내는 시부모, 친정엄마 모시고 생활하면서 쌓인 스트레스가 많았을 텐데 재충전을 위해서도 여행이 필요하다는 생각이 들었다. 또 더 나이가 들면 남미와 같은 장거리 여행은 어렵겠다는 생각이 들어 아내에게 전화하여 오케이를 하고 일정을 확인했다.

아내가 예약한 스케줄을 보니 장거리인데도 일반석으로 되어있었다. 여행사 전화번호를 받아 비즈니스석으로 바꿔 경비 산출을 의뢰했다. 해외여행을 많이 해본 나로서는 비용의 문제가 아니라 나이 들어 장거리 여행 시 일반석은 정말 힘들 것 같았다. 아내도 내 의견을 따라 주었다.

그렇게 2019년 05월 04일부터 2019년 05월 18일까지 15일간 아내와의 남미 여행이 결정되었다. 방문지는 페루, 볼리비아, 아르헨티나,

브라질까지 4개국이고 누구나 익히 아는 나스카 라인, 마추픽추, 우유니 사막, 이과수 폭포 등등을 관광하는 여정이다. 항공편 경로는 인천공항에서 탑승하여 로스앤젤레스를 경유한 다음 페루 리마공항이 첫 도착지였다. 여행을 마친 후 돌아올 때는 역으로 리마공항에서 탑승하고 로스앤젤레스를 경유하여 인천공항에 도착하는 여정이었다.

 일정뿐 아니라 가지고 떠나야 할 것들도 하나하나 챙겼다. 아는 만큼 보인다고 시간 나는 대로 여행지에 대한 사전 지식도 쌓았다. 여행할 때 알아야 할 주의사항도 꼼꼼하게 습득했다. 아내와 함께 가는 여행인 만큼 나 혼자 해외에 나갈 때와는 달리 준비할 것도 많고 알아야할 것도 많았다. 한편으론 설레면서 또 한편으로 긴장되기도 했다. 이렇게 차근차근 준비하고 설레는 마음을 다잡으면서 떠날 날이 오기만

◆ 출발 전 공항에서

을 손꼽아 기다렸다.

✈ 2019.05.04.

아침 일찍 일어나니, 아~ 가슴이 설렌다. 드디어 오늘 아내와 처음으로 해외여행을 하는 날이다. 들뜬 마음에 잠을 설친 것 같다. 새벽 미사 후 떠나기로 해 일찍 일어났다. 두 어머니에게는 미사 후 잘 말씀드려야지!

드디어 남미 여행을 위해 공항에 나왔다. 점심을 먹고 설레는 마음에 비행기 타기 전 스카이라운지에서 이 마음을 몇 자 적어본다. 아내는 여행 전 소감을 묻는 인터뷰를 하잔다. 들뜨기는 서로 마찬가지인 것 같다. 나이 들어 여유 있게 즐기고 싶었던 여행. 그 여행 계획과 생각이 이번 여행에서 이뤄질까 생각해본다. 마중 나온 큰딸, 큰사위, 아들…, 그들은 우릴 어떻게 볼까? 작은 바람이 있다면 그들도 우리 나이 때쯤 여유 있는 둘만의 여행을 기획하는 노후가 되었으면 하는 것이다.

항공기에 탑승한다. 24시간여의 비행이 곧 시작된다. 잊지 못할 뜻깊은 여행이 기대된다.

기내 방송이 나온다. 이제 출발!

탑승 전 일행들을 보니 14명 중 4~5명 빼고는 우리보다 나이가 많아 보인다. 용기가 있어 보인다. 가이드의 주의사항을 듣고 있으려니 이젠 진짜 여행의 시작이란 느낌이 든다. 미국, 캐나다 쪽은 몇 번 가 보았지만 남미는 처음이라 기대가 된다. 가이드는 주의사항 중 하나로 야간 바깥출입 자제를 얘기했다. 아무래도 치안 문제 때문인 듯했다. 동남아시아에 가 어렵게 사는 곳에 방문했을 때가 생각난다. 그래도 그곳 사람은 순수하고 착했었는데…. 영화 한 편 관람 중 아내는 긴장이 풀렸는지 잠이 들었다. 편안히 자고 나면 좀 개운하겠지?

LA 공항 도착, 현지시각 9시 40분, 11시간의 비행이다. 아내는 그런대로 잠도 잘 자고 잘 먹는 것으로 보아 큰 문제는 없을 것 같다. 여기에서 3시간 정도의 대기 시간이 필요하다. 첫 기착지인 만큼 기대도 된다. LA는 김 회장과 캐나다 갔다가 오는 길에 잠깐 들러 하루 머무른 기억이 있다. 이번에는 공항에만 있어야 하니 시내구경은 다음으로 미뤄야 하겠다.

LA에서 페루 리마행 비행기를 타고 약 9시간의 비행 시작이다. 현지시각 1시 30분 출발, 리마와 LA 시차는 2시간 한국과는 13시간이다. 점점 시간개념이 없어지고 현지시각에 맞춰 행동해야 하는 때가 된 것 같다.

오래전 아프리카 가봉에 갔던 일이 생각난다.

일본 도쿄를 경유 파리에서 5시간 대기. 그리고 가봉 도착하기도 전에 심한 감기몸살이 들었다. 몸은 천근만근이었지만 처음 아프리카 원목을 수입하기 위하여 간 출장이기에 참고 일했던 기억이 떠오른다. 결혼 후 아내와 첫 해외여행인데 옛날 일이 생각나는 것은 무엇 때문인지?

잉카의 나라,
페루

✈ **페루 일정**

2019.05.05.

새벽 페루의 리마공항 도착(00:10). 쉐라톤 호텔 투숙. 아침 식사 후 파라카스해상국립공원 관광(버스로 4시간 이동). 점심 후 사막도시 이카로 이동(버스로 1시간 정도). 오아시스, 샌드보드 탑승, 저녁 노을 관광. 호텔로 귀환 저녁 식사 후 휴식.

2019.05.06.

아침 식사 후 12인승 경비행기 이용 나스카라인 감상(1시간 30분 소요). 리마로 차량 이동(약 4시간). 시내 투어(대통령궁, 페루에서 가장 오래된 대성당, 아르마스광장, 미라플로레스 해안도시). 저녁 식사 후 휴식.

2019.05.07.

호텔에서 아침 식사 후 리마공항으로 이동. 항공기 탑승[09:14-10:41(LA 2047편)]. 잉카의 수도인 쿠스코 도착. 근처 잉카유적지 차량 관광. 다음 날 마추픽추를 관광을 위해 마추픽추 인근 고즈넉

한 마을 우루밤바로 이동 후 체크인.

2019.05.08.

호텔에서 아침 식사 후 오인타이탐보 역으로 이동 후 기차 탑승(잉카레일). 약 1시간 40분 기차 여행 후 마추픽추 입구 도착. 버스로 40분간 더 올라가 마추픽추 도착. 매표 후 입장. 관광 후 다시 역으로 버스, 기차를 이용 호텔로 귀가. 저녁 식사 후 휴식.

✈ 페루 주요 유적지

– **삭사이와만**: 거대한 돌로 이루어진 잉카유적으로 1950년 엄청 큰 지진에도 끄떡하지 않고 현재까지 여전히 남아 있다. 이 거대한 돌을 어디서 어떻게 이동해 건축했는지 여전히 미스터리로 남아 있다. 가장 큰 돌은 높이 8.5미터에 무게가 360톤이라 한다.

◆ 페루 삭사이와만 유적지

– **겐코**: 삭사이와만 요새에서 도보로 15분 거리에 있는 바위를 깎아서 만든 유적. 신께 유물을 바치는 잉카문명의 제례장소

였다고 하는 이 바위 유적은 바위 전체가 하나의 유물처럼 되어있는데 지그재그 모양으로 홈이 새겨져 제물의 피가 흘러내리는 방향과 모양에 따라 길흉을 점쳤다고 한다. 또한 잉카시대에 아이를 인신 공양하였을 때 잉카제국으로부터 명예를 보상받았다고 전해지며 발견 당시에는 제사장에 피가 있었지만 지금은 없다고 한다.

– 푸카푸카라: 붉은 요새라는 뜻의 푸카푸카라는 탐보마차이의 길 건너편에 위치해 있다. 아래쪽에는 낮은 담을 쌓아놓고 언덕 위에는 작은 성채 같은 것이 있어 계곡 주변 전체를 조망할 수 있는 구조이다. 위치상 전망대 역할을 했을 것이라는 설과 잉카제국을 지키는 여러 신들에게 봉헌되었던 장소였다는 설, 쿠스코 북쪽으로 향하는 검문소였다는 설 등이 있다.

– 탐보마차이: 잉카시대의 목욕탕으로 추정. 그러나 수원은 아직 찾지 못하고 있어 잉카유적의 특징인 미스터리는 계속 남아 있다.

– 마추픽추: 오래된 봉우리라는 뜻을 지닌 이 유적지는 해발 2,430m에 자리하고 있다. 잉카제국의 전성기에 건설되었으며 가장 놀라운 도시창조물로 평가된다. 이 유적지의 거대한 벽 테라스 경사로는 마치 자연적으로 깎여 형성된 절벽처럼 보인다. 안데스산맥의 동쪽 경사면에 있는 이곳의 자연환경은 다양한 동식물이 서식하고 아마존 강 상류의 분지를 에워싸고 있다. 이곳에는 또한 태양의 신전, 콘도르의 신전, 마추픽추 가장 높은 곳에 자리한 커다란 돌을

깎아 기둥처럼 만든 높이 1.8m의 해시계인 인티와타나, 마추픽추를 건설할 때 사용된 화강암채석장 등이 있다.

✈ 처음 가보는 남미의 첫 기착지 페루 리마

동행자들을 보니 ROTC 7기, 우리보다 8년 정도 선배 부부 4쌍이 동행한다. 총 14명 중 8명이니 그들 부부가 이번 여행에 중심이 될 것 같다. 벨라뎃다(아내의 세례명)는 이번 여행의 사진을 잘 편집하여 내 칠순 생일 파티에 동영상이라도 만들 모양이다. 잠시 이번 여행이 무사하고 뜻있는 여행이 되었으면 하고 묵주기도를 드린다.

리마에 도착했다. 짐 찾고 이젠 호텔로 간다는 페루 가이드의 안내를 듣고 있다. 내일은 수상투어, 사막 투어 모두 기대가 되는 일정이다. 밖을 보니 동남아시아에 온 듯한 분위기이다. 새벽이라 사람은 없다.

사라톤호텔 체크인!

아~ 무슨 일이 일어난 것일까? 우리 가방이 다른 사람 가방과 바뀐 것이 아닌가.

나의 실수 같다. 리마공항에서 똑같이 생긴 남의 가방을 우리 것으로 착각한 것 같다. 화장품 아내 속옷, 비상약, 평소에 먹던 약, 최근에 산 겉옷 등이 그곳에 있는데 우린 우리고 가방을 잊어버린 상대편은 얼마나 황당할까? 무슨 생각이었을까? 그나마 중요한 혈압약, 고산병약, 멀미약 등 아주 중요한 것은 출발 직전 꺼내 내 작은 가방에 챙겼다. 계시가 있었나? 참으로 신기하다. 어쨌든 다시 페루를 떠나기 전

돌아왔으면 하는 기도를 해본다. 약간 불편하겠지만 이것이 여행이려니 하고 더 나쁜 일이 없도록 사전 경고로 받아들이고 더욱 신경 써야 할 것 같다.

오늘도 즐거운 여행이 되길!

첫날 투어는 약 350km의 버스투어이다. 그 중간에 해상투어와 사막투어가 있다. 칠레부터 페루의 남단까지 세계에서 가장 긴 고속도로를 이용한 투어이다. 고속도로를 이용한 여행이고 페루는 적도를 걸쳐 남부 18도를 걸쳐있는 나라이다. 새벽의 공기는 그리 맑지 않다. 안개인지 미세먼지인지 잘 모르겠다. 공장은 없는데 왜 그럴까? 중간중간 건설현장이 보이는데 아주 열악해 보인다.

✈ 빠라카스국립공원 해상투어

22개의 섬 중 가장 큰 섬. 페리카나 등 온갖 새들, 물개, 펭귄 등 자연보호가 잘된 곳이다. 퇴화 전 귀가 있는 것은 물개, 귀가 없으면 바다표범이란다. 새가 너무 많아 새똥 냄새가 장난이 아니다.

점심은 선착장 근처 생선볶음밥. 식사하는 동안 2가지 공연이 있다. 하나는 남미 전통악기로 하는 엘코도파사와 베사메 무초이다. 어린아이가 이곳 민속노래를 부르는데 생활이 어려워 관광객을 통해 돈벌이를 하려는 모습이다. 우리나라 70년대 아니 6·25 후 어려웠던 시절이 떠올라 팁 5달러를 주었다.

점심에 조개요리가 나왔는데 입에 맞아 맛있게 먹었다. 그런데 이것이 탈이 난 것 같다. 설사 구토가 밤새 진행된다. 약 먹고 진정시켜본다. 고산증세와 장염이 겹쳐 밥도 못 먹고 토하고 설사 하고 벨라가 고생이 많다.

◆ 페리카나 새 서식지

현재시간 오후 11시 21분, 저녁 후 물이 안 나와 잠깐 누웠다가 잠이 들어 깨어보니 지금 시각이다. 정말 피곤했던 모양이다. 아내는 아직 세상모르게 자고 있다. 샤워하고 깨어보았으나 응응거리고 몸이 말을 듣지 않아 다시 잠들었다.

낮에 가이드의 말은 짐은 공항에 남아 있지 않아 어렵다는 얘기다. 불편한 점이 많다. 내일부터 하나씩 구매를 해야겠다.

저녁은 그런대로 먹을 만했다. 내일은 경비행기 일정이다. 원목 검목

시 타던 비행기일 것이다. 멀미약 얘기를 계속하는데 멀미 난 기억이 없지만, 그래도 일단 약은 먹을 생각이다. 아내가 잠도 잘 자고 음식도 크게 거북스러워하는 것 같지 않아 다행이다. 다음 여행지를 어디로 하든 큰 문제는 없을 것 같다.

◆ 사막 투어에서

저녁때 모녀가 온 팀과 한 테이블에서 식사했다. 딸에게 직장에 다니느냐고 물었더니, 엄마와의 여행을 위해 휴가를 냈다고 한다. 기특해 보였다. 밤새 한국에서 문제가 발생했다. 경서 2롯트 현장의 흙막이 공사장에서 붕괴사고가 났단다. 있을 수 없는 일이다. 송 대표가 걱정이다. 잘 해결되겠지.

아침 식사 때 보니 일행들이 모두 밝은 표정들이다. 모두 어제 잠을 푹 잔 모양이다. 날씨는 전형적인 남방의 날씨다. 말레이시아의 위도가 5도 정도이니 이곳 12∼13도는 열대의 날씨보다는 훨씬 나은 편이다. 아침 메뉴도 그런대로 괜찮았다. 항상 나오는 스크램블, 감자 등이다. 사막지대의 감자라서 그런지 아주 작다. 물이 없는 곳에서 자란 것이라 그런 것 같다. 한 톨 한 톨이 귀하게 느껴진다.

✈ 나스카 라인 투어

정말 신기할 정도로 돌 위에 윤곽을 새겨놓았다.

14명 중 우린 무게가 있어 12인승이란다. 6인승보다는 훨씬 흔들림이 적어 다행이다 싶었다. 타다 보니 맨 마지막 좌석인가 싶었다. 앞보다는 롤링이 심한데 나는 경험이 많아 괜찮을 거라 생각했지만 벨라가 걱정이다. 출발 후 2∼3분은 큰 문제가 없었는데, 나스카 라인이 있는 곳에 와 좌우로 번갈아가며 라인을 보여줄 때 아내가 멀미를 느끼는 것 같았다.

고속도로 개통 시 12 그림 중 하나인 도마뱀의 꼬리 부분이 잘려있어 아쉬웠다. 어찌 그리했을까? 세계적인 유산인데 페루 정부의 관리가 허술하여 못내 아쉽다. 다시 한번 생각해도 정말 불가사의하다. 누가 언제 어떻게 그런 곳에 저런 그림을 그렸을까 싶다.

황량한 사막에도 풀이 자라고 농사를 짓는 지혜는 높이 사고 싶다. 올바른 정부가 있다면 연구하여 넓은 땅을 활용할 수 있다면 국민생활이 많이 나아지겠다는 생각이 든다.

✈ 나스카의 유래

1200년대부터 1300년대 잉카문명의 마지막 시기, 죄인들을 나스카로 유배했다고 한다. 그들은 나스카에서 물을 찾아 살고 있었는데 왕은 사람을 보내 죽였다고 한다. 그 이전 이곳에 나스카 문명이 번성했는데 나스카 라인은 이 문명에서 그린 것으로 추정하나 정확한 생성연도는 모른다고 한다. 나스카 라인은 독일의 마리아 라이헤에 의해 실체가 드러났고 세계문화유산으로 지정되었다. 1기부터 4기까지 있으며 현재는 1, 2기만을 관람할 수 있다. 나스카 라인은 하늘의 별자리와 동물, 기하학적 무늬 등 다양한 그림이 있다.

나스카 라인을 본 후 쿠스코로 이동하여 마추픽추로 가는데 마추픽추가 고산지대인 만큼 쿠스코로 이동하여 고산훈련을 위한 전 단계 훈련을 한단다. 쿠스코행 비행기(LA 2047)는 출발시각이 9시 14분이다.

◈ sky line 관광차 경비행기 탑승선

이는 예정시간일 뿐이란다. 쿠스코 도착 역시 불확실하다는 가이드의 말이 일단 기대된다. 이런 일은 대성목재에서 파푸아뉴기니 솔로몬군도 출장 시 자주 겪었다. 그 일을 모처럼 다시 재회한다니 묘한 설렘이 들기도 한다. 파푸아뉴기니에서 있었던 걸로 기억되는데 연착시간이 5시간 정도나 되는 일이 있었다. 그때 공항 근처 나무그늘에서 책보고 누워 있다가 현지인을 만나 그곳의 전설을 들으며 지루한 줄 모르고 시간을 보냈던 일이 새삼 생각난다. 오늘은 그런 일이 없기를 기도해 본다.

내일은 고산의 시작, 잉카문명의 유적지 탐방이다. 스페인이 이곳 페루를 점령하고 잉카제국의 몰락을 가져온 과정을 볼 수 있는 일정이다. 철을 사용할 줄 몰랐던 잉카제국은 스페인의 침략으로 순식간에 멸망했다. 지배자가 된 스페인은 그들의 스타일로 도시의 모양을 바꾸고 성

◆ 마추픽추 전경을 보며

당을 짓고 유적들은 훼손했다. 그렇게 남은 마추픽추를 비롯한 잉카의 유적들은 아직도 풀리지 않은 채 불가사의로 남아 있다. 내일 보게 될 마추픽추가 기대된다.

마추픽추 여행은 기차를 타고 마추픽추 입구까지 간 다음 버스로 이동하여 도보로 움직이는 일정이다. 며칠 동안 장염에 고산증으로 고생하고 있어 포기할까 하는 생각도 들었다. 하지만 벨라의 열정과 남은 생애에 언제 또 와볼 수 있을까 하는 생각에 티를 내지 않고 강행하기로 마음먹었다. 기차에서 보는 잉카의 흔적과 산세를 의자에 앉아 스케치를 하고 있는 벨라를 보니 결정을 잘했구나 싶었다.

마추픽추는 정말 불가사의했다. 이렇게 높은 곳에 이런 군락을 형성하며 살았을 그때 사람들의 지혜와 기술에 새삼 놀라움을 금할 수 없다.

소금사막에서의 생일 파티,
볼리비아

✈ 볼리비아 일정

2019.05.09.

아침 식사 후 쿠스코공항으로 이동. 해발 4,100m인 볼리비아 라파즈로 이동(약 1시간 소요). 주요 대중 교통수단인 세계 최고 높이 텔레페리코 케이블카 탑승. 라파즈 달의 계곡 투어. 저녁 비행기(약 50분 정도)로 우유니 소금사막이 있는 우유니로 이동. 소금호텔 체크인. 저녁 식사 후 지프로 소금사막 야경 관광.

2019.05.10.

소금사막 관광(콜차니 민예시장, 소금박물관 선인장섬, 기차무덤 등). 소금사막에서의 멋진 뷔페식 야외 점심. 관광 후 우유니 출발해 라파즈로 비행기 이동.

페루를 떠나 고산증과 장염 증세가 아직 남아 있는데 해발 4,000m가 넘는 볼리비아 라파즈로 간다. 볼리비아에는 유명한 우유니 소금사막이 있다. 첫 기착지가 라파즈다. 생전 한라산(1,947m) 등반이 최고 높이였는데 해발 4,100m라니 걱정이다. 도시 전체가 고산이다 보니 대

중 교통수단이 케이블카이다. 폭우로 계곡 속에 형성된 도시가 허물어
져 있는 곳이 보인다. 내일은 그 유명한 우유니 사막을 관광하는 날,
사실 내일이 내 생일이다. 아침 컨디션이 회복되지 않는다.

◆ 볼리비아 대중교통 케이블카에서

　우유니 소금사막은 정말로 신기하다. 소금으로 치장한 호텔 침대, 벽
모두 소금이다. 데코레이션으로 만든 소금 조각상들도 그렇고, 오로라
와 같은 소금사막에서의 야경은 정말 장관이다.

　점심시간, 그 허허벌판에 야외 바비큐 파티를 준비했다. 와인도 보였
다. 가이드가 내 이름을 호명하며 오늘 생일인 나를 축하해 주었다. 정
말 감동적이다. 나의 생일 파티를 위해 가이드는 우유니 소금사막에서
와인과 바비큐, 한국의 신라면까지 준비하는 등 세심하게 배려했다. 평
생 잊지 못할 66세 생일 축하연이었다.

◆ 우유니 소금사막에서 생일 축하

◆ 우유니 소금사막에서

이젠 볼리비아를 떠나 아르헨티나로 입성하기 위해 볼리비아의 공항으로 나왔다. 페루에서 시작된 장염과 고산증이 매우 힘들게 했는데 고산지대를 벗어나니 좀 괜찮아지는 듯했다. 마추픽추 일정을 소화하면서도 몸이 힘들어 무엇을 보았는지 계속 실수하고 아내 역시 힘들어 했는데, 이젠 고산이 없으니 컨디션이 좀 나아질는지…?

고기의 향연,
아르헨티나

✈ **아르헨티나 일정**

2019.05.11.

라파즈 출발. 산타크루즈 경유 아르헨티나 수도이자 남미의 파리
라 불리는 부에노아이레스 도착, 호텔 체크인 후 휴식.

2019.05.12.

부에노아이레스 시내 관광. 정통탱고 디너쇼 관람하며 저녁 식사.

2019.05.13.

호텔에서 아침 식사 후 비행기로 이과수로 이동(약 1시간 50분 비
행). 차량으로 이과수 폭포로 이동(이과수는 큰물, 위대한 물이란
뜻). 도보로 악마의 목구멍이 있는 이과수 폭포 아르헨티나 쪽 관광.
관광 후 차량으로 브라질 이과수를 관광하기 위하여 이동. 호텔 체
크인 후 휴식.

부에노아이레스에서의 두 번째 날. 오늘 일정은 시내 투어이다. 한때 남미에서 가장 선진국이었던 아르헨티나의 역사를 볼 수 있는 일정이다. 5월 광장이 첫 번째 장소이다. 이곳은 아르헨티나 역사를 가장 실감할 수 있는 장소이다. 대통령궁, 아르헨티나에서 가장 오래되고 가장 큰 성당이 있으며, 프랑스 파리와 똑같이 만든 거리 등이 있어 독립과 투쟁의 역사와 그 흔적을 볼 수 있는 곳이다.

일요일이라 많은 사람들이 거리에 나와 일주일에 한 번씩 열리는 시장(먹거리, 기념품, 자기가 만든 작품 판매 등)이 북적이고 있었다. 일요일 미사는 못 드렸지만 성당 안에서 잠시 기도할 기회가 있었고, 성가대의 성가 연습하는 소리를 들을 수가 있었다. 성당의 구조가 공명이

잘되어 그 소리가 아주 듣기 좋았다. 성당 안에는 아르헨티나 독립을 주도한 대통령의 시신이 안치되어 있었으며, 근위병이 이를 지키고 있었다. 다행히 우리가 그곳에 갔을 때 마침, 교대시간이어서 그 광경을 보는 행운이 따랐다. 정말 감사한 일이다.

이곳의 전체적인 분위기는 휴일을 즐기는 사람들이 모여 주일미사도 드리고 길거리문화도 즐기며 하루를 보내는 장소 같았다. 현지인은 현지인대로 관광객은 관광객대로 말이다. 이 또한 한때 남미의 선진국이었던 아르헨티나의 여유가 아닌가 싶다.

점심 먹기 전, 부에노스아이레스가 번창하여 무역이 활발할 당시의 항구가 그대로 보전되어 사진촬영과 토산품판매, 본인들이 직접 그린 그림이나 조각품 등을 판매하는 곳을 둘러보았다. 벨라는 이곳에서 마테차 세트와 애들에게 준다고 앞치마 한 개를 골랐다. 거리의 노천에서 커피를 한잔 즐기고 싶었지만 어쩌다 보니 또 집합시간이 다 되어 더 이상 여유롭게 거리를 즐길 수는 없었다. 모임 장소로 이동 중 한 노부인이 본인의 작품을 몇 점 내놓고 팔고 있었다. 예술인의 배고픔 같은 것이 느껴져 벨라에게 살 것을 권했고 벨라 역시 같은 생각이었는지 한 작품을 골라 포장했다. 35달러, 그 노부인은 만족하며 포장하는 내내 꼼꼼히 챙겨 주었다.

언제나 우리 부부는 자유시간에 거의 꼴찌로 차에 돌아오곤 했는데 이날 역시도 마찬가지였다.

점심은 중국인이 운영하는 뷔페에서 먹는다. 가이드의 식당에 대한 설명을 듣고 그곳에 도착하니 엄청 큰 식당이었다. 소의 천국답게 바비큐로 나온 소고기 갈빗살 요리가 일품이었다. 그야말로 고산증세로 그동안 못 먹었던 단백질을 섭취하기에 충분했다. 다른 요리 역시 빠지지 않는 코스인 것 같다. 아내는 걱정이 되는지 식사량을 신경 써 주었다. 나 역시 워낙 혼이 난 뒤라 겁이 나 절제하면서 맛있는 점심을 즐겼다.

오후 일정은 부에노스아이레스에 있는 유명한 공원 투어였다. 세계에서 가장 큰 꽃의 조형물이 있는 공원으로 세계 2대 아름다운 공원으로 꼽히는 일명 장미공원이다. 시간이 없어 극히 일부만 보고 다음 장소로 옮겨야 했지만 그 규모가 익히 짐작됐다. 오페라하우스를 개조해 만든 세계에서 두 번째로 아름다운 서점도 들렀다. 서점은 현재 시설로도 오페라공연을 할 수 있도록 시설을 그대로 살려 놓은 것이 인상적이었다. 우리나라라면 아마 그렇게 하지는 않았을 것 같다. 탱고 LP를 사고 싶었지만 시간도 없고 찾기 힘들어 아내가 아는 노래의 LP 2장을 사는 것에 만족해야 했다.

저녁은 한국 식당에서의 식사였다. 페루 볼리비아를 지나 아르헨티나부터는 모든 식사가 고기 위주였다. 나는 좋았지만 벨라는 어떨까 싶었는데 그런대로 한국보다는 많은 양의 고기를 먹는다. 아무래도 40년 가까이 같이 살다 보니 식성도 어느 정도는 닮아가는 것 같다. 모처럼 소맥을 먹을 요량으로 일행 전부를 위해 각 테이블에 맥주와 소주를 주문했는데 8명이 함께 온 테이블은 맥주만 주문했다. 우리 테이블은 소주 한 병, 맥주 두 병을 시켜 소맥으로 몇 잔을 하니, 하루 피로와 그간의 힘들었던 일과 스트레스가 어느 정도는 해소되었다. 저녁 식사량은 아직 많이 먹을 컨디션은 아닌 것 같아 양을 조절하며 조심히 먹었다. 벨라 역시 걱정이 되는지 계속 챙기며 야채 등 기름기 없는 음식을 권했다.

오늘은 아침 일찍 공항으로 갔다. 이과수 아르헨티나 쪽 투어 일정이다. 기대했던 코스인지라 오늘 일정이 정말 기대된다. 고산지대를 벗어나 정상적인 고도에서의 생활이 이렇게 편안하니 생각의 여유도 생기고 행동 역시 가벼워 매사 여유가 있다. 짐의 무게가 문제라는 가이드의 얘기에 모두 아침부터 빼고 챙기느라 야단법석이다. 하지만 나는 전날 워낙 가이드가 많은 얘기를 해서 그런지 거의 15kg에 맞춰 짐을 꾸렸다.

가이드에게 비행기가 수시로 연착하고 게이트도 수시로 바뀔 수 있다는 등등의 많은 얘기를 들은 터라 긴장을 늦출 수 없었다. 가만히 보면 가이드 입장에서는 이렇게 경우의 수를 많이 내놓아야 그중 하나라도 일치하면 자신이 면피할 수 있을 것 같다는 생각이 든다. 부에노아이레스에서의 일정을 모두 마치고 현지 가이드와의 작별했다. 익숙한 가이드는 아니었지만 어린 나이에 열심히 사는 모습이 예뻐 보였다.

생각보다 체크인 시 큰 문제 없이 비행기를 탈 수 있었고 크게 연착되지 않은 채 이과수 공항에 도착할 수 있었다. 생각보다는 기온이 낮아 쌀쌀했다. 공항에서 바로 점심을 위한 식당으로 갔는데 여기부터 고기의 향연이 시작된다. 현지식 바비큐 식당, 사람 수보다 소의 수가 많다는 아르헨티나답게 소의 부위별로 먹을 수 있는 식사였다.

    국립공원 내에 있는 뷔페식 식당에서 점심 후 이과수 폭포의 아르헨티나 편 일명 악마의 목구멍 관람이다. 국립공원입구부터 식당까지는 도보로 왔고 식당에서는 다시 기차를 타고 폭포의 입구까지 간 다음 그곳에서 약 1.5km 걸어야 폭포까지 갈 수 있었다. 말레이시아 근무 시 미리에서 동굴 있는 곳에 갈 때가 생각났다. 이젠 그곳 동굴 모습과 동네 이름도 잘 생각나지 않지만 그때 한국 주재원들과 김밥 싸서 소풍을 가서 폭포물에 발을 담그고 놀곤 했다. 그때도 주차장에서 폭포까지 약 2km 정도는 걸었던 기억이 있다. 비슷한 상황이었다.

◆ 아르헨티나쪽 이과수 폭포에서

    근래 비가 많이 와서 그런지 물은 황토물이었다. 물의 양도 상당히 많아 보였다. 폭포에 가까이 갈수록 물 떨어지는 소리가 크게 들렸고

함성소리도 들렸다. 기대를 저버리지 않는 광경이었다. 그야말로 장관이었다. 악마의 목구멍을 어떻게 관람해야 하는지를 현지 가이드는 열심히 설명했고, 사진의 포인트를 찾아 한 팀 한 팀 사진을 찍어줬다. 왜 사람들이 이과수 폭포를 보고 싶어 하는지를 알 수 있는 광경이다. 어찌 자연이 이런 경관을 만들 수 있는지 신비로울 따름이다. 동영상, 각자 사진 찍기 등 자유시간을 잠시 가진 뒤 다시 오던 길을 되돌아가는 일정이다. 왕복 3km 정도의 도보여서 모처럼 많이 걸었다.

모두 관람하고 숙소인 브라질 쪽에 있는 호텔로 향했다.

브라질 1.
이과수의 장엄한 광경과 깨달음

✈ 브라질 일정

2019.05.14.

아침 식사 후 차량으로 이타이푸 수력발전소 관광 후 이과수 브라질 쪽 관광. 관광 후 파라과이, 아르헨티나, 브라질 등 남미 여러 나라 민속춤과 공연을 곁들인 저녁 식사.

2019.05.15.

아침 식사 후 비행기로 세계 3대 미항인 리우데자네이루로 이동. 점심 후 시내 관광. 슈가로프 케이블카로 미항 관광. 브라질 전통 슈하스코 바비큐로 저녁 식사.

2019.05.16.

아침 식사 후 시내 관광(예수상, 리우 메트로폴리탄 성당, 삼바축제가 열리는 삼바드로모 공연장, 세라론 계단 등). 저녁 식사 후 공항으로 이동. 귀국길 리마공항으로 출발(약 5시간 50분).

2019.05.17.

리마 출발. 로스앤젤레스 도착 후 한국으로 출발. 귀국.

아르헨티나와 브라질의 국경을 차로 이동해 호텔로 향했다. 가이드가 출입국관리소 통과를 위해 여권을 걷고 우린 한잠 잔 것 같은데 이미 호텔에 도착했다. 우리 여행 일정의 마지막 나라인 브라질에 도착한 것이다. 꽤 큰 호텔인데 한국 사람들의 모습이 많이 보인다. 국내 경기는 어렵다고들 하지만 그래도 여유 있는 사람은 있는 것 같다.

오늘 저녁은 호텔에서 가까운 곳에 있는 남미 8개국 전통춤을 관람하며 식사하는 일종의 디너쇼이다. 브라질, 아르헨티나, 볼리비아, 파라과이

◆ 브라질 호텔 디너쇼

등 남미 8개국의 특성 있는 노래와 전통춤을 약 3시간에 걸쳐 하는 긴 공연이다. 음식은 거의 동일한 스타일의 뷔페라서 특별한 것은 없었다.

아침 일찍 공항, 모처럼 많은 걸음, 모처럼 한 호텔에서 이틀을 잔다는 안도감이 많은 사람을 공연 내내 졸게 하고 있었다. 벨라도 마찬가지인 것 같다. 아르헨티나에서의 탱고 공연처럼 말이다. 브라질 편을 끝으로 3시간여의 공연은 끝이 났다. 공연 시작 전 사회자가 그날 참석한 나라를 확인하였는데 한국, 미국, 중국 심지어는 유럽 쪽에 있는 나라 등까지 거의 10여 개국 여행객이 참석하고 있었다.

공연 중 한국인 남성이 불려가 쇼에 참여하여 보는 이의 흥을 돋웠다. 용기 있는 행위였다. 아마 식당 쪽에서도 그날 가장 많은 인원이 참석한 한국 측을 배려한 것으로 보였다. 자리 역시 가장 메인에 한국팀 몇 팀이 자리 잡고 있었다. 브라질 팀 공연 때는 한국 여성 2명이 무대에 올라가 무슨 춤인지는 모르겠지만 삼바 같은 것을 배우면서 사회자가 웃음을 자아내는 행동을 해 많은 사람을 즐겁게 해줬다.

밤 11시가 넘어 공연은 끝이 났고 우린 지친 몸을 하고 호텔로 돌아왔다. 벨라는 피곤한지 양치 후 곧 잠이 들었고 난 대강 한국과의 일을 정리한 다음 잠자리에 들었다.

✈ 브라질에서의 두 번째 날

이과수 폭포의 브라질 쪽 관람과 폭포 안을 들어가 폭포 안쪽을 보는 보트투어가 있는 날이다. 브라질 투어의 하이라이트가 아닐까 싶다.

아침부터 날씨가 흐려있다. 준비한 수영복으로 갈아입고 샌들 차림에 수영복 위에 트레이닝복과 가디건을 입고 우산 우비 등 만전의 준비를 하고 출발했다.

오전은 브라질과 아르헨티나 합작품인 세계에서 발전량 기준으로 중국 다음으로 큰 수력발전소 관람이 있었다. 물이 많은 장점을 살려 천연의 요새에 백년을 내다보고 세운 그야말로 웅대한 프로젝트이다. 연인원 4만 명을 동원하고 20개의 터빈을 만들고 자연을 최대한 보호하면서 건설한 댐이란 점에서 매우 인상 깊었고, 두 나라가 함께 참여했다는 점 또한 특이했다. 현재로는 전기가 남아 이웃 나라에 판매까지 하고 있다니 정책의 장기적인 안목이 국민에게 얼마나 큰 영향을 주는지를 보여주는 대목이다. 이는 나라뿐 아니라 회사나 가정에서도 대표

◆ 브라질쪽 이과수 폭포

나 가장의 판단이 많은 것을 변하게 할 수 있다는 교훈인 것 같다.

버스로 수력발전소를 브라질과 아르헨티나를 오가며 볼 수 있었다. 발전소 투어를 마치고 이과수 폭포의 브라질 쪽이 바로 이어졌다.

항상 그렇듯이 일행 중 교회 장로 부부가 있었는데 이날도 그들의 모습은 여전했다. 그들 부부는 항상 짐은 제일 많고 부족한 것 역시 가장 많은 부부였다. 남의 일에 간섭하기 좋아하고 차를 타면 좋은 자리에 먼저 부인 혼자 앉고 남편은 또 다른 자리를 확보했다. 그 부부는 이런 식으로 일행들에게 불편을 주었다. 부인은 목소리가 제일 크고 이날 역

시 부인의 불평이 아침부터 이어졌다. 너무 춥다느니, 왜 옷을 안 가지고 왔냐느니 하며 감기 걸리면 나만 손해라는 등 불평이 끝이 없었다.

정말 이날은 좀 짜증이 났다. 벨라는 자꾸 나를 말렸다. 결국 매점에서 레깅스 하나 사 입고는 조금 잠잠해졌다. 우리가 저 나이(약 8년 후)되었을 때도 과연 저런 모습일까 하는 생각을 해본다. 그리고 그러지 않기 위하여 배려하는 훈련이 필요하다는 생각을 했다.

브라질 쪽 폭포 관람은 우선 우비를 입고 시작한다. 물보라가 장난이 아니기 때문이다. 폭포가 보이는 곳에 도착하면 입이 안 다물어진다.

아~~~

이것이 과연 자연이 준 선물이란 말인가! 상상이 안 된다. 300여 개의 폭포, 수 킬로에 달하는 길이가 같은 모양의 폭포는 하나도 없는, 그것도 일단, 이단, 삼단에 걸친 모양 무어라 표현할 수가 없다. 물론 이 모든 것이 한눈에 보이는 것은 아니다. 위부터 내려가면서 약 1시간 반에 걸쳐 봐야만 한다.

왜 사람들이 죽기 전에 꼭 오고 싶어 하는지를 입구부터 알 수 있었다. 너무 감동적이라 말문이 막힌다는 표현이 맞을 것 같다. 가이드는 마음속에 남기를 노력하라고 했지만, 사람의 기억력에는 한계가 있기에 사진촬영, 동영상 등 모든 수단을 동원하여 남기고 싶게 만드는 장관이었다. 어제 본 아르헨티나 쪽 폭포는 브라질 쪽에 비하면 조족지혈이란 생각이 든다.

점심은 식당이 폭포의 끝에 있는지라 폭포관광을 모두 마치고 이루어진다. 폭포의 감상은 처음엔 위에서 감상하고 중간 그리고 근접해서 관람할 수 있도록 길이 만들어져있다. 즉, 위부터 내려가면서 고도에 따라 그 위치에서 보이는 폭포의 광경을 보는 것이다. 어느 곳 한 군데도 같은 모습은 없었다. 마지막 맨 아래쪽은 폭포를 지척에 두고 보는 곳이다. 마치 폭포가 나한테 쏟아져 내려오는 기분이다.

벨라와 나는 소리를 지르고 서로 부둥켜안고 서로를 감사하고 같이 있음을 감사했다. 장엄한 광경 앞에서 감사의 마음이 솟구치며 그 순간 귀국 후 더 늦기 전에 나의 자전적 자서전을 기획해야겠다는 생각이 번쩍 들었다. 이번 여행의 하이라이트가 아닐까 싶다.

시작부터 페루 리마공항에서의 가방이 바뀌어 고생했던 일, 페루와 볼리비아에서의 고산증, 장염과 멀미 등, 이 모든 것이 한 번에 없어지고 지금 우리가 여기에 있다는 그 자체가 감사할 따름이었다.

이 코스가 끝나고 엘리베이터를 타고 식당으로 향했다. 역시 뷔페식 식당이고 메뉴 역시 비슷하다. 약간의 추위와 소리 지르고 했던 감동을 더 하기 위해서는 메뉴 중 소 꼬리찜에 소주 한잔이 좋을 듯싶었는데 소주는 없고 맥주만 있다. 늘 그러했듯이 우리 쪽 6명이 맥주 한잔씩 하며 그 기분을 만끽했다.

식사 후 보트 타고 폭포 안 투어, 자연보호 차원에서 이동 수단은 전기로 움직이는 작은 기차 형태였고, 그다음은 다시 엘리베이터를 이용한다. 강가까지 이동하는 모든 교통수단은 친환경이었다. 위대한 자연의 선물이 훼손되지 않게 보존하려는 마음을 읽을 수 있었다.

구명조끼를 입고 보트에 탑승했다. 한 줄에 3명씩 타게 되어있었다. 맨 앞줄은 사실 파도의 충격이 가장 많이 오는 곳이고 파도가 칠 때 물벼락을 가장 많이 맞는 곳이다. 말레이시아에 있을 때 딴중마니 미리강을 따라 검목 시 250HP짜리 모터를 단 3~5인승 스피드보트를 수도 없이 타본 나였지만, 선뜻 앞자리에 앉겠다고 나서지 못해 망설이고 있는데 벨라는 선뜻 나섰다. 나도 가려고 하는데 끼기 좋아하는 장로가 나보다 빨리 자기가 앞에 앉겠다고 나섰다. 또 한 자리는 혼자 온 한 아주머니가 차지했다. 나는 할 수 없이 바로 뒷자리에 탈 수밖에 없었다. 걱정이 앞섰지만 모래사막에서도 용감히 모래보드를 탔던 생각이나 재미를 즐기겠지 하는 생각이 들었다.

한국에서부터 자기는 탈 건데 나는 못 탈것 같다고 놀렸었다. 벨라는 역시 소녀의 감성이 있고 무엇이든 해보려고 하는 모험심이 많다. 이는 돌아가신 장인어른의 성격이 물려받았기 때문인 것 같다.

드디어 출발. 강의 물줄기를 역으로 거슬러 폭포의 안쪽으로 들어가기 시작했다. 어느 정도 올라가니 그곳에서도 각자가 찍은 사진과 동영상을 담을 USB를 판매하고 있었다. 잠시 머물면서 직원 하나가 돌아가며 사진을 찍고 개인적인 사진촬영 할 시간을 준다. 우리 팀은 가이드가 휴대폰이 고장 우려가 있다고 주의를 주는 바람에 한 사람도 가지고 가지 않아 직원이 해주는 사진만 찍고 말았다.

잠시 후 본격적인 폭포 밑 진입이 시작되었다. 숨을 못 쉴 정도의 물줄기가 온몸을 내리쳤다. 이건 떨어지는 것이 아니라, 내리친다는 표현이 맞을 것 같다. 이렇게 하기를 여러 차례 사람들은 소리치며 맘껏 즐기고 있었다.

앞자리 벨라의 모습을 보니 가이드가 나눠준 우비로 얼굴을 가리고 떨어지는 물줄기를 보려고 애를 쓰고 있었다. 그나마 우비를 제대로 챙겨온 사람은 우리뿐이었던 것 같다. 수영복을 살 때 수경을 살려고 했는데 그때 안 산 것이 조금은 아쉬웠다. 수경이 있었다면 아마 떨어지는 물줄기를 눈을 뜨고 볼 수 있었을 것이다.

어쨌든 이렇게 폭풍우가 지나간 다음 배는 기수를 우리가 출발했던 곳으로 돌렸다. 거센 물줄기를 따라 내려가며 선장이 승객들의 흥미를 더 할 수 있는 운전이 시작되었다. 배를 좌우로 하며 물줄기가 온 배에 튀어 들어오게 하는 것이다. 이는 물이 거의 배를 뒤덮었다.

앞쪽 사람이 가장 스릴을 만끽할 수 있었을 것이다. 앞자리의 벨라를 보니 좀 당황한 것 같았다. 이 정도는 예상하지 못했을 것이다. 그래도 즐기는 모습을 보니 나도 좋았다. 이렇게 또 폭풍우가 몇 차례 지난 다음 조용해지고 우린 개선장군처럼 환호를 지르며 배를 처음 탔던 곳으로 접근하고 있었다.

온몸은 물로 다 젖고 약간의 추위도 느꼈지만 가슴 속은 시원했다. 준비해간 타올로 몸을 씻고 나는 벗었던 바지를 입은 다음 큰 타올로 몸을 덮고 버스가 있는 곳으로 이동했다. 이로써 이과수 폭포의 일정은 모두 끝이 났다. 가이드 말처럼 머릿속에 남을 추억이 되었다. 벨라가 항상 얘기했듯이 '여행은 추억을 남기기 위해 노력하는 것'이라고. 정말 잊지 못할 추억을 남긴 하루였다.

호텔로 돌아와 샤워 후 식당에 갔더니 오늘 저녁도 역시 비슷한 코스이다. 그러나 이번에는 바비큐 고기를 직접 테이블에 가져와 원하는 대로 썰어주는 식사였다. 각 부위를 말하고 먹을 만큼만 접시에 받았다. 바로 구운 고기를 먹기 때문에 소의 각 부위를 통으로 잘라 숯불에 타지 않게 구운 다음 이를 잘게 썰어 서빙한다고 보면 된다.

사료를 먹인 고기가 아니고 초원에서 놓아먹인 소이기 때문에 한우처럼 마블링은 없다. 한데 고기가 정말 연하고 입에 들어가면 그대로 녹는다는 표현을 쓸 정도로 맛이 좋았다. 그러나 식으면 질겨지고 맛이 한우보다 떨어진다. 가이드 얘기로는 마블링이 없기 때문에 조금씩 받아놓고 그때그때 즐겨야 한다고 한다. 식사가 끝날 때까지 서빙은 계속되기 때문이다.

이날은 특별히 한국 가이드와 현지 가이드가 본인들 식사는 안 하고 식사 내내 어떻게 어떤 부위를 먹는 것이 맛있고, 또 현지에서는 어찌 불리는지 등 열심히 설명해 주어 이해하기 쉬웠다. 식사도 하지 않고 설명해 주는 가이드들이 고맙고 미안하기도 했다.

나는 양파에 고기만 먹으니 벨라는 걱정인 모양이다. 야채와 과일도 함께 먹도록 챙겨주어 고마웠다. 정말 많은 양의 고기를 먹은 것 같다. 탄수화물을 섭취하지 않으니 큰 부담은 되지 않았다. 요 며칠 경험이 내 식성에 맞는 것 같다.

이렇게 한 시간 넘게 즐겁게 식사를 하고 호텔로 돌아왔다. 벨라 역시 평소보다 고기섭취가 많았다고 잠시 산책하고 자자고 하더니 침대에 옷 입은 채로 누웠다가 곧 잠이 오는 모양이다. 회사와 연락할 사항을 대강 정리하고 나도 곧 잠이 들었다. 물론 중간에 일어나 다시 정리하고 아침까지 그야말로 푹 잤다.

브라질 2.
감사하고 감사했던 리우의 마지막 밤

여행 마지막 기착지인 리우데자네이루로 가는 일정에 올랐다. 비행기로 약 2시간 이동해야 한다. 체크인 후 무사히 리우에 도착했다. 한국 가이드가 어제 리우는 많은 비가 내렸다고 우비와 우산을 꼭 챙기라고 했다. 여행 내내 날씨는 좋았는데, 짐을 찾고 밖으로 나오니 흐린 날씨에 곧 비가 쏟아질 것 같다.

현지 가이드가 나이는 좀 들어 보였지만 노련미가 엿보였다. 그는 세계 3대 미항 중 한 곳인 리우데자네이루로 23년 전 이민 온 교민이다. 여행 중 가이드에 대해선 크게 마음에 두지 않았었는데 이곳 가이드는 자기직업에 대하여 상당한 자부심이 있었다. 나중에 들은 얘기지만 그래서 성공했고 3살 때 데려온 딸이 이젠 대학을 졸업하고 한국에 직장을 얻었다고 한다. 자신도 이달 말이면 한국으로 가 고양 일산에 자리를 잡고 양쪽을 오가며 사업을 하게 된다고 했다. 타국에서지만 열심히 살고 나름 성공하여 다시 고국을 오가며 여생을 보낸다고 하니 내 마음도 좋았다.

내가 경험한 것도 그렇고 사람이 사는 어느 사회든 열심히 하는 사람에게 더 많은 기회를 준다. 물론 주어진 기회를 어떻게 이용하고 어떻게 자신에게 맞게 적용하느냐에 따라 운명은 달라진다. 주위에서 이러한 경우들을 많이 보아 왔다.

모든 것이 기적 같았다

294

순간의 욕심이 모든 것을 망치고 무리한 과욕이 부른 판단, 자만심 이러한 것들이 일을 그르치는 걸 보아 왔다. 그중 특히 욕심은 어느 것보다 금물이다. 잘못된 많은 일들이 알고 보면 욕심에서 비롯되었다. 현실에 감사하고 욕심내지 말고, 자만심을 버리고 또 열심히 성실하게 충실히 살아가면 하느님은 많은 기회를 주신다고 믿는다. 나도 남은 여생, 이 원칙을 철저히 지켜가며 살려고 노력할 것이다.

현지 가이드의 설명을 들으며 식당에 도착하니 모처럼 중식당이다. 그룹여행이 처음인 나로서는 다른 사람에게 들은 바로는 그룹여행에서 가장 큰 불만이 음식 때문이라고 했다. 여행 내내 느낀 것이지만 이번 우리 팀은 음식 때문에 시비 거는 사람은 없었다. 그만큼 음식은 신경 써주는 느낌이었다. 이곳 중식당도 마찬가지다. 김치를 특별히 준비했고 밥도 두 가지이다. 간단한 것이지만 이렇게 신경을 써주는 데 누가 불평을 하겠는가?

점심 후 원래 일정은 빵산 관람인데 내일 날씨가 확실치 않고 오늘은 예수상을 볼 수 있을 것 같다는 베테랑 현지 가이드의 뜻을 따라 예수상이 있는 곳으로 향했다. 안개 없이 볼 수 있는 확률이 적다고 했다.

비가 오고 멈추기를 반복하니 우린 우비와 우산을 준비하고 해발 700미터에 위치한 예수상이 있는 곳까지 작은 버스로 갈아타고 올라갔다. 도착하여 표를 사고 계단을 오를 때쯤 또 비가 쏟아졌다. 기념품 가게에서 그칠 때까지 비를 피했다. 리우올림픽 때 TV 화면에 자주 나타났던 예수상은 그 높이만 90미터, 폭이 18미터이니 어마어마한 크기이다. 1930년에 만들어진 예수상은 기초를 철근 콘크리트로 하고 윗

부분은 곱돌 재질의 돌로 이어 완성했다.

잠시 비가 멎고 구름 역시 걷히는 순간 가이드가 서두른다. 또 비가 쏟아지기 전에 빨리 사진을 찍어야 예수상을 사진에 남길 수 있다고 했다. 우린 신속히 지시에 따랐고 무사히 사진찍기를 마칠 수 있었다. 다행히 비는 더 오지 않았다. 몇 번 구름이 예수상을 가려 운치를 더해 줬다.

호텔 체크인. 호텔이 코타루비치라는 해안가에 있었던 걸로 기억된다. 아름다운 해변을 끼고 있어 저녁 전 벨라와 해변 산책을 했다. 해변에는 간혹 술에 취한 것인지 마약에 취한 것인지는 모르겠지만 이상한 행동을 하는 사람이 눈에 띄었다. 가이드의 설명에 의하면 경기가 안 좋고 실업자가 늘면서 관광객을 상대로 소매치기도 늘고 노상 취식하는 사람이 많다고 했다. 이런 사람들의 일차 표적이 관광객이니 조심하라고 주의를 줬다.

시간도 없어 산책은 잠깐만 즐기고 호텔로 돌아와 저녁 먹을 준비를 했다. 오늘 저녁 역시 같은 코스. 리우의 고기를 맛볼 차례다. 가이드는 도시의 고기가 더 좋다고 한다. 그럴 것도 같았다. 벨라는 양 서방이 좋아할 거라고 열심히 고기를 서빙하는 상태를 사진에 담고 있었다. 종이에 그려진 부위별 이름, 고기 자르는 모습 등등….

리우의 마지막 밤, 호텔에서 보내는 여행의 마지막 밤이기도 하다. 15일이 어떻게 지나갔는지 모르겠다. 이번 여행을 뒤돌아보면 시작부터 쉽지 않았다. 세금체납 문제로 출입국 허가가 불확실했기 때문이다. 벨라의 제안을 받아들이고 세무서와 협의하여 출국할 수 있다는 마지막 확답을 받을 때까지 내가 여행을 떠날 수 있을지 알 수 없었다. 그러다 보니 중간에 벨라 혼자 갈 생각도 하고, 나의 설명은 아내에게 잘 이해가 되지 않아 서로 다른 생각을 하는 상황에서 이뤄진 계획이었다.

결국 3월 29일 드디어 외무부의 출국 허가가 나왔고, 그다음에야 여행사 명단에 최종 확정되었다. 이렇게 해서 벨라와 둘만의 해외여행을 결혼 후 처음으로 할 수 있었다. 아름답고 놀라운 풍경을 볼 수 있었던 것도 감사하고 아내와 함께해서 더욱 감사하다. 정말 정말 감사한다.

미안하고 감사하오

우리가 처음 만나 서로를 알아가기도 전에 잠시 떨어져 있어야 했지만, 우린 다시 만났고, 만나자마자 몸이 아픈 나를 당신은 잘 살펴주었소. 장인어른께 인사드리러 계산동에 갔을 때, 결혼을 약속하고 우리 시골집에 인사 갔을 때 등등, 모두 엊그제 일 같은데 벌써 46년이란 세월이 지나갔구려.

반백 년 동안 정말로 많은 일들이 우리 앞에 있었고, 우린 티격태격하면서도 잘도 버틴 것 같소. 큰아이를 임신하고 입덧으로 고생하던 일, 셋째 승호를 갖기 위해 노력했던 일, 애들이 대학에 가 기뻐하던 일, 특히 둘째가 재수 후 가고 싶은 연대 작곡과를 갔을 때는 너무 어려워 등록금 걱정이 되면서도 그동안 모두 고생했다고 서로 위로하며 땅끝마을 여행을 떠났었지.

말레이시아 주재원으로 갑자기 발령받아 어쩔 수 없이 어린 두 딸을 당신에게 맡기고 김포공항을 떠날 때는 설렘 반, 걱정 반이었소. 도착하여 옷을 꺼낼 때마다 당신의 마음이 쪽지에 적혀 있었소. 눈물이 날 정도로 감동적이었소.

회사를 정리하면서 본인도 모르게 신용불량자가 되었을 때 많이 힘들었을 거라 생각합니다. 나 나름에는 밖에서 일어나는 일을 집에 와서 시시콜콜 얘기해보았자 걱정만 안기고 해결책이 없다고 생각했었소. 벌이가 없는 남편과 가정을 위해 생전 피부관리 한번 받아 본 적이 없는 사람이 피부관리 자격증을 취득해 피부관리샵을 운영할 때는 정말 미안했습니다.

아버님 돌아가시고 6년 동안 주말이면 어김없이 시골에 어머니 뵈러 내려가도 아무 불평 없이 허락하였던 것 또한 잊지 못하오. 2014년 초 형님이 시골집으로 들어와 이젠 어머니 걱정을 안 해도 될 때쯤 10월 24일 주말에 갑자기 시골에 한번 가자고 하면서 내려갔을 때, 감기로 사경을 헤매는 어머니를 보고 이유 없이 인천으로 모시고 올라온 일은 너무 감사합니다.

당시는 제대로 된 집도 없이 가건물에서 살고 있을 때였기에 그 용기와 판단이 존경스러울 뿐이었소. 이렇게 시작된 시어머니와의 생활은 2020년 5월 돌아가실 때까지 6년 동안 세 번이나 이사 다니면서 계속

됐고, 말도 못 하는 고생을 하면서도 싫은 소리 한번 없었으니 감사할 따름이오.

어려움 속에서도 참고 견디며 지금의 계산동 집을 완성하고 한 달여 둘이 임시 입주하여 살 때 신혼 같다며 즐거워하는 것을 보며 나도 전에 느껴보지 못한 행복을 경험했소.

항상 열정적이고 도전적인 당신 덕분에 코로나 19 발생 직전 남미 4개국 여행을 할 수 있었던 것은 나에게도 큰 행운이었소. 많은 나라를 사업차 여행을 해보았으나 남미 여행은 나에게 많은 것을 생각하게 해주었소.

결혼생활 내내 둘만의 생활이 적어 항상 아쉬웠는데 이제 남은 여생 우리만의 생활을 잘 만들어 봅시다.

- 남편 임중선

아내에게 쓰는 편지

에필로그

돌아보니 더욱 감사하다.

이번에 70여 년 살아온 인생 여정(旅程)을 돌아보며 한 권의 책을 쓰게 되었다. 돌아보니 더욱 감사한 일들이 많았다. 사랑하는 아내의 제안으로 남미 4개국 여행을 갔을 때, 더 늦기 전에 내 인생의 지나온 여정을 한번 써보자고 결심한 후에 이렇게 한 권의 책으로 결실을 얻으니 이 또한 무엇보다 감사하다. 작가 장 파울은 "인생은 한 권의 책과 같다"라고 했다. 내 인생의 조각조각들이 모여서 내 인생이라고 하는 작품도 이렇게 한 권의 책이 되었다.

책을 쓰면서 앞으로 더 열심히 살고자 하는 다짐을 하게 되었다.

내 인생을 돌아볼 때, 아버지께서 둔포에서 인천으로 유학을 보내주신 것을 잊을 수 없다. 둔포 시골에서 인천 대도시로의 유학은 내 인생을 도약하고 발전하게 했다. 꿈을 꾸고 도전하면서 인생을 살게 했다. 새삼 아버지께 고마운 마음이 들어 눈물짓게 된다. 책을 쓰면서 지나온 70여 년의 인생 여정을 돌아보니, '앞으로는 더 여유와 깊은 사랑을 가지고 나누고 베풀면서 살아야겠다'는 다짐을 하게 된다. 앞만 보고 달려오면서 때로는 성취하고, 때로는 넘어지고, 그리고 다시 일어났다. 그러나 이제부터는 주변을 더 살피면서 감사하는 마음을 가지고 살아가고 싶다.

거친 내 인생 여정에는 오아시스 같은 고마운 사람들이 있었다.

아버지와 어머니, 장인, 장모님, 사랑하는 아내, 나의 유년기를 있게 해주신 제2의 부모님이신 작은아버지·작은어머니, 그리고 사업이 부도 나고 힘들 때 재기하는 과정에서 만난 인생의 은인들이 있었기에 내 인생은 다시 일어설 수 있었다. 고마운 은인들은 거친 내 인생 여정에 오 아시스 같은 분들이다. 책을 쓰는 과정에서 도움을 주신 박성배 코칭 전문 작가님께 감사드린다. 부족한 원고의 출간을 맡아서 멋진 작품으 로 출간해주신 밥북 출판사의 주계수 대표와 직원 여러분께도 깊이 감 사를 드린다.

2023년 4월
임중선